Klarant Verlag

Die Sehnsucht nach Meer und weitem Horizont verspürt ***Ulrike Busch***, seit sie denken kann. Fasziniert von der Landschaft Norddeutschlands zog die Autorin 1986 aus ihrer Geburtsstadt Essen nach Hamburg. Auf dem nord- und ostfriesischen Festland, den Inseln und Halligen ist sie seitdem fest verwurzelt. Viele Jahre war die studierte Sprachwissenschaftlerin als selbständige Texterin und Technische Redakteurin tätig. 2013 entdeckte sie eine neue berufliche Leidenschaft: das Schreiben von Krimis – die natürlich in Norddeutschland spielen.

Ulrike Busch

Mordskuss

Ostfrieslandkrimi

Klarant Verlag

Klarant Verlag, www.klarant.de – www.ostfrieslandkrimi.de
ISBN: 978-3-95573-627-9
1. Auflage 2017
Umschlagabbildung: Klarant Verlag

Printed in the EU.

Kapitel 1

»Sieht aus wie ’n selbst gestrickter Pullover.« Mürrisch wies Manfred Ostermann mit dem Kopf auf den Leuchtturm von Pilsum. Das Bauwerk mit seinen roten und gelben Querstreifen strahlte dem Urlauberpaar aus Duisburg-Ruhrort, das den Weg hinter dem Deich entlangmarschierte, an diesem sonnigen Junimorgen entgegen wie ein Mahnmal maritimer Lebensfreude.

Birgit schnaubte verächtlich. »Immer hast du was zu meckern. Dabei warst du derjenige, der nach Ostfriesland wollte, nicht ich.«

»Meckern? Ich? Wer hat denn heute Morgen schon wieder an allem was auszusetzen gehabt? Der Kaffee war zu dünn, das Ei zu hart, und der Wind war natürlich mal wieder zu frisch, um auf der Hotelterrasse zu frühstücken. Und das bei der Luft, die wir hier haben! Endlich könnte ich mal den Büromief aus den Lungen kriegen, aber nein ...«

Birgit schwieg verdrossen.

Manfred beschleunigte das Tempo. Bereits um sechs Uhr früh hatte seine Frau ihm die Laune verdorben. Es gab Gründe genug, im Bett zu stöhnen. Das Klingeln des Weckers gehörte doch wohl nicht dazu. Bei ihrem Teilzeitjob konnte Birgit das ganze Jahr über ausschlafen. Warum musste das auch noch im Urlaub sein? Er hasste halb abgegessene Frühstücksbüfetts, das wusste seine Frau genau.

Birgit versuchte, mit ihrem Mann Schritt zu halten. »Letztes Jahr auf Gran Canaria ...«

»Muss es denn immer Gran Canaria sein?«, herrschte er sie an. »Nur weil die Kastenbergs jedes Jahr dahin fliegen, müssen wir das noch lange nicht tun.«

Birgit blieb stehen. »Egal. Ich muss jetzt jedenfalls mal für kleine Mädchen.« Sie drehte sich hektisch um. »Wo kann ich denn mal? Hier hat man ja auf hundert Kilometer freien Blick.«

Die Panik im Gesicht seiner Frau verriet Manfred, dass die Angelegenheit keinen Aufschub mehr duldete. »Hab ich dir nicht gesagt: Trink nicht so viel Kaffee, das Land ist flach, und es gibt keine Bäume, hinter denen du verschwinden kannst?«

Sie erreichten die Treppe, die den Deich hinauf zum Sockel des Pilsumer Wahrzeichens führte. Birgit zeigte nach oben. »Dann versteck ich mich eben hinter dem selbst gestrickten Pullover. Geh du schon mal voraus.«

»Wenn du meinst, dass du mich einholen kannst«, sagte Manfred ungerührt und setzte seinen Weg fort. Er verstand Birgits Quengelei nicht. Noch waren weit und breit weder Spaziergänger noch Radfahrer zu entdecken, und die Möwen waren bestimmt Schlimmeres gewohnt als den nackten Hintern seiner Frau. Seinetwegen hätte Birgit mitten auf dem Weg die Hose runterlassen können. Aber sie musste ja immer aus allem ein Problem machen. Fehlte nur noch ...

Ein lang gezogener, gellender Schrei fuhr Manfred durch Mark und Bein. Ruckartig blieb er stehen und horchte. Dann ging er weiter. Es war nur die Stimme seiner Frau.

Sicher war Birgit am Örtchen ihrer Wahl von einer Spinne mit dicken, behaarten Beinen begrüßt worden. Manfred kannte die Signale: *Ein* Schrei dieser Art bedeutete eine Spinne an der Wand. *Zwei* Schreie hintereinander, von einer kurzen Pause unterbrochen, die sie zum erneuten Luftholen brauchte, wiesen auf eine tote Maus hin.

Er hatte es geahnt: Auf den ersten folgte ein zweiter Schrei. Also eine tote Maus.

»Manniiiii!«

Manfred rollte mit den Augen. Wie oft hatte er Birgit schon gesagt, sie solle ihn nicht ›Manni‹ rufen! Er blieb stehen und wandte sich um. »Was ’n los?«

Birgit stand kreischend am Fuß des Leuchtturms.

Er war einiges von ihr gewohnt, aber das hier ging nun doch zu weit. »Verdammt noch mal, was hast du denn?«

Hektisch winkte sie ihn zu sich heran.

Er seufzte. Also gut. Wenn er Birgits Fund gebührend gewürdigt haben würde, sollte es aber endlich weitergehen nach Greetsiel. Er wollte nicht erst am Abend dort ankommen. Sie hatten geplant, am Hafen zu Mittag zu essen.

Manfred kraxelte die Treppe zum Sockel des Turms hinauf und folgte seiner Frau halb um das Gemäuer herum.

Da lag sie, die tote Maus.

Sie war ungefähr so groß wie Birgit und schlank. Attraktiv wirkte sie mit diesen durchtrainierten Beinen in den schwarzen Leggings und den Joggingschuhen. Sie lag auf dem Rücken, den Kopf zur Seite gedreht. Manfred fiel die lange blonde Mähne auf. Eine zerbrochene rot-goldene Haarspange lag ein Stückchen weiter auf dem Boden.

Manfred schluckte.
Das Mittagessen in Greetsiel konnte er vergessen.

***

Fenna Stern blinzelte angestrengt auf ihren Monitor.
»Blendet das Licht?«, fragte Tammo Anders.
»’N büschen.« Die Kommissarin schickte sich an, aufzustehen.
»Bleib sitzen, ich mach das schon.« Tammo sprang auf und ließ die Jalousien herunter.
Seit Fenna und er kürzlich aus den beiden Einzelbüros weiter unten am Gang in diesen gemeinsamen Raum gezogen waren, spielte er gelegentlich den Kavalier. Eine Rolle, zu der Onkel Frido ihn antrieb, die er aber vor den Kollegen am liebsten verbarg. Noch immer ärgerte er sich über die Frotzeleien der Leute aus seinem Team am Tag des Umzugs. ›Wenn aus unserem frischgebackenen Ermittlerpaar nicht innerhalb eines Jahres ein trautes Ehepaar wird, fress ich ’nen Besen‹, hatte ein Wachtmeister in der Teeküche getönt, ohne zu ahnen, dass Tammo hinter ihm stand. ›Kannst dich ja schon mal um den Posten des Trauzeugen bewerben‹, hatte der Kommissar ihm mit jovialem Schulterklopfen vorgeschlagen und sich ein Lächeln abgerungen.
Tammo drehte an der Stange, die zum Justieren der Lamellen diente. »So in Ordnung?«
Fennas Augenpartie entspannte sich. »Ja, danke.«
Kaum hatte der Kommissar sich wieder hingesetzt, schrillte das Telefon. Er nahm das Gespräch entgegen, lauschte eine Weile gebannt und fasste sich an die Kehle. »Verstanden, wir kommen sofort«, presste er hervor und warf den Hörer auf die Gabel.
»Männlich oder weiblich?«, fragte Fenna besorgt. An Tammos Stimme und seinem Gesicht hatte sie wohl erraten, worum es bei dem Anruf ging.
»Platinblond«, erwiderte er geistesabwesend, schob den Stuhl zurück und lief zur Tür. Er hielt sich mit einer Hand an der Zarge fest und beugte den Oberkörper vor. »Leichenfund am Pilsumer Leuchtturm!«, rief er über den Gang der Wache. Dann wandte er sich wieder seiner Kollegin zu. »Äh, weiblich, wollte ich sagen.«
Fenna zog eine Augenbraue hoch.
Tammo klaubte Notizblock und Stift zusammen.

»Wie ist die Frau zu Tode gekommen?«, fragte die Kommissarin. »Hast du darüber schon was erfahren?«

»Nein, nichts. Auf den ersten Blick sind wohl keine Spuren einer Gewaltanwendung zu erkennen. Zumindest nicht für einen Laien«, schob er hinterher, während er den Zugang zu seinem Computer sperrte. »Vermutlich handelt es sich um eine Joggerin. Sie liegt neben dem Leuchtturm und atmet offensichtlich nicht mehr.«

Fenna zog die Stirn in Falten. »Wie kommt eine tote Joggerin zum Leuchtturm? Die Frau wird kaum vorgehabt haben, drum herum zu sprinten.«

»Lass uns hinfahren, dann sind wir schlauer.«

Wachtmeister und Hundeführer Benno Pötzschke und drei weitere Kollegen der uniformierten Polizei betraten das Büro der Ermittler. »Dann mal los«, sagte Benno und drückte Tammo einen Autoschlüssel und Fahrzeugpapiere in die Hand. »Die Gerichtsmedizinerin und die Kollegen von der Spurensicherung in Aurich machen sich auch gleich auf den Weg.«

Auf der Strecke zum Leuchtturm war weit und breit niemand zu sehen, dem sie einen Einsatz hätten signalisieren müssen. Dennoch fuhren die Polizisten vorsichtshalber mit Blaulicht.

»Wer hat die Tote gefunden?«, fragte Fenna in die Gleichtönigkeit des Motorgeräusches hinein.

»Wie? Äh, zwei Leute aus dem Ruhrgebiet. Herr und Frau Ostermann. Sie machen gerade Urlaub in Pilsum.«

»Na toll! Diesen Urlaub werden sie garantiert nicht mehr vergessen.«

Tammo verlangsamte das ohnehin beschauliche Tempo und hielt in Höhe des Leuchtturms an. Die Kollegen um Benno Pötzschke parkten hinter ihnen und blieben am Wagen stehen.

Die Kommissare gingen auf das Urlauberpaar zu, das am Fuß der Treppe kauerte. Das Gesicht der Frau war erschreckend blass, auf der Stirn standen Schweißperlen. Beim Anblick der Beamten begann sie, hysterisch zu lachen, um kurz darauf urplötzlich mit beiden Fäusten wie wild auf ihren Mann einzuschlagen. Er wehrte sie ab und stand auf. Sie versuchte ebenfalls, sich zu erheben, doch ihr brachen die Beine weg; sie hielt sich mit einer Hand am Geländer fest und fiel auf die Stufen zurück.

»Ostermann«, sagte Manfred und verbeugte sich leicht. »Das ist meine Frau Birgit.«

»Ihre Frau hat einen Schock, sehen Sie das nicht?«, blaffte Fenna den Mann an. Sie zog ihr Handy hervor, orderte einen Rettungswagen und bat die uniformierten Kollegen, sich um Birgit zu kümmern, bis der Notarzt eintreffen würde.

»Wo liegt die Tote?«, fragte Tammo.

Ostermann zeigte auf den Sockel des Leuchtturms.

Mit dem mulmigen Gefühl, das ihn immer überkam, wenn er nicht wusste, was ihn erwartete, stieg Tammo die Treppe hinauf, Fenna an seiner Seite.

Manfred Ostermann folgte ihnen, blieb aber in gebührendem Abstand zu der Toten stehen.

Die Frau lag da wie jemand, der sich zum Schlafen hingelegt hatte. Die Beine waren ausgestreckt, der linke Arm nach oben angewinkelt, die halb geöffnete Faust lag neben dem Kopf. Die andere Hand ruhte auf der Brust. Das volle blonde Haar, eine wahre Pracht, bedeckte das abgewandte Gesicht, den Hals und das Dekolleté. Das wies auf das Einwirken einer anderen Person hin. Unwahrscheinlich, dass die Frau sich die Haare selbst so zurechtgelegt hatte, um dann in dieser Haltung zu sterben.

Tammo hätte sich gerne das Gesicht der Toten angesehen, aber er musste warten, bis die Kollegen von der Spurensicherung eingetroffen waren und die Position der Leiche dokumentiert hatten.

Er wandte sich Manfred Ostermann zu. Der hatte sich am Rand der Plattform, auf der der Leuchtturm stand, positioniert wie auf einer Bühne. Er machte ein Gesicht, als erwartete er jeden Moment ein Fernsehteam, das ein Live-Interview zu dem Sensationsfund mit ihm führte. »Sie haben die Leiche entdeckt?«, vergewisserte Tammo sich.

»Ja. Genauer gesagt, meine Birgit. Aber das kommt aufs Gleiche raus.«

»Was hat Ihre Frau hinter dem Leuchtturm gesucht?«

Der Mann stieß ein spöttisches Lachen aus. »›Gesucht‹ ist gut. Sie hat ’ne schwache Blase, konnte heute Morgen aber mal wieder nicht genug Kaffee in sich reinkippen. Die immer mit ihrem niedrigen Blutdruck. Dabei hab ich ihr noch gesagt ...«

»Schon gut«, unterbrach Fenna ihn. »Was hat Sie beide hier entlang geführt?«

Manfred trat einen Schritt näher an Fenna heran. »Ist doch nicht schwer zu erraten, oder?«

»Wenn Sie es uns bitte trotzdem sagen würden?«

Tammo bewunderte Fennas Geduld. So etwas lernte man wohl, wenn man Kinder großgezogen hatte.

»Wir wollten zu Fuß nach Greetsiel.« Manfred wies mit dem Daumen in die Richtung, in der das Dorf lag. »Glauben Sie, dass die Frau umgebracht wurde?« Die Sensationsgier sprang ihm aus den Augen.

»Vermutungen nützen wenig«, tat Fenna die Frage sachlich ab.

»War noch jemand anderes in der Nähe, als Sie die Leiche gefunden haben?«, fragte Tammo. »Ein Spaziergänger oder Radfahrer?«

»Sie meinen, ob wir gesehen haben, wie der Täter abgehauen ist?«

»Darauf könnte es hinauslaufen.«

Manfred Ostermann schüttelte den Kopf. »Nee. Steht ja kaum jemand in dieser Gegend so früh auf wie wir. Alles Schlafmützen. Bis auf die da.« Er zeigte mit ausgestrecktem Arm auf die Tote.

Tammo hockte sich neben die Leiche und versuchte, durch den platinblonden Schleier hindurch einen Blick auf das Gesicht zu erhaschen. Er legte zwei Finger an die halb geöffnete Faust, die aussah wie die eines schlafenden Kindes. »Sie hat noch minimal Körpertemperatur«, sagte er mit leiser Stimme, als hätte er Angst, die Frau könnte ihn hören und sich über seine Worte erschrecken.

»Sag ich doch«, bellte Ostermann besserwisserisch. »Ich hab zu meiner Birgit gesagt: Die sieht eigentlich noch ganz lebendig aus. Wenn sie nur mal atmen würde.«

Der Notarzt traf zeitgleich mit einem weiteren Polizeiwagen ein, dem Gerichtsmedizinerin Doktor Gerhild Linnenbrügger und das Team der Spurensicherung entstiegen. Während der Arzt sich um Birgit Ostermann kümmerte, besprach Tammo sich kurz mit den Kollegen. Dann überließ er ihnen den Fundort der Leiche und geleitete Manfred Ostermann zu den uniformierten Polizisten.

»Nimmst du die Personalien auf?«, bat er Pötzschke.

»Und dann?«, fragte Ostermann.

»Dann können Sie gehen«, klärte Fenna ihn auf. »Mein Kollege notiert auch Ihre Urlaubsanschrift und Ihre Handynummer. Wenn wir Sie noch mal brauchen, melden wir uns.«

»Ich würde aber lieber hierbleiben«, sagte er bestimmt. »So was sieht man nicht alle Tage. Wenn wir nach Hause kommen ... Unsere Nachbarn werden staunen, wenn ich erzähle, was ich erlebt habe.«

»Wir können Sie hier nicht mehr gebrauchen, Herr Ostermann«, sagte Fenna in unmissverständlichem Ton. »Begleiten Sie Ihre Frau ins Krankenhaus. Die braucht Sie jetzt. Oder gehen Sie nach Greetsiel. Das hatten Sie doch ursprünglich vor.«

Tammo zog Fenna mit sich fort und setzte sich mit ihr zu Gerhild Linnenbrügger auf die Stufen vorm Leuchtturm. Sie unterhielten sich halblaut, bis die Spurensicherung ihnen signalisierte, dass die Gerichtsmedizinerin mit ihrer Arbeit beginnen konnte.

Gerhild beugte sich über die Tote und schob deren Haare vorsichtig zur Seite, sodass die rechte Seite des Gesichts und der Hals zu sehen waren. Bei dem Anblick, der sich ihnen nun bot, wichen alle drei, Tammo, Fenna und Gerhild, erschrocken zurück.

Fenna hielt sich entsetzt die Hände vor den Mund.

»Erdrosselt«, sagte Tammo kaum hörbar, als er seine Sprache halbwegs wiedergefunden hatte. »Mit einem Gürtel bestialisch erdrosselt.«

Fenna gab sich einen Ruck. Tammo sah, wie viel Kraft es sie kostete, ihre Fassung wiederzuerlangen und so zu tun, als handle es sich um einen Fall wie unzählige andere. »Der Gürtel gehört aber nicht zu den Leggings. Der Mörder muss ihn selbst getragen haben. Mit Glück finden wir seine DNA daran.«

»Er muss ihn nicht an seiner Kleidung getragen haben«, widersprach Tammo. »Möglicherweise hat er ihn auf andere Weise mit sich geführt. Zusammengerollt in der Jackentasche zum Beispiel.«

Fenna nickte. »Stimmt auch wieder.«

Gerhild Linnenbrügger kniete sich neben die Leiche. »Kennt ihr die Frau? Scheint noch relativ jung zu sein. Mitte dreißig, schätze ich.«

Tammo deutete ein Kopfschütteln an. »Nie gesehen. Glaub nicht, dass sie aus der näheren Umgebung stammt.«

»Eine Gürteltasche, wie Jogger sie oft nutzen, trug sie nicht bei sich«, berichtete Jan Peters, der Leiter der Spurensicherung, der sich zu ihnen stellte. »Wir haben die Kleidung abgetastet. Offenbar hat sie auch keinen Schlüssel dabei und nicht mal einen Personalausweis oder Führerschein. Nichts zu finden. Nachher, wenn die Leiche im Institut ist, gucken wir uns jedes einzelne Kleidungsstück ganz genau an. Vielleicht trägt sie ihren Ausweis näher am Körper.«

»Okay. Sag am besten telefonisch Bescheid, wenn ihr was findet. Die Frau hat sicher Angehörige. Ich möchte die Familie so bald wie möglich benachrichtigen.«

Die Gerichtsmedizinerin setzte ihre Untersuchungen fort. Die Kommissare und Jan Peters gingen zu den Polizeiwagen zurück.

»Ob der Mörder ihr hier aufgelauert hat?«, fragte Fenna. Sie drehte sich nach allen Seiten um.

Tammo folgte ihren Blicken. Wenn man in dieser Landschaft jemanden heimtückisch abpassen wollte, gab es nur wenige Möglichkeiten, sich zu verbergen. Wie sagte Onkel Frido immer: ›Bei uns in Ostfriesland sieht man morgens schon, wer mittags zu Besuch kommt.‹

»Nach einem Sexualdelikt sieht es jedenfalls nicht aus, so wie die Tote bekleidet ist.« Mehr vermochte Tammo im Moment nicht zu sagen. Alles war Spekulation.

»Vielleicht hatte der Mörder eine Vergewaltigung geplant«, überlegte Fenna, »und ist gestört worden, bevor er sein Vorhaben in die Tat umsetzen konnte. Du weißt ja, manche sind so pervers, die bringen ihre Opfer erst um und dann ...«

»Fenna, Tammo, kommt noch mal her«, hörten sie Gerhild Linnenbrügger rufen. »Auch die Spusi, bitte! Wir brauchen noch mal ein Foto.«

Zu dritt spurteten sie die Treppe zum Leuchtturm hinauf.

»Seht euch an, was der Mörder hinterlassen hat.«

Die Gerichtsmedizinerin hatte den Kopf des Opfers so gedreht, dass das Gesicht dem Himmel zugewandt war, und die dichten langen Ponyfransen von der Stirn geschoben.

Trotz der gebrochenen Augen schien die Tote die Umstehenden mit schreiendem Blick um Hilfe anzuflehen.

»Was muss diese Frau gelitten haben!«, brach es aus Fenna hervor.

Gerhild wies mit dem Zeigefinger auf die Stirn der Ermordeten. Auf der makellosen Haut, aus der alles Leben gewichen war, prangte ein dunkelroter, sinnlich wirkender Kussmund.

»Der wurde mit einem Lippenstift aufgemalt«, meinte Gerhild. »Und zwar mit aller Sorgfalt. Wenn ihr mich fragt: Da hat jemand lange geübt, damit es auch gut gelingt.«

Fenna erschauderte.

Tammos Kiefer mahlten. Wenn er den in die Finger bekäme ...!

Kapitel 2

Am späten Nachmittag versammelten sich die beiden Hauptkommissare und ihre Kollegen im Besprechungsraum der Polizeiwache. Mit betretenen Gesichtern rückten sie Stühle und füllten ihre Teebecher.

Fenna ergriff als Erste das Wort. »Solche Symbole, die Täter an ihren Opfern hinterlassen, kenne ich aus meiner Zeit bei der Kripo Hamburg von Serienmördern.«

»Ach was«, wiegelte Tammo unwirsch ab. »Wer seinem Opfer die Stirn vollschmiert, muss nicht zwangsläufig einer sein, der gleich die ganze Welt umbringen will.«

»Wir haben es hier nicht mit einer belanglosen Schmiererei zu tun«, protestierte die Profilerin. »Der Mörder hat eine ganz konkrete Botschaft hinterlassen, die wir entschlüsseln müssen, um seinem Motiv auf die Spur zu kommen.« Hektisch nahm Fenna ihren Kugelschreiber zur Hand und beugte sich über ihren Block, ohne jedoch etwas zu notieren.

Anspannung und Hilflosigkeit machten sich im Raum breit. Jeder suchte nach einer Möglichkeit, seine Hände zu beschäftigen, um sich selbst das Gefühl zu vermitteln, nicht ganz tatenlos zu sein.

Es gab so viele Fragen: Wer war die Tote? Was hatte sie nach Pilsum geführt? Wenn es kein Sexualdelikt war: Was konnte das Motiv gewesen sein, die Joggerin so brutal zu ermorden? Was hatte der Kussmund zu bedeuten?

Wo blieben die Antworten? Alle blickten gespannt auf das Ermittlerpaar.

Sosehr Tammo Fennas Nähe genoss, wenn sie beide unbeobachtet waren, sosehr störte er sich an den neugierigen Gesichtern der Kollegen, die nur auf eine Geste warteten, die verraten würde, ob Fenna und er inzwischen mehr waren als nur Kollegen.

Unwillkürlich rückte der Kommissar ein Stückchen von Fenna ab, die neben ihm saß, und versuchte, sich seinen Verdruss nicht anmerken zu lassen. »Wie mir Jan Peters von der Spurensicherung vorhin telefonisch mitgeteilt hat«, berichtete er gestelzt, »wurde in der Kleidung der Toten nichts gefunden, was auf ihre Identität hindeuten könnte. Kein Ausweis, keine Geldkarte. Nicht mal ein Handy hatte sie dabei.«

»Sie muss in der Gegend gewohnt haben, sonst hätte sie wenigstens einen Autoschlüssel in der Tasche gehabt«, meinte Fenna. »Und ich glaube, dass sie ihren Mörder gekannt hat.«

»Woraus schließt die Frau Profilerin das, wenn man fragen darf?«

»Na, aus dem Kussmund natürlich. Ein Kuss ist etwas Intimes, auch wenn es sich in diesem Fall nur um ein Symbol handelt.«

Tammo warf sich auf seinem Stuhl zurück, verschränkte die Arme hinter dem Kopf und stierte zur Decke. »Du meinst, er wollte sie küssen, sie hat sich ihm verweigert. Daraufhin hat er sie umgebracht, um ihr seine Lippen wenigstens aufmalen zu können, wenn er sie ihr schon nicht in natura aufdrücken konnte?«

Fenna zog die Augenbrauen zusammen. »Was bist du denn auf einmal so schräg drauf?«

Der Kommissar wechselte die Gesichtsfarbe, setzte sich wieder gerade hin und gestikulierte aufgewühlt. »Ich bin genervt, weil wir hier so blind herumstochern. Wir haben einfach nichts in der Hand, womit wir loslegen könnten. Wir wissen nicht mal, wer die Tote ist. Und da draußen läuft ein Monster rum, dem ich am liebsten den Hals umdrehen würde.«

»Ich versuche ja gerade, uns Boden unter den Füßen zu verschaffen, damit wir weiterkommen. Aber du blockst alles ab.«

»Und wenn die Frau nur ein Zufallsopfer war?«, lenkte Tammo von Fennas Vorwurf ab. »Die übliche Geschichte: ein Mensch zur falschen Zeit am falschen Ort?«

Fenna rollte die Augen und holte zu einer längeren Erklärung aus.

»Ich weiß, ich weiß«, stoppte Tammo sie schon im Anlauf. »Der Kuss ist ein Statement. Aber muss dieses Symbol zwangsläufig einen direkten persönlichen Bezug zu genau dieser einen Frau haben? Könnte die Aussage, die der Mörder machen wollte, nicht genereller Natur sein? Wir könnten es doch zum Beispiel mit einem Frauenhasser zu tun haben, der seinen Frust zum Ausdruck bringen wollte und sich dafür das erstbeste weibliche Wesen gekrallt hat, das ihm über den Weg lief.«

»Was meine These vom Serienmörder unterstützen würde«, grummelte Fenna. »Ich glaube aber«, widersprach sie dann Tammos Überlegungen, »das ist keine Geschichte, die sich auf alle Frauen dieser Welt bezieht. Es steckt etwas ganz Konkretes dahinter.«

»Was denn?«, fragte Tammo genervt. »Erläutere uns doch mal deine Interpretation, damit wir dir folgen können.«

Fenna stand auf, tigerte durch den Raum und schlug sich mit dem Kugelschreiber in die flache Hand. »Was der Mörder seinem Opfer aufgemalt hat, ist ein Symbol der Liebe. So würde ich das zum jetzigen Zeitpunkt verstehen.«

»Meinen ... meinst du, der Partner der Frau könnte der Mörder sein?«, fragte Benno Pötzschke.

Seit dem Abend mit allen Kollegen letzten Samstag in Jonne Kruskopps Fiskerhuus war er mit Fenna per du. Noch immer kam ihm diese vertrauliche Anrede ein bisschen schwer über die Lippen, obwohl die Kommissarin ein echter Kumpeltyp war.

»Es könnte jeder sein«, erwiderte sie, »jeder, der sich auf irgendeine Weise persönlich mit ihr verbunden fühlte.« Sie blieb stehen und klopfte nachdenklich mit dem Kuli gegen einen Aktenschrank.

»Sag mal, bist du nervös oder was?«, fragte Tammo gereizt.

»Und du?« Fenna setzte sich wieder hin, warf den Schreiber auf den Tisch und massierte sich die Schläfen. »Ich frage mich, wie die Frau hinter den Leuchtturm gekommen ist.«

»Vielleicht musste sie auch mal«, meinte Pötzschke, der Pragmatiker, der von Manfred Ostermann erfahren hatte, aufgrund welcher Umstände es zum Fund der Leiche gekommen war.

»Kann natürlich sein«, sagte Tammo.

Fenna war gedanklich schon wieder ein Stück weiter. »Auffällig ist das Verhalten des Mörders nach der Tat. Ich meine nicht nur den Kussmund, der allein schon eine gewisse Akribie erforderte. Der Täter hat sich auch noch die Mühe gemacht, das Gesicht und den Hals seines Opfers sehr sorgfältig mit den Haaren zu bedecken.«

»Warum macht jemand so einen Zirkus?«, rief Tammo aufgebracht. »Warum geht jemand so brutal vor und macht dann solche Mätzchen?«

Fenna pustete sich eine Haarsträhne aus dem Gesicht. »Möglicherweise hat er sich selbst über diesen Schrei des Grauens erschreckt, der im Blick der Toten lag. Er wollte seine Tat vor sich selbst nicht wahrhaben. Wollte nicht diese Augen als letzte Erinnerung an die Frau im Gedächtnis behalten, sondern die schönen blonden Haare. Oder er wollte demjenigen, der die Leiche findet, den furchtbaren Anblick ersparen.«

»Ach, wie rücksichtsvoll!«, blökte Tammo. »Mir kommen gleich die Tränen.«

»So ein Verhalten ist nicht ungewöhnlich«, verteidigte Fenna ihre Argumentation. »Gerade dann nicht, wenn es eben kein Zufallsopfer war. Wenn eine Beziehung zwischen Opfer und Täter bestand und der Täter sich am Ende von seiner eigenen Tat zu distanzieren sucht.«

»Und wie geht's jetzt weiter?«, fragte Pötzschke in die gereizte Stimmung hinein. Mit einer Hand kraulte er Rambo, der unter dem Tisch hockte und seine Schnauze auf das Knie des Hundeführers gelegt hatte.

»Wir haben kurz vor achtzehn Uhr«, sagte Tammo mit einem Blick auf seine Armbanduhr. »Jan Peters von der Spurensicherung dürfte jeden Augenblick mit den ersten Ergebnissen bei uns eintreffen.«

»Ich glaub, da kommt er«, sagte Pötzschke und zeigte auf den Parkplatz.

Peters betrat das Gebäude mit raschen Schritten. Pötzschke öffnete indes die Tür des Besprechungsraums und winkte den Mann herbei. »Komm rein, Jan, wirst sehnlichst erwartet.«

Etwas außer Atem blieb der Kripobeamte vor dem Besprechungstisch stehen, in der einen Hand einen Aktendeckel, in der anderen eine Asservatentüte. Die Spannung, die sich unter den Polizisten breitmachte, ließ jedes Geräusch im Raum ersterben. Tammo meinte sogar, es sei so ruhig, dass man den Herzschlag des Spurensicherers hörte.

Jan überreichte dem Kommissar die Unterlagen. Dann hielt er die Tüte hoch und bewegte sie hin und her, damit jeder am Tisch sie von allen Seiten sehen konnte. »Habt ihr jemals so eine auffällige Gürtelschnalle gesehen?«

Fenna, die sich hinter Tammos Stuhl gestellt hatte, um Einblick in die Akten nehmen zu können, trat an Jan heran und betrachtete das Stück. »Ein Textilgürtel mit einer Schnalle in der Form eines Schafskopfes. Was für ein Fabrikat ist das?« Sie drehte und wendete die Tüte, um auf dem Gürtel den Namen oder das Logo des Herstellers zu finden.

»Zwecklos, nach einem Hinweis zu suchen«, sagte Peters. »Das dürfte Handarbeit sein. Kunsthandwerk.«

»Ein ziemlich ausgefallenes Stück«, sagte Fenna.

Jan nickte. »Der Schafskopf ist aber nicht die einzige Besonderheit. Die Schnalle ist dornenlos. Ihr kennt die Mechanik sicher, auch wenn sie nicht häufig verwendet wird: Man schiebt den

Gürtel durch die Schnalle und zurrt ihn so eng, wie man ihn haben möchte. Dann schiebt man den Stift, der quer zum Gürtel zwischen der Textilie und der Schnalle liegt, so fest zu der einen Seite, dass er blockiert und die Stoffbahn festklemmt. Wenn man den Gürtel wieder ablegen will, schiebt man den Stift zur anderen Seite zurück.«

»Der Mörder hat seinem Opfer den Gürtel so eng um den Hals gezogen, wie es nur ging, und ihn dann mithilfe des Stifts fixiert«, rekapitulierte Fenna angewidert. Sie nahm wieder Platz.

»Richtig. Und auch wenn ich jetzt furchtbar zynisch klinge: Mit dieser Mechanik eignet sich der Gürtel besonders gut für solch eine Tat. Der Mörder kann ihn mit einem Handgriff festzurren und fixieren. Er muss nicht dafür sorgen, dass ein Loch an der für diesen Zweck benötigten Stelle gestanzt ist, und er muss nicht lang herumprobieren, um den Dorn in ein Loch zu stecken.«

Die Zuhörer schwiegen betreten.

Tammo war der Erste, der sich wieder zu Wort meldete. »Die Frau muss während der Tat ohnmächtig gewesen sein«, schlussfolgerte er, »oder sie war aus einem anderen Grund nicht in der Lage, den Gürtel aus eigener Kraft zu lösen.«

»Ich vermute in der Tat eine Bewusstlosigkeit«, sagte Jan. »Wir haben überhaupt keine Spuren einer Gegenwehr gefunden, keine Kratzer oder blauen Flecken, keine Hautpartikel unter den Fingernägeln und nichts, woraus sich schließen ließe, dass sie versucht hätte, den Gürtel zu lösen. Letzteres wäre allerdings auch schwierig gewesen«, erklärte er, »denn sie hätte erstens die Mechanik ertasten und zweitens den Gürtel erst noch etwas enger ziehen müssen, um den Stift freizubekommen und die Textilbahn dann aus der Schnalle ziehen zu können. Bei der akuten Luftnot und in der Panik des Todeskampfes halte ich das für ausgeschlossen.«

Benno Pötzschke streckte seine fleischige Hand der Asservatentüte entgegen, die noch immer an Jan Peters' erhobenem Arm baumelte, und wedelte heftig mit dem Zeigefinger herum. »So ein Teil bekommt man nicht an jeder Straßenecke. Mein Sohn sammelt ausgefallene Gürtel. Ohne mich jetzt über seinen Geschmack auslassen zu wollen«, er ließ die Hand sinken und wies mit dem Kopf auf das Beweisstück, »so einen hätte er sich sofort zugelegt, wenn er den irgendwo gesehen hätte. Und seine Freunde und er durchstöbern die einschlägigen Geschäfte mindestens einmal die Woche, denen entgeht nichts.«

»Aber in welchem Umkreis bewegt sich dein Junge?«, winkte Tammo ab. »Nix gegen deinen Filius, aber alles, was außerhalb der Krummhörn liegt, ist für ihn schon feindliches Ausland. Nee, ich glaube nicht, dass wir allzu weit gehen müssen, um Läden zu finden, in denen so was angeboten wird. Guck's dir doch an, das ist ein echtes Ostfriesland-Souvenir. Das kommt aus unserer Region.«

»Auf jeden Fall haben wir jetzt etwas, wonach wir gezielt suchen können«, stellte Fenna fest. »Einen Anpack, wie du so gerne sagst«, meinte sie mit einem schrägen Blick in Tammos Richtung.

»Nur wer die Frau ist, wissen wir immer noch nicht.« Jan Peters zuckte bedauernd mit den Achseln. »Aber wir haben noch was Interessantes festgestellt.«

Pötzschke machte große Augen. »Was denn?«

»Die Frau ist nicht hinter dem Leuchtturm umgebracht worden.«

»Wo denn dann?«

»Vermutlich auf dem Fußweg hinterm Deich. Wir haben Schleifspuren an der Jogginghose und an den Fersen der Schuhe gefunden, außerdem Hautabschürfungen an den Waden, die von den Kanten der Treppenstufen stammen, die zum Leuchtturm führen. Der Mörder dürfte sein Opfer unter den Achseln gefasst und rückwärts die Treppe hochgezogen haben. Dann hat er die Frau am Turm abgelegt, den Kussmund aufgemalt und die Haare übers Gesicht drapiert.«

»Wie sieht es denn mit Fußspuren des Täters aus?«, fragte Fenna. »Hat er was Brauchbares hinterlassen?«

Jan schüttelte den Kopf. »Wir konnten keine Abdrücke identifizieren, die weiterhelfen würden. Der Täter dürfte flache Schuhe getragen haben. Sonst hätte er bei der Aktion kaum Standfestigkeit gehabt.« Er sah bedauernd in die Runde.

Das zentrale Telefon der Wache klingelte. Pötzschke, der das Mobilteil des Apparates neben seinen Teebecher gelegt hatte, nahm das Gespräch an. Er runzelte die Stirn. »Hm, hm. – So, so. – Wann wurde sie denn zum letzten Mal gesehen? – Ah, ja. Wie sieht sie aus und was hat sie an? – Joggingkleidung, meinen Sie? Und langes blondes ...« Er warf den anderen am Tisch einen bedeutungsvollen Blick zu. »Hm, normalerweise gehen wir so einer Meldung nicht sofort nach. Ist ja schließlich eine erwachsene Frau. Die darf auch mal ein paar Tage abtauchen, ohne sich offiziell abzumelden. Aber in diesem Fall ... Ich denke, die Kollegen kommen gleich.« Benno legte auf.

Aller Augen waren auf ihn gerichtet. War er so eitel, die geballte Aufmerksamkeit, die ihm zuteilwurde, auszukosten, oder war er so perplex, dass er keine Worte fand?

»Was gibt es denn?«, drängte Fenna ihn zum Reden.

»Vermisstenmeldung von einem Gast der Friesenliebe.«

»Och nö.« Tammo schlug mit der flachen Hand auf den Tisch. »Komm mir nicht mit diesem Kindergarten.«

»Was ist das denn, die Friesenliebe?«, fragte Fenna.

Tammo stützte die Ellenbogen auf die Tischplatte und verschränkte die Hände unterm Kinn. »Ein Hotel in Pilsum. Aber was für eins!«

»Nu rede das Haus nicht schlechter, als es ist.« Benno zupfte an einem Ende seines gezwirbelten Schnurrbarts. »Seit heute Morgen wird einer der Gäste vermisst. Eine Frau, ungefähr einen Meter fünfundsechzig groß. Hübsches ovales Gesicht. Langes, auffällig schönes platinblondes Haar. Vermutlich ist sie wie üblich in aller Herrgottsfrühe losgejoggt. Aber sie ist nicht zurückgekommen.«

»Das ist die Frau.« Fenna sprang wie elektrisiert auf.

Benno sah den Kommissar eindringlich an. »Tammo, da müsst ihr hin, auch wenn du die Friesenliebe nicht magst.«

»Haben wir ein Foto der Toten, das wir den Gästen des Hotels zeigen können, ohne dass sie einen Schock kriegen?«, fragte Fenna.

Jan Peters wies auf die Mappe, die er mitgebracht hatte. »Da sind Fotos drin. Aber ob ihr die für den Zweck gebrauchen könnt? Wer so etwas nicht von Berufs wegen gewohnt ist, sollte das nicht zu Gesicht bekommen.«

Tammo durchforstete die Unterlagen. »Wir nehmen das auf jeden Fall mal mit.«

»Sind Angehörige der Frau im Hotel?«, wollte Fenna von Pötzschke wissen.

»Hab ich nicht nach gefragt, ist aber auch nicht anzunehmen. Es würde dem Konzept der Friesenliebe widersprechen«, sagte er mit Blick auf Tammo, der Bennos Aussage mit einem Nicken bestätigte. »Der Anruf kam vom Hotelchef. Die Gäste haben ihn dazu gedrängt, sich an uns zu wenden, weil die Frau seit gestern am späten Abend nicht mehr gesehen wurde und sonst immer als eine der Ersten beim Frühstück saß. Den ganzen Tag über ist sie nicht aufgetaucht. Morgens nicht, mittags nicht und auch nicht jetzt zum

Abendessen. Auf dem Zimmer ist sie nicht, das wurde natürlich nachgeprüft«, fügte er hinzu, bevor die Kommissare ihn danach fragen konnten.

Tammo und Fenna verständigten sich mit stummen Blicken und verabschiedeten sich von den Kollegen, um sich auf den Weg zu dem Hotel zu machen.

»Heute fahre ich«, sagte die Kommissarin.

»Ungewohnt, auf dem Beifahrersitz Platz zu nehmen«, grummelte Tammo beim Einsteigen. »Eigentlich bin ich immer der, der fährt.«

»Aber du traust mir schon zu, dass ich dich sicher ans Ziel kutschiere, oder?«, frotzelte Fenna.

Tammo tat, als müsse er schwer nachdenken. »Beweis mir, dass du es kannst.«

»Warum warst du heute eigentlich so grantig?«, fragte sie, als der Wagen vom Parkplatz rollte.

Tammo schob den Sitz weiter nach hinten, lehnte sich zurück und machte eine wegwerfende Handbewegung. »Ach, nichts Besonderes.«

»Midlife-Krise?«

Diese Frau bohrte aber auch nach! »Onkel Frido«, grantelte Tammo.

»Von dem lässt du dir derart die Laune verderben?«

Tammo zog sachte an seinem Sicherheitsgurt und rückte sich auf dem Beifahrersitz zurecht. »Er redet mir viel zu viel in meine Frauengeschichten rein.«

»Aber du hast doch gerade gar keine?«, erwiderte Fenna halb fragend, halb erstaunt.

»Eben drum.«

Fennas Nasenflügel zuckten. Das bedeutete, dass seine Kollegin einen Gedanken hegte, den sie lieber für sich behielt.

»Immer wieder toll, der Blick über die Landschaft«, sagte Tammo verlegenheitshalber. »Dass du es in Hamburg so lange ausgehalten hast!«

»Hmhm«, machte Fenna geistesabwesend. Sie setzte den Blinker und bog in die Kreisstraße ein, die mit einer weit geschwungenen Kurve nach Pilsum führte.

Wenn sie wüsste, wie sehr der gute Frido ihn bedrängte, die nette Kollegin zu erobern, bevor ein anderer daherkäme und zugriff! Der Gedanke an Fridos Warnungen ließ Tammo keine Ruhe. Er würde sich ja vorwagen, wenn er sicher sein könnte, dass er sich keinen

Korb holte. Nichts war peinlicher, als sich mit einer Kollegin das Büro zu teilen, der man unmissverständlich seine Gefühle dargelegt und die einem daraufhin mit einem kühlen Lächeln ein »Nein, danke« vor die Füße gelegt hatte.

Obwohl – hatte Fenna ihm nicht selbst bereits mehrfach hintenherum zu verstehen gegeben, dass sie nicht abgeneigt wäre? Aber da war auch noch diese tief sitzende Gewissheit, dass sich das Leben grundlegend ändern würde, wenn ... Beziehungsangst, nannte Frido das. So ein Quatsch! Er war nur schon so lange allein, und schlecht war's ja nicht.

Aber dann waren da noch die Kollegen, bei denen er, der überzeugte Junggeselle, ständig unter Beobachtung stand, seit es Fenna gab. Gerade heute Nachmittag hatte ihn das wieder genervt.

Gefangen zwischen der Beifahrertür zur Rechten und seiner Kollegin zur Linken fühlte Tammo sich beengt. Zu seiner Erleichterung wechselte Fenna nach endlos langen Sekunden der Stille das Thema.

»Sag mal, diese Friesenliebe, ich hatte vorhin den Eindruck, du bist nicht gut darauf zu sprechen. Was ist das für ein Hotel? Ein großes Haus?«

Tammo schüttelte den Kopf. »Eher eine Pension mit gerade mal vierzehn Zimmern. Alles Einzelzimmer.«

An Fennas Schläfe zeigten sich Lachfältchen. »Und jedes mit einem Kingsize-Bett ausgestattet?«

»Ja, was glaubst du denn? Die Friesenliebe ist kein Kloster. Das Haus gehört Bastian und Hilke Hoferland. Die beiden hatten vor einigen Jahren eine sehr spezielle Geschäftsidee.« Tammo räusperte sich.

»Was Verwerfliches?« Fenna schmunzelte. »Doch nicht etwa ein verkapptes Bordell?«

»Wenn du mich fragst: nah dran. Ich nenne es zumindest ein Kupplerhotel. Die Hoferlands betreiben nämlich auch ein gleichnamiges Partnerschaftsportal. Die Teilnehmer sind vorwiegend Männlein und Weiblein zwischen vierzig und sechzig, also eher mittleren Alters als taufrisch. Aber gelegentlich sind auch deutlich Jüngere oder Ältere darunter. Bedingung ist, dass sie gebürtige Ostfriesen oder zumindest in Ostfriesland fest verankert sind und einen Partner in dieser Region suchen.«

»Warum die Beschränkung auf Ostfriesland?«

»Die Hoferlands geben damit eine Art Heimatgarantie. Wer in fortgeschrittenerem Alter noch mal heiraten oder mit jemandem zusammenziehen möchte, hat oft Eltern oder andere Angehörige, um die er sich kümmern muss. Oder aber man hat Enkel, die in der Nähe leben, und ist als Oma oder Opa im Einsatz. Da will man in der Region bleiben und nicht etwa nach Bayern oder Thüringen oder ins südliche Niedersachsen ziehen müssen, weil der neue Partner da lebt.«

»Da ist was dran«, sagte Fenna. »Außerdem«, spann sie den Gedanken weiter, »ist es mit vierzig oder fünfzig nicht mehr so einfach, einen neuen Job zu finden. Und seinen Freundeskreis will man auch nicht aufgeben.«

»Siehst du«, sagte Tammo, »wenn du noch drei Minuten drüber nachdenkst, schaltest du heute Abend, wenn du zu Hause bist, dein Notebook ein und meldest dich in dem Portal an. Und wenn du jemanden findest, den du ganz diskret näher kennenlernen möchtest, verabredest du dich mit ihm für einen ein- oder zweiwöchigen Urlaub im Hotel Friesenliebe. So funktioniert das Geschäftsmodell der Hoferlands.«

»Ist doch eine tolle Idee, und liegt ganz im Trend der Zeit«, meinte Fenna ein wenig spöttisch. »Man lernt sich heute nicht mehr in der Disco oder im Volkshochschulkurs kennen, sondern übers Internet. Erst wenn man meint, dass sich der Aufwand lohnt, wagt man den Schritt ins reale Leben.«

Tammo nickte. »Und weißt du, wie die Leute sich nennen, die sich im Hotel treffen?«

»Na, wie denn?«

»Wunschpartner!« Tammo fasste sich an den Kopf.

Fenna lachte laut. »Immer noch besser als Märchenprinz und Traumfee!« Sie stutzte. »Offenbar kennst du dich mit den Gepflogenheiten der Friesenliebe bestens aus. Du bist nicht zufällig auch Kunde des Portals?«

Tammo tat, als schüttelte er sich. »Nee. Bevor ich mich auf den digitalen Markt schmeiße, steck ich lieber ein Partnergesuch bei uns auf der Wache ans Schwarze Brett.«

»Würdest du das wirklich tun?«

Tammos Herz stolperte. »Wie würdest du das finden?«

»Verwegen!«

Kapitel 3

Im Restaurant der Friesenliebe saßen einige Gäste, die sich beim Anblick des einparkenden Wagens die Nase an der Scheibe platt drückten.

Das Hotelfoyer ließ kaum Platz für zwei Personen.

»Du siehst, man ist hier von der ersten Minute an regelrecht gezwungen, sich eng aneinanderzukuscheln«, frotzelte Tammo. Wieder fielen ihm Onkel Fridos wohlgemeinte Ermahnungen bezüglich der Eroberung seiner Kollegin ein. Wie unbeabsichtigt trat er unverschämt nah an Fenna heran. Sie wich keinen Zentimeter zur Seite. Im Gegenteil.

Die Dame hinter dem Empfangstresen ließ sich zu einem süffisanten Lächeln herab. »Gemütlich hier, was? Möchten Sie sich bei uns umsehen? Sind Sie Mitglieder unseres Portals? Ich bin Hilke Hoferland.« Sie reichte Fenna die Hand.

»Kripo Greetsiel«, sagte Tammo und zog seinen Dienstausweis hervor. »Tammo Anders, und das hier ist Hauptkommissarin Fenna Stern. Wir kommen wegen der vermissten Frau.«

»Oh.« Der Gesichtsausdruck der Hotelbesitzerin änderte sich schlagartig. »Bastian? Die Polizei ist da!« Hilke Hoferland beugte sich über den Tresen und hielt Ausschau nach ihrem Mann. »Gehen Sie doch bitte ins Restaurant«, sagte sie zu den Ermittlern und wies mit der Hand in Richtung des Gastraums.

Bastian Hoferland stand hinter der Hotelbar und schenkte einem turtelnden Paar Hochprozentiges ein. Er hob kurz den Kopf, während er den Klaren durch den silbernen Ausgießer, der auf dem Flaschenhals befestigt war, abwechselnd in beide Gläser fließen ließ, ohne die Flasche abzusetzen und ohne dabei auch nur einen Tropfen zu vergießen. »Die Kripo?«

Diesmal übernahm es Fenna, sich und ihren Kollegen vorzustellen.

Hoferland stellte die Flasche ins Regal zurück und nickte dem Pärchen am Tresen zu. Dann ging er auf die Ermittler zu. »Wissen Sie«, sagte er nachdenklich und wischte sich die Hände an einem Tuch ab, das an seinem Gürtel hing. »Polizei im Haus, das mögen meine Frau und ich grundsätzlich gar nicht gern.«

»Danke für den Willkommensgruß«, sagte Tammo. »Meinem Kollegen vorhin am Telefon haben Sie gesagt, dass Sie und Ihre Gäste sich Sorgen um einen ihrer weiblichen Gäste machen.«

»Ja, das auch.«
»Was noch?«, fragte Fenna.
Hoferland winkte die Ermittler näher zu sich heran. »Was mich wurmt, ist: Frau Lüders hat noch nicht bezahlt«, flüsterte er.
Fenna wich einen Schritt zurück. »Im Zimmer der Frau haben Sie schon nachgesehen?«
»Ja. Da ist sie nicht.«
»Waren ihre Sachen denn noch da?«
»Ja.«
»Hat sie die letzte Nacht auf ihrem Zimmer verbracht?«
»Weiß ich nicht.«
»Dann fragen Sie bitte das Zimmermädchen.«
»Rosa ist um diese Uhrzeit nicht mehr im Haus. Da müssen Sie bis morgen warten.«
»Rosa hat doch ganz bestimmt ein Telefon«, sagte Fenna in einem Ton, den Hoferland verstand.
»Ich kümmere mich«, sagte der Hotelier und drängte sich an den Ermittlern vorbei zur Rezeption. »Hilke, rufst du mal eben bei Rosa an und fragst, ob das Bett der Lüders heute Morgen aufgewühlt war? Zimmer neun.«
»Jo, mach ich.«
Das Pärchen mit den Schnapsgläsern lugte ungeniert zu den Ermittlern und Bastian Hoferland hinüber.
»Können wir uns in Ihrem Büro unter sechs Augen unterhalten?«, fragte Tammo.
Hoferland nickte. »Kommen Sie mal mit«, sagte er und ging voran.
»Der Name der Urlauberin war Lüders?«, fragte Tammo nach.
»Silvia Lüders«, bestätigte der Hotelchef. »Dass die verschwindet, ohne zu zahlen! Eigentlich hat sie keinen unseriösen Eindruck auf uns gemacht. Auch wenn sie ein bisschen ...«
»Ein bisschen was?«, hakte Fenna nach.
»Na ja. Sie hat es ziemlich darauf abgesehen, sich jemanden zu angeln.«
»Was Ihnen persönlich nicht aufstoßen dürfte«, meinte Tammo. »Von der ungeduldigen Sehnsucht der Menschen nach einem Partner leben Sie schließlich. Gut sogar, schätze ich.«
»Ist das verboten?«, brauste Hoferland auf. »Ich betreibe ein völlig legales Geschäft. Meine Frau und ich finden nichts

Anrüchiges daran, Menschen zu ihrem Glück zu verhelfen. In der heutigen Zeit ist es schwer genug ...«

Fenna hob beschwichtigend die Hände. »Sie müssen Ihr Geschäftsmodell uns gegenüber nicht verteidigen. Lassen Sie uns auf Silvia Lüders zurückkommen. Wir brauchen dringend ein Foto von ihr.«

Hoferlands Gesicht verschloss sich. »Da müssen Sie mal bei unseren männlichen Gästen nachhaken. Die Leute machen dauernd Selfies. Bestimmt hat einer der Herren eins mit der Lüders gemacht. Die hat ja mit jedem angebandelt.«

»Bevor wir in Ihrem Haus groß rumfragen«, entgegnete Tammo, »und sich herausstellt, dass rein zufällig niemand Ihrer Gäste ein Selfie von sich und Frau Lüders auf dem Handy hat, eine andere Idee: Wie sieht's mit Ihrem Portal aus? Da ist doch bestimmt ein Porträtfoto von ihr drin.«

Der Hotelier machte den Rücken steif. »Als Betreiber solch einer Plattform muss ich mich an die Datenschutzbestimmungen halten, das wissen Sie doch! Außerdem sind die Profile der Teilnehmer passwortgeschützt.« Das schrille Klingeln des Telefons auf seinem Schreibtisch erlöste ihn aus der Bedrängnis. Er nahm den Hörer ab. »Hilke?« Er nickte, sagte »Danke« und legte wieder auf. »Die Lüders hat heute Nacht in ihrem Bett geschlafen.«

Tammo nahm das zur Kenntnis. »Wer ist der Administrator Ihres Portals?«, fragte er unerbittlich.

»Ich«, sagte Hoferland kleinlaut. Dann brauste er auf. »Da müssen Sie mir schon ein Argument liefern, wenn ich gegen die Datenschutzbestimmungen verstoßen soll!«

»Beschreiben Sie uns die Frau Lüders doch mal«, forderte Tammo den Hotelier auf.

Hoferland zog die Augenbrauen hoch. »Mittelgroß, schlank und blond. Sehr blond. Eine unglaubliche Mähne. Kennt man so nur von amerikanischen Filmschauspielerinnen. Farrah Fawcett, sag ich nur, können Sie sich noch an die erinnern? Solche Haare hat die Lüders. Nur noch blonder, noch länger, noch wilder.« Er leckte sich über die Lippen.

»Herr Hoferland«, säuselte Fenna. »Heute Morgen hat ein Urlauberpaar aus Duisburg die Leiche einer Frau am Pilsumer Leuchtturm gefunden. Erdrosselt.« Sie zeigte auf die Unterlagen der Spurensicherung, die Tammo mitgenommen hatte. »In dieser Mappe haben wir Fotos der Ermordeten. Kein schöner Anblick.

Wir können sie Ihnen vorlegen, aber Sie werden sie nicht sehen wollen. Es wäre für Sie auf jeden Fall angenehmer, wenn Sie uns das Profilfoto der Dame zeigen würden.«

Hoferland schnaufte. Er zog die Tastatur seines Computers heran, schob sie dann wieder beiseite und knetete die Hände. »Ich krieg Ärger.« Auf die stummen, unnachgiebigen Blicke der Ermittler hin griff er wieder zum Keyboard. »Krieg ich keinen Ärger?«, fragte er mit einem Seitenblick, während er etwas in die Tastatur tippte. Dann drehte er den Kommissaren den Bildschirm zu.

»Das ist sie!«, rief Fenna. »Ganz sicher, das ist sie. Was meinst du, Tammo?«

»Seh ich auch so.«

»Ich ruf sofort die Spurensicherung an.«

Tammo klärte den Hotelier über die weiteren Schritte auf. »Herr Hoferland, bitte geben Sie Ihren Mitarbeitern Anweisung, das Zimmer von Frau Lüders ab sofort nicht mehr zu betreten. Unsere Kollegen nehmen nachher DNA mit, um zu klären, ob es sich bei dem Opfer wirklich um Frau Lüders handelt, und versiegeln danach den Raum.«

Hoferland seufzte, griff zum Telefonhörer und instruierte seine Frau. »Und jetzt?«, fragte er dann. »Wie komme ich an mein Geld, wenn sie tot ist?«

»Da haben Sie doch jetzt mal richtig was zum Grübeln«, murmelte Tammo ungerührt und schrieb etwas in sein Notizbuch.

»Verdammt!«, rief Hoferland und schlug sich auf den Schenkel. »Das war aber auch eine Kratzbürste! Kein Wunder, dass sie umgebracht wurde.«

Die Ermittler horchten auf.

»Sie hatten eine Konfrontation mit ihr?«, fragte Fenna.

Hoferland stutzte erschrocken. »Quatsch.« Er wischte sich über den Mund. »Ich hab sie nur beobachtet. Sind ja immer spannend, solche Weiber. Wie die sich an die Kerle ranmachen ...«

Tammo lehnte sich über den Schreibtisch. »Was haben Sie beobachtet?«, fragte er mit der Seelenruhe eines Ermittlers, der gerade das Feld der potenziell Verdächtigen definierte und überlegte, ob sein Gegenüber einen der vorderen Ränge darin einnehmen könnte. Hoferland schmeckte ihm einfach nicht. Der Mann wirkte gierig und besitzergreifend. Nicht auszuschließen, dass er selbst mit den Kundinnen seines Portals flirtete. Und er wirkte nicht wie einer, der eine Zurückweisung einfach wegsteckte.

»Die hat sich an jeden rangeschmissen, der ’ne Hose trägt«, sagte der Hotelier. »So was gibt erfahrungsgemäß immer Ärger, mal unterschwellig und mal ganz offen.« Er verbarg sein Gesicht hinter einem großen Taschentuch und schnäuzte sich die Nase.

»Hat sie auch mit Ihnen anbandeln wollen?«, fragte Tammo geradeheraus.

Umständlich schob Hoferland das Taschentuch wieder in die Tasche seiner braunen Stoffhose, die sicherlich Zeiten erlebt hatte, in denen sie um den Bauch herum weniger stramm saß. »Nee.« Er lachte kurz auf. »Manch eine würde es wohl gern bei mir versuchen, aber die Weiber haben dann doch zu viel Respekt vor meiner Frau.«

»Die Weiber?«, fragte Fenna.

»Die weiblichen Gäste«, gab Hoferland klein bei.

»Sie scheinen Ihren Kundinnen viel Respekt entgegenzubringen.« Die Ironie in Fennas Stimme war nicht zu überhören. »Wie funktioniert Ihr Geschäftsmodell eigentlich genau? Sie haben ein Partnervermittlungsportal und ein gleichnamiges Hotel, und beides greift unmittelbar ineinander?«

»Ja, allerdings nicht zwangsläufig. Wenn die Mitglieder des Portals jemanden gefunden haben, den sie näher kennenlernen möchten, können sie sich in unserem Hotel ganz ungezwungen treffen. Sie können sich aber natürlich auch ganz woanders treffen.«

»In Ihrem Haus finden sie aber Bedingungen vor, die ganz auf ihre spezielle Situation zugeschnitten sind«, vermutete Fenna.

Hoferland nickte. »Klar. Die Leute wollen eine entspannte Zeit miteinander verbringen. Sie wollen ungestört sein, sich kennenlernen, aber sie wollen nicht immer gleich miteinander in die Kiste steigen. Manchmal springt der Funke ja auch gar nicht über. Also bekommt jeder sein eigenes Zimmer, und bei den Mahlzeiten sitzen sie romantisch zusammen an einem Zweiertisch. Alle unsere Gäste sind in derselben Situation, niemand wird neugierig beäugt.«

»Die Paare können in Ihrem Hotel also in aller Ruhe und Abgeschiedenheit zueinanderfinden«, resümierte Fenna.

Hoferland wedelte mit dem Zeigefinger vor Fennas Nase herum. »Das hatten wir ursprünglich auch gedacht. Aber was glauben Sie, was unter diesem Dach alles läuft? Manchmal ist es wirklich schlimmer als im Kindergarten«, ereiferte der Hotelier sich. »Was meinen Sie, wie oft es in unserem Haus zu Eifersüchteleien unter den Gästen kommt?«

So ähnlich hatte Tammo sich das vorgestellt. Er wollte das Thema nicht vertiefen und lenkte das Gespräch wieder auf die Ermordete. »Mit wem hatte Frau Lüders sich hier verabredet?«

Der Hotelier versteckte sich hinter dem Bildschirm, den er wieder zu sich gekehrt hatte, suchte nach etwas und brabbelte Unverständliches vor sich hin.

»Wir hören«, sagte Fenna.

»Heinz-Werner Janz.« Hoferland blickte aus dem Fenster. Eine kleine Gruppe lief gerade durch den Garten des Hotels. »Da ist er übrigens. Der mit dem klein karierten Hemd.«

In dem Moment, in dem die Ermittler nach draußen sahen, wandte Janz sein Gesicht dem Hotel zu.

Der Mann trug eine mädchenhaft wirkende Frisur, wie sie in den siebziger Jahren modern gewesen war. Das Matschigblond seiner Haare passte zu dem Allerweltsgesicht mit dem miesepetrigen Ausdruck. Die zurückgezogenen, steifen Schultern und die hängenden Arme deuteten auf einen stolzen, aber auch freudlosen, unentschlossenen Menschen hin.

»Der?«, fragte Tammo ungläubig. »Der war mit Silvia Lüders verabredet?«

Hoferland guckte dumpf. »Warum nicht?«

»Wo ist Frau Lüders polizeilich gemeldet?«, fragte Fenna.

Der Hotelier warf einen Blick auf den Bildschirm mit den Daten von Silvia Lüders. »Großheide«, sagte er. »Beruf: Sekretärin. Familienstatus: getrennt lebend.«

»Na also«, sagte Tammo zufrieden. »Geht doch.«

»Okay«, sagte Fenna. »Die Spurensicherung wird bald hier sein und das Zimmer von Frau Lüders in Augenschein nehmen. Die ersten Ergebnisse erwarten wir morgen im Laufe des Tages. Bitte informieren Sie Ihre Gäste schon mal, dass wir voraussichtlich morgen Abend noch mit einigen von ihnen werden reden müssen.«

Hoferland nickte und hob den Finger. Er hatte noch etwas auf dem Herzen. »Wie halten Sie das mit der Presse?«, fragte er. »Die Medien bleiben doch hoffentlich außen vor? Ich meine, wenn das an die große Glocke gehängt wird, dass die Leute sich hier gegenseitig abmurksen ...«

»Auf Wiedersehen, Herr Hoferland«, sagte Fenna höflich. »Bis morgen.«

Kapitel 4

Am nächsten Vormittag um elf stellte Tammo die Teekanne mit der frisch aufgebrühten Ostfriesenmischung auf das Stövchen. Wo war Fenna? War sie mal wieder dem rustikalen Charme von Benno Pötzschke erlegen, der ihr abenteuerliche Geschichten von seinen Verbrecherjagden mit Polizeihund Rambo erzählte? »Teetied!«, grölte er den Gang hinunter.

In dem Moment öffnete sich die Eingangstür der Wache.

»Da komm ich ja gerade richtig«, dröhnte eine vertraute Männerstimme. Untermalt wurde sie von dem rhythmischen Tapsen von Hundepfoten auf dem Linoleumboden.

Buddy trabte auf den Kommissar zu, Onkel Frido im Schlepptau. In der Hand balancierte der Senior mit dem schütteren Haar und der gnadenlos guten Laune eine Kuchenplatte, über die er eine Haube gestülpt hatte. Tammo kannte die Backkünste seines Onkels. Die Ergebnisse waren typisch ostfriesisch und kalorienreich. Das hatte ihm gerade noch gefehlt. Ihm war der Appetit vergangen, als er heute Morgen aufgewacht war und als Erstes das Bild der Ermordeten vor Augen hatte. Ein Tee würde jetzt guttun, schwer im Magen liegendes Gebäck eher nicht.

Außerdem hatten er und sein Team heute keine Zeit für spontane Besuche von Familienmitgliedern. Sie erwarteten jeden Moment die ersten Informationen von der Spurensicherung zum Mordfall Pilsumer Leuchtturm. Diese Bezeichnung hatten sie dem Fall gegeben, solange nicht mit absoluter Sicherheit geklärt war, ob es sich bei der Toten um Silvia Lüders handelte. In einem Eilverfahren war gestern Abend noch die DNA-Analyse anberaumt worden. Erst wenn die Identität des Opfers geklärt war, konnten sie die Angehörigen informieren und mit den Ermittlungen im Umfeld der Frau loslegen.

Während Buddy an Tammo emporsprang, stiefelte Frido an den beiden vorbei in das Büro der Ermittler und stellte die Platte auf dem Schreibtisch ab. Wie ein Magier, der im nächsten Augenblick ein Kaninchen aus dem Zylinder hervorzaubern wollte, hob er die Haube. »Echte ostfriesische Prüllkers.« Mit kindlichem Stolz zeigte er auf das Hefegebäck. »Selbst gemacht. Mit extra viel Rumrosinen, Korinthen und Butterschmalz.«

Tammo zog sich der Magen zusammen.

»Oh, das sieht aber lecker aus«, meinte Fenna, die gerade um die Ecke kam.

»Na, denn Mahlzeit«, sagte Tammo und schob ihr die Platte hin.

Fenna griff zu und biss in das kugelförmige Gebäck. Noch während sie kaute, blickte sie Onkel Frido ernst an. »Nervennahrung!« Sie hielt sich die Hand halb vor den Mund und schluckte. »Die können wir jetzt gebrauchen.«

Frido strahlte sie an. »Ich hab noch 'ne Platte zu Hause. Wenn ihr Nachschub braucht, einfach durchklingeln.«

»Machen wir, ganz bestimmt«, sagte Tammo teilnahmslos. Erleichtert stellte er fest, dass Jan Peters vorm Haus aus seinem Wagen stieg und mit schwungvollen Schritten auf die Wache zusteuerte. »Aber jetzt muss ich dich bitten, uns allein zu lassen. Der Kollege von der Spurensicherung ...« Er deutete mit dem Kopf nach draußen.

Doch so schnell ließen Frido und Buddy sich nicht hinauskomplimentieren. Der Schnauzermischling bestand darauf, dass Fenna ihn ausgiebig kraulte. Erst dann war er bereit, den Raum zu verlassen.

»Sehen wir uns heute Abend?«, fragte Frido beim Hinausgehen. Er zwinkerte Fenna zu und prallte im Türrahmen mit Jan Peters zusammen.

Tammo bückte sich und half dem Kollegen aus Aurich, die Unterlagen, die ihm bei der unsanften Begegnung mit seinem Onkel aus der Hand gefallen waren, wieder einzusammeln, bevor Buddy sie mit seiner neugierigen feuchten Schnauze auf ihre nahrungstechnische Verwertbarkeit hin prüfen konnte.

»Wenn's nicht zu spät wird, gerne«, sagte Fenna. »Aller Voraussicht nach müssen wir aber am frühen Abend noch eine Zeugenbefragung durchführen, die sich hinziehen kann.«

Frido wollte noch etwas erwidern, doch Tammo beförderte ihn mit sanfter Gewalt hinaus und schloss die Tür. Er wandte sich Jan zu. »Und?«, fragte er.

»Eure Vermutung war richtig. Die Tote ist Silvia Lüders. In einer Handtasche auf Zimmer neun der Friesenliebe lag ihr Personalausweis.« Er schob den Ermittlern eine Kopie von Vorder- und Rückseite des Ausweises hin. »Die DNA, die wir an den Kosmetikutensilien im Badezimmer vorgefunden haben, stimmt mit der der Leiche überein. Wir brauchen also keinem Angehörigen mehr zuzumuten, die Tote zu identifizieren.«

Fenna zog die Mappe mit den Unterlagen zu sich heran.

»Habt ihr Hinweise darauf gefunden, ob sie die Nacht vor dem Mord allein auf ihrem Zimmer verbracht hat?«

»Leider nein«, sagte Peters bedauernd. »Auf den ersten Blick sah das Zimmer aus wie jedes andere belegte Hotelzimmer, nachdem das Zimmermädchen seine Arbeit getan hat. Aber wir suchen weiter. Ein Kollege ist schon da, ich selbst fahre auch gleich wieder hin.« Peters hob die Hand. »Dann bis später«, sagte er und machte sich auf den Weg zum Hotel Friesenliebe.

»Wohin jetzt damit?«, fragte Tammo und zeigte auf die Platte mit Fridos Gebäck.

»Ganz einfach«, sagte Fenna. »Die eine Hälfte stellen wir in die Teeküche, damit alle was davon haben. Die andere überlassen wir Pötzschke, damit er nicht verhungert, bis er heute Abend von seiner Frau bekocht wird. Das ist das optimale Mittel, ihn zu bestechen, damit er alles daransetzt, den Ehemann der Ermordeten ausfindig zu machen. Und bis er die gefunden hat, gehen wir beide eine herzhafte Kleinigkeit essen.«

»Prima Idee. Ich hab zwar überhaupt keinen Hunger, aber ein bisschen rauszukommen tut sicher gut.«

»Ein Krabbenbrötchen geht immer. Geh'n wir zu Jonne ins Fiskerhuus?«

»Abgemacht.«

Die Atmosphäre in der gemütlichen Fischerkneipe und Jonnes hausgemachte Mayonnaise auf dem Brötchen mit dem frisch gefangenen Granat weckten Tammos Appetit und hoben seine Laune ein wenig an.

Bei ihrer Rückkehr auf die Wache kam Benno ihnen mit einem seiner typischen quadratischen Notizzettel entgegen, auf denen er die Ausbeute seiner Recherchen festzuhalten pflegte.

Tammo warf einen Blick auf das Papier. Der Wachtmeister hatte die Adressdaten und Telefonnummern mit den Überschriften ›privat‹ und ›beruflich‹ versehen. »Sauber!«, sagte der Kommissar anerkennend. »Wir fahren gleich hin.«

Fenna nahm ihm den Zettel aus der Hand. »Interessant: Lüders arbeitet in Aurich, wohnt aber im selben Ort wie seine Frau, sogar in derselben Straße, nur wenige Hausnummern von ihr entfernt.«

»Du meinst, er könnte abends mit einem Fernglas am Fenster stehen und beobachten, mit wem sie sich zu Hause trifft?«

»Würdest du das ausschließen?«

***

Okko Lüders war bei einem mittelständischen Unternehmen am Stadtrand von Aurich beschäftigt. Gleich hinter dem Eingang lag ein Büro mit weit geöffneter Tür, das mit einem Empfangstresen ausgestattet war. Weiter hinten im Raum stand ein Schreibtisch, an dem eine Mitarbeiterin saß, deren Finger in rasender Geschwindigkeit über eine Computertastatur flogen. Sie schrieb noch eine Weile, dann stellte sie das Tippen ein, legte ihre Brille ab und trat zu den Ermittlern an den Tresen.

»Sie wünschen?«

»Kripo Greetsiel.« Tammo und Fenna zeigten ihre Ausweise vor, die die Mitarbeiterin mit zusammengekniffenen Augen begutachtete. »Wir müssten in einer dringenden Angelegenheit mit Herrn Lüders sprechen.«

Die Dame machte große Augen. »Hat er was verbrochen?«

Fenna setzte ein kühles Lächeln auf, stützte einen Arm auf den Tresen und beugte sich so weit vor, dass ihr Gesicht dem der Empfangssekretärin sehr nahe kam. »Wo, bitte, finden wir Herrn Lüders?«

Die Frau wandte sich um, griff zum Telefonhörer auf dem Schreibtisch und drückte zwei Tasten. »Okko, kommst du mal? Besuch für dich.«

Tammo beobachtete die Dame genau. So, wie sie flötete, während sie mit Lüders sprach, hatte sie was mit dem Mann. Hatte sich nicht sogar ihr Gesicht ein wenig ins Rötliche verfärbt? Sie vermied jetzt den direkten Blickkontakt mit den Kommissaren.

»Wo können wir ungestört mit Herrn Lüders reden?«, fragte Tammo.

Die Sekretärin atmete lautstark durch, ging wieder an ihren Schreibtisch und tippte etwas in den Computer ein. Statt die Brille zu Hilfe zu nehmen, kniff sie wieder die Augen zusammen wie vorhin beim Inspizieren der Dienstausweise und blickte angestrengt auf den Monitor. »Der Besprechungsraum im Erdgeschoss ist frei.«

Hinter den Ermittlern ertönte ein hartes Klopfen. Ein Mann erschien im Türrahmen.

»Da bist du ja«, sagte die Sekretärin im Ton einer sehnsüchtigen Ehefrau, die ihren Gatten bei der abendlichen Heimkehr begrüßt.

»Was gibt's?«, fragte der Mann.

»Sie sind Okko Lüders?« Fenna reichte ihm die Hand und stellte sich und Tammo vor.

Die Sekretärin schlängelte sich um den Tresen und führte ihren Kollegen und die Besucher in den Besprechungsraum. »Tee kommt gleich«, sagte sie.

Tammo schloss die Tür, die die Dame offen stehen gelassen hatte. Dann nahm er gegenüber Lüders Platz. »Herr Lüders, wir müssen Ihnen leider mitteilen, dass Ihre Frau zu Tode gekommen ist. Wir möchten Ihnen«, Tammo hüstelte, »unser aufrichtiges Beileid aussprechen.«

Lüders zeigte keine Regung. Er stierte Tammo an, als wartete er noch immer darauf, zu erfahren, weshalb der Kommissar und seine Kollegin gekommen waren.

»Haben Sie verstanden, was Kommissar Anders Ihnen mitgeteilt hat, Herr Lüders?«, fragte Fenna.

»Nein. Ehrlich gesagt, nein.«

»Herr Lüders, es tut uns furchtbar leid. Ihre Frau ist tot.«

Lüders schüttelte den Kopf. »Wie kommen Sie darauf, dass Silvia nicht mehr leben soll?«

»Sie wissen, dass Ihre Frau ein paar Tage Urlaub in Pilsum machen wollte?«

Lüders stand auf, schob die Hände in die Hosentaschen und lief im Raum auf und ab. »Sie ist nach Pilsum gefahren, ja. In diese merkwürdige Friesenliebe. Das hat sie mir erzählt.« Abrupt blieb er vor dem Fenster stehen. Plötzlich drehte er sich um und stürzte zur Tür. »Ich hol mir einen Kaffee.«

»Ich komme mit«, sagte Tammo und sprang auf.

Fenna hielt ihn zurück. »Mein Kollege bleibt hier«, sagte sie zu Lüders, der im Türrahmen stehen geblieben war und den Kommissar fragend ansah. »Gehen Sie ruhig, wir warten hier.«

Lüders ging hinaus und schloss die Tür hinter sich.

»Was sollte das denn jetzt?«, fragte Tammo. »Wenn der abhaut?«

»Der haut nicht ab.«

»Warum dann diese Flucht vor uns?«

Fenna schüttelte verständnislos den Kopf. »Er flieht nicht. Versetz dich doch mal in seine Lage. Er muss einen Moment allein sein, um die Nachricht zu verdauen. Vielleicht holt er sich gar keinen Kaffee, sondern verdrückt sich aufs Klo und will ein paar Tränen fließen lassen. Der ist gleich wieder hier.«

»Na hoffentlich. Mir kommt er ziemlich merkwürdig vor. Er hat noch nicht mal gefragt, auf welche Weise seine Frau gestorben ist. Wenn das nicht verdäch...«

Tammo verstummte, denn die Sekretärin betrat den Raum und brachte den Tee. »Wo ist denn ...?«

»Kommt gleich wieder«, sagte Fenna. »Danke für den Tee.«

»Wenn das nicht verdächtig ist!«, vollendete Tammo den Satz, als sie wieder allein waren. »Er fragt mit keinem Wort, was passiert ist. Fragt nicht, wo seine Frau jetzt ist und ob er sie sehen kann. Nichts!«

»Gib ihm Zeit.«

Lüders kehrte zurück, tatsächlich ohne Kaffee, dafür mit einem seltsam verkniffenen Gesicht. »Der Kaffeeautomat ist kaputt«, sagte er zerstreut. Er ließ drei, vier Kluntjes in seine Tasse fallen und schenkte sich einen Tee ein, ohne sich darum zu kümmern, dass die Tassen der Kommissare noch leer waren. »Wie soll sie denn gestorben sein?«, fragte er höhnisch. »Sie war nicht krank.«

Er schien immer noch nicht wahrhaben zu wollen, dass seine Frau nicht mehr lebte.

Unter sträflicher Missachtung der ostfriesischen Teekultur nahm Okko Lüders einen Löffel und rührte in der Tasse herum. Er rührte, als lägen Felsbrocken darin, die sich nur schwer auflösten.

Fenna tauschte einen Blick mit Tammo aus. Dann begann sie zu sprechen. »Herr Lüders, Ihre Frau wurde gestern Morgen von einem Urlauberehepaar gefunden. Am Leuchtturm von Pilsum.«

Lüders rührte weiter im Tee, der bald Wellen zu schlagen schien.

»Sie ist ermordet worden.«

Lüders stieß die Tasse von sich fort, wobei die Hälfte des Getränks sich über den Tisch ergoss.

Tammo reichte es jetzt. »Herr Lüders, Ihre Frau ist tot. Das ist eine Tatsache. Die können Sie nicht von sich wegschieben.«

Wieder sprang Lüders auf, lief zum Fenster und schüttelte den Kopf. »Tot.« Er stieß einen verächtlichen Lacher aus. »Das erspart mir wenigstens die Scheidungskosten.«

Fenna erhob sich und stellte sich neben ihn. »Herr Lüders, Ihre Frau wurde erdrosselt.« Sie machte eine Pause und berührte ihn ganz leicht am Ellenbogen. »Wir müssen Ihnen ein paar Fragen stellen. Bitte setzen Sie sich wieder.«

Lüders folgte ihrer Aufforderung und ließ sich an seinen Platz zurückführen wie ein resignierter Straftäter, der gerade verhaftet wurde.

»Was war der Grund für Ihre Trennung?«, fragte Fenna, sichtlich bemüht, sich in den Witwer hineinzufühlen.

Der Mann schnaubte hilflos. »Was wohl? Sie konnte nicht genug bekommen.«

»Nicht genug wovon?«

»Von Männern natürlich, wovon sonst?«

»Seit wann leben Sie getrennt?«

»Seit einem guten halben Jahr. Seit acht Monaten, wenn Sie es genau wissen wollen.«

»Wollen wir«, sagte Tammo.

Fenna gab ihm ein Zeichen, sich zurückzuhalten. »Wer von Ihnen beiden hat die Trennung gewollt?«

Okko Lüders schien nervös zu werden. Sein Oberkörper bewegte sich vor und zurück. »Ich hab ihr ein Ultimatum gestellt.«

»Wie sah das aus?«

Lüders sah auf die Tischplatte, als spielte sich da ein Drama ab, und stammelte herum. »Ich wollte ... Es war wegen ... Sie hatte diesen Flirt. Mit einem Kollegen. Konnte nichts Ernstes sein, dachte ich zuerst. Aber dann ... Sie hat sich immer öfter mit ihm verabredet.« Endlich suchte der Witwer den Blickkontakt mit den Ermittlern. »Nicht etwa heimlich, wenn ich beim Fußballtraining war. Nein, der Typ holte sie ab, wenn ich zu Hause war. Um den Hals gefallen ist sie ihm – vor meinen Augen!«

»Sie haben Ihre Frau dann vor die Wahl gestellt?«

Lüders nickte. »Ich hab ihr gesagt, entweder das hört sofort auf, oder wir trennen uns.«

Die Frage, wie seine Frau darauf reagiert hatte, erübrigte sich.

»Wer von Ihnen beiden ist ausgezogen, Sie oder Ihre Frau?«

»Sie. Und wissen Sie, wohin sie gezogen ist? Nur ein paar Häuser von unserer gemeinsamen Wohnung entfernt. Das war doch Absicht, oder? Ich brauche nur aus dem Fenster zu gucken, dann kann ich beobachten, wenn ihr lieber Kollege zu ihr kommt. Wie er vor der Tür steht und Sturm klingelt und es gar nicht erwarten kann, zu ihr in den zweiten Stock zu steigen. Der zieht sich doch schon die Hose runter, sobald die Haustür hinter ihm ins Schloss gefallen ist!«

In Tammos Hirn schossen die Gedanken quer. Auch Fenna schien Schwierigkeiten zu haben, all die Informationen, die sie bisher zu dem Fall zusammengetragen hatten, miteinander in Einklang zu bringen.

»Sie wissen«, fragte der Kommissar vorsichtig, als hätte er Angst, den Mann noch mehr zu schockieren, »was für ein Hotel das ist, in dem Ihre Frau die letzten Tage verbracht hat?«

»Die Friesenliebe? Natürlich weiß ich, was das ist. Ich sag ja: Meine Frau kann nie genug bekommen. Ich hab ihr nicht gereicht, und ihr Kollege kann ihr offenbar auch nicht alles geben, was sie braucht.«

»Wusste der neue Partner Ihrer Frau von diesem Urlaub?«, fragte Tammo.

»Woher soll ich das wissen? Er hat sich nicht bei mir ausgeweint.«

Fenna schaltete sich wieder ein. »Sie kennen den Namen des Mannes?«

Okko Lüders lachte bitter. »Den kann ich inzwischen rückwärts buchstabieren. Die Anschrift auch. Können Sie alles von mir haben.«

Fenna kramte ihren Notizblock aus der Tasche und schob ihn Lüders zusammen mit einem Kugelschreiber wortlos hin. Der Mann nahm die Schreibutensilien genauso stumm an sich und schrieb den Namen und die Adresse auf.

»Vielen Dank«, sagte Fenna, als sie den Block wieder entgegennahm. »Eine etwas ungewöhnliche Frage noch: Können Sie uns sagen, von welcher Marke die Lippenstifte stammen, die Ihre Frau verwendet hat?«

Okko Lüders schien nicht zu verstehen, was Fenna gefragt hatte.

»Der Lippenstift Ihrer Frau, welches Fabrikat ist das? Oder benutzte sie verschiedene?«

»Meine Frau benutzt nie einen Lippenstift«, sagte Lüders. »Das hat sie auch gar nicht nötig«, schob er stolz hinterher, als wäre sie noch am Leben und immer noch seine Partnerin. »Sie hat von Natur aus ein sehr schönes Lippenrot.«

Jetzt nicht mehr, dachte Tammo. »Wenn Sie uns bitte sagen würden, wo Sie gestern Morgen zwischen sechs und acht Uhr waren?«, fragte er so leichthin wie möglich.

Lüders fixierte den Kommissar einen langen Moment mit seinen Blicken. Dann schob er den Stuhl so heftig zurück, dass er polternd umkippte. Sein Gesicht versteinerte. Fenna spannte sich an, als ob sie befürchtete, der Mann könnte sich jeden Moment auf ihren Kollegen stürzen, um ihn zu verprügeln.

»Setzen Sie sich.« Tammos Stimme klang hart wie Gefängnispritsche und trocken Brot. Sie verfehlte ihre Wirkung nicht.

Ein Zittern durchlief Okko Lüders' drahtigen Körper, als der Mann den Stuhl wieder aufrichtete und sich darauf niederließ, steif und ungelenk, als hätte er die Kontrolle über seine Muskeln verloren. Sein Blick war stier und ziellos. »Erst muss ich mit ansehen, wie meine Frau unsere Ehe durch den Dreck zieht«, brachte er zerknirscht hervor, »und jetzt werde ich auch noch verdächtigt, sie umgebracht zu haben.«

Tammo beobachtete den Mann skeptisch. Sollte er glauben, dass seine Fassungslosigkeit authentisch war? Er hatte zu viele Mörder schauspielern sehen.

»Es ist eine reine Routinefrage, Herr Lüders«, sagte Fenna, als der Witwer beharrlich schwieg. »Bitte antworten Sie meinem Kollegen.«

Lüders griff nach dem Telefon, das auf dem Besprechungstisch stand, und wählte eine Nummer. »Okko hier. Ich bin im Konferenzraum im Erdgeschoss. Kommst du mal bitte? Ist dringend.« Er legte den Hörer auf und blickte stur auf den Apparat, bis eilige Schritte auf dem Flur erklangen und die Tür aufgerissen wurde.

»Was gibt es denn? Oh ...«

»Die Herrschaften sind von der Kriminalpolizei«, sagte Lüders, ohne den Ermittlern den Mann vorzustellen. »Wann war ich gestern Morgen hier?«

»Äh, wie immer. Wieso?«

Fenna erhob sich und zeigte dem Mann ihren Dienstausweis. »Fenna Stern, Kripo Greetsiel. Es geht um Silvia Lüders. Die Frau Ihres Kollegen ist leider gestern Morgen gewaltsam ums Leben gekommen.«

Der Mann sah ungläubig auf Okko Lüders hinab. »Waaas? Aber das kann doch gar nicht ...«

»Um wie viel Uhr war Herr Lüders gestern im Büro?«

»Na, wie immer. Also um halb acht.«

»Erzähl schon die ganze Geschichte«, forderte Lüders seinen Kollegen auf.

Der Mann trat von einem Fuß auf den anderen. »Also gut, wenn das so ist. Meine Frau hat mir vor drei Tagen beim Abendbrot frisch von der Leber weg erzählt, dass sie sich scheiden lassen will. Sie hat sich in ihren Volkshochschullehrer vom Plattdeutschkurs verliebt. Daraufhin bin ich vorgestern mit so 'nem Gesicht ins Büro gekommen.« Mit einer Geste deutete er an, was für ein langes Gesicht er gemacht hatte. »Okko hat natürlich gleich gemerkt, dass mit mir was nicht stimmte. Der kennt mich schon lang genug. Am Abend sind wir zusammen bei mir um die Ecke einen trinken gegangen. Danach konnte er nicht mehr fahren. Da die eine Hälfte meines Ehebettes frei war, hat er bei mir geschlafen.«

»Sie waren also von vorgestern Abend bis gestern Morgen ständig zusammen«, stellte Fenna fest.

»Genau genommen«, sagte der Mann eilfertig, »von vorgestern Morgen um halb acht bis gestern Abend gegen siebzehn Uhr. Wir sitzen uns nämlich im Büro direkt gegenüber.«

»Danke, das genügt«, sagte Fenna.

»Wenn Sie uns bitte noch Ihren Namen und Ihre Anschrift hinterlassen würden«, schaltete Tammo sich ein und gab seiner Kollegin ein Zeichen, ihren Notizblock noch einmal hervorzuholen.

Lüders' Kollege schrieb seine Kontaktdaten auf und ging langsam, beide Hände erhoben, rückwärts aus dem Raum. »Wir sehen uns gleich«, sagte er mit Blick auf Okko Lüders und nickte ihm zaghaft zu, bevor er die Tür hinter sich schloss.

Fenna fuhr mit der Befragung fort. »Wann haben Sie Ihre Frau das letzte Mal gesehen?«

Lüders zuckte mit den Schultern. »Kommt drauf an, wie Sie das meinen. Ich seh sie ja ab und zu, wenn ich aus dem Fenster guck. Aber wenn Sie wissen wollen, wann wir uns das letzte Mal getroffen haben, so richtig verabredet ...« Er zog die Augenbrauen hoch.

»Das meine ich. Sie werden doch sicher mal darüber gesprochen haben, wie es weitergehen soll mit Ihrer Beziehung. Ob Sie die Scheidung wollen oder so.«

Lüders nickte. »Getroffen haben wir uns das letzte Mal vor vier oder fünf Wochen, im Mai.«

»Ist es dabei zu einem Streit zwischen Ihnen gekommen?«, wollte Tammo wissen.

»Haben wir uns vielleicht seit einiger Zeit dauernd gestritten?«, fragte Lüders provokant zurück. »Hätten wir uns sonst getrennt?«

Tammo verlor die Geduld. Er wollte einfach keine Rücksicht mehr darauf nehmen, dass der Mann soeben erst erfahren hatte, dass er Witwer geworden war. »Wenn wir Ihnen Fragen stellen, dann aus gutem Grund, auch wenn der für Sie nicht immer ersichtlich ist.«

Lüders zog den Kopf zwischen die Schultern. »Wenn meine Antwort so wichtig für Sie ist«, sagte er leise. »Ja, wir haben uns gestritten. Und zwar heftig. Aber wenn Sie einen heißen Tipp von mir wollen: Fragen Sie doch mal den Kollegen meiner Frau, wie es ihm mit der lieben Silvia ergangen ist.«

***

»Den Tipp hätte er sich sparen können«, grummelte Tammo, als sie grußlos am Raum der Empfangssekretärin vorbei in Richtung Ausgang liefen. Es wurmte ihn, wenn ein potenziell Verdächtiger meinte, ihn an den nächsten weiterreichen zu müssen.

Er ließ den Motor an. Fenna hatte ihm das Chauffieren überlassen. Kannte sie ihn inzwischen schon so gut, dass sie wusste, wie schnell sein erhöhter Adrenalinspiegel sich wieder auf ein erträgliches Niveau einpendelte, wenn er aufs Gaspedal treten konnte?

»Jetzt also der nächste Besuch am Arbeitsplatz«, seufzte Tammo und beschleunigte stärker als erlaubt.

»Ist ja zum Glück ganz in der Nähe, und wenn du ein bisschen vom Gas runtergehst, riskierst du auch nicht, dass wir auf dem Weg dahin noch von den Kollegen der Verkehrsstaffel aufgehalten werden.«

Das Gebäude des Unternehmens, in dem Silvia Lüders gearbeitet hatte, lag direkt an der B 72. In der Eingangshalle wurden die Ermittler von einer freundlichen Dame mit übergestülptem Telefon-Headset begrüßt.

»Kripo Greetsiel. Wir möchten zu Henning Gerdes.«

»Oh, das tut mir leid, Herr Gerdes ist unterwegs. Darf ich ihm was ausrichten?«

Er hatte es geahnt. Tammo zog die Oberlippe zwischen die Zähne und dachte nach. »Lohnt es sich zu warten? Meine Kollegin und ich könnten in der Zwischenzeit einen Tee trinken gehen.«

Die Empfangsdame schüttelte bedauernd den Kopf. »Herr Gerdes ist einer unserer Vertriebsleute. Er ist bei Kunden und wird wahrscheinlich heute gar nicht mehr ins Haus kommen. Wenn Sie einen Termin mit ihm vereinbaren möchten?«

»Wir müssen ihn sehr kurzfristig sprechen«, erklärte Fenna.

Die Frau blickte konzentriert auf den Bildschirm. »Nächste Woche Freitag um zwölf Uhr haben unsere Vertriebsleute ihr monatliches Meeting. Passt Ihnen ein Termin im Anschluss daran?« Sie sah die Ermittler höflich lächelnd über den Rand ihrer Lesebrille hinweg an.

Tammo schüttelte energisch den Kopf. »Wie meine Kollegin schon sagte: Wir brauchen Herrn Gerdes sofort. Am besten vorgestern, verstehen Sie?«

Die Dame wedelte mit den gepflegten Händen in der Luft und zeigte dabei ihre langen Nägel, von denen neun blutrot lackiert waren und einer, der am linken kleinen Finger, pflaumenblau. »Da bin ich machtlos. Tut mir leid.«

»Okay, wir rufen ihn selbst an«, beschloss Fenna.

»Sie haben seine Nummer?«

»Jo.«

Tammo stapfte aus dem Haus, Fenna hastete hinterher.

»Lass uns die Gelegenheit nutzen«, schlug sie vor, als sie wieder im Auto saßen, »uns vor dem Gespräch mit ihm ein Protokoll seiner Telefonate erstellen zu lassen.«

»Keine schlechte Idee.«

»Ich kann mir nicht vorstellen, dass die Mitgliedschaft von Silvia Lüders im Partnerportal der Friesenliebe Begeisterung bei ihm hervorgerufen hat. Und wenn er so viel unterwegs ist, kann er auch schnell mal einen Abstecher nach Pilsum gemacht haben, um sie zur Rede zu stellen. Wer wollte das kontrollieren?«

Kapitel 5

Zurück auf dem Firmenparkplatz drückte Tammo seiner Kollegin den Autoschlüssel in die Hand. »Kutschier mich, wohin du willst.«

»Das Ziel ist doch klar«, sagte Fenna und öffnete die Wagentüren.

Sie checkte noch schnell die neuesten Nachrichten auf ihrem Smartphone. »Nichts Wichtiges passiert«, sagte sie halblaut, verstaute das Gerät in ihrer großen Umhängetasche, deponierte sie auf dem Rücksitz und ließ den Motor an.

Tammo spürte in sich hinein. Selten in seinem Leben war er so schräg drauf gewesen wie an diesem Tag. Es kam aber auch alles zusammen: dieser grausame Mord, der ihn mehr berührte, als er gedacht hätte. Onkel Fridos Drängeleien und Frotzeleien wegen Fenna. Die bohrenden Blicke der Kollegen, wenn die Kommissarin in seiner Nähe war. Und nun auch noch die Friesenliebe.

»Wollen wir uns das Dutzend Liebestolle in dem Hotel wirklich heute noch antun?«, grantelte er, als der Wagen vom Firmengelände rollte.

»Ja, was denkst du denn? Wir haben einen Mordfall zu lösen!« Fenna warf ihm einen verwunderten Seitenblick zu und bog in die Bundesstraße ein, die nach Pilsum führte.

»Ob ich diese lüsterne Truppe mit all ihren Eifersüchteleien und dem Geturtele heute Abend noch aushalte, weiß ich nicht«, meinte Tammo. Er lehnte den Ellenbogen gegen das Fenster der Beifahrertür und stützte seinen Kopf in die Hand.

»Hast du etwa Angst, dass die Frauen sich gleich auf dich stürzen, dich in den Kannibalentopf werfen und vernaschen?«

Tammo verfiel in ein störrisches Schweigen. Fenna verstand ihn nicht. Nicht in diesem Punkt. Er hatte keine Lust auf Kinderkram, und was war die Friesenliebe, das Hotel mitsamt diesem dämlichen Partnerschaftsportal, anderes als ein Kindergarten für Erwachsene? Dieser Mord zeigte doch, wohin so etwas führte!

Fenna setzte das Gesicht einer Mutter auf, die mit ihrem renitenten Fünfzehnjährigen zum x-ten Mal eine sinnlose Diskussion über ein Thema führen musste, zu dem es definitiv keine zwei Meinungen gab. »Unsere Kundschaft können wir uns nicht aussuchen. Und ob die Leute in dem Hotel wirklich so lüstern sind ...«

Sie überholte einen alten VW Käfer, dessen Farbe an Kuhdung erinnerte und den überhaupt nur noch der stumpfe Lack zusammenzuhalten schien. »Lass uns etwas essen, wenn wir in Pilsum sind«, schlug sie vor. »Wenn wir nicht blöderweise in einen Stau geraten ...«

»Wie würdest du das denn anstellen wollen: in Ostfriesland in einen Stau geraten?«

»... dürften wir genau zur Abendbrotzeit ankommen. Wir mischen uns unter die Gäste, schnuppern ein bisschen die Atmosphäre, und anschließend nehmen wir uns jeden einzelnen Friesenliebler vor.«

»Zwölf Leute? Die kriegen wir heute Abend nicht mehr alle durch«, blockte Tammo ab.

»Sind ja nur noch elf«, erwiderte Fenna trocken und sog geräuschvoll die Luft ein. Mit einer energischen Bewegung schaltete sie das Autoradio ein, drückte wahllos auf den Knöpfen herum, bis sie einen Sender gefunden hatte, der fetzige Musik spielte, und drehte das Gerät verdammt laut.

Sie bogen von der Hauptstraße links ab in Richtung Kreuzkirche und passierten das historische Gebäude mit seinen spätromantischen und gotischen Bauelementen und dem markanten Vierungsturm.

Fenna drehte das Radio leiser und zeigte im Vorbeifahren auf das Gotteshaus. »Was der Pfarrer wohl zu dem Mordfall in seiner Gemeinde sagt?«

»Was soll ein Pastor zu solch einem Verbrechen sagen?«, tat Tammo die Frage schlecht gelaunt ab und blickte zur Alten Brauerei hinüber, die ein Stück weiter auf der anderen Straßenseite lag. »Er wird sich vor Kummer mit seinen Schäfchen da drüben an einen großen Tisch setzen und sich volllaufen lassen.«

»Im Ernst«, beharrte Fenna, »rein theoretisch kann doch jeder der Mörder sein, und die Anzahl der Einwohner von Pilsum ist ziemlich überschaubar. Solange der Täter frei herumläuft und niemand weiß, ob es ein Urlauber war oder ein Einheimischer, dürfte die Stimmung in dem Dorf ziemlich ungemütlich sein. Ich könnte mir vorstellen, dass ein Pfarrer als moralische Instanz in dieser Situation gut damit beschäftigt ist, dafür zu sorgen, dass keine alten Feindschaften aufbrechen und niemand ungerechtfertigterweise verdächtigt wird.«

»Du meinst, wenn wir als Kripobeamte es schon nicht schaffen, den Ball flach zu halten, dann muss wenigstens der Seelsorger ran.«

Fenna drehte das Radio wieder auf volle Lautstärke, was unnötig war, denn sie hatten den Parkplatz des Hotels Friesenliebe erreicht.

Schweigend lösten sie die Sicherheitsgurte und verharrten ein paar Sekunden lang auf ihren Sitzen, ohne einander auch nur einen Blick zu gönnen.

Tammo überlegte, ob die Zeit reif war für eine Entschuldigung. Bevor er zu einer Entscheidung gelangte, zeigte Fenna auf eine Gruppe von Leuten, die in einiger Entfernung vom Haus auf dem Greetsieler Weg zusammenstanden.

»Guck mal da«, sagte sie. »Der Schlaksige da hinten, ist das nicht der, der mit Silvia Lüders anbandeln wollte? Dieser Heinz-Werner Janz?«

»Hm, kann schon sein. Dass du den Namen behalten hast!«

Neben dem Hochgewachsenen stand ein Mann, der den anderen etwas zu erklären schien. Er redete mit Händen und Füßen und zeigte mit dem Finger der Reihe nach auf die Umstehenden, als würde er sie abzählen. Offensichtlich teilte er die Gruppe auf. Während er sprach, bildeten sich zwei Parteien, die sich an den beiden Straßenrändern aufstellten.

»Lass uns ins Haus gehen«, sagte Fenna und öffnete die Fahrertür.

Tammo schlenderte neben seiner Kollegin durch den riesigen Vorgarten auf das Hotelgebäude zu. Er kam sich vor wie die männliche Hälfte eines dieser Pärchen, die sich über das Portal der Hoferlands kennengelernt hatten und nun prüfen wollten, ob sie auch harmonierten, wenn sie sich leibhaftig begegneten.

Hilke Hoferland machte sich an einem der großen Blumenkübel zu schaffen, die über die ganze Wiese verteilt standen. Beim Anblick der Kommissare legte sie die Gartenschere auf ein antik wirkendes Eisentischchen, das inmitten von vier dazu passenden Stühlen unter einem Obstbaum stand. Sie empfing die beiden mit einem aufgesetzten Lächeln.

»Schon wieder hier?«

»Stören wir?«, konterte Tammo.

Fenna setzte ein Mitleid erregendes Gesicht auf und hielt sich die Hand vor den Magen, als wollte sie ein lautstarkes Knurren unterdrücken. »Wir haben ganz viel Hunger mitgebracht und dachten uns, wir könnten bei Ihnen zu Abend essen. Sie haben doch sicher was Deftiges auf der Karte.«

Hilke Hoferland guckte nicht begeistert. »Wir haben keine Karte und Deftiges schon gar nicht. Mein Mann kocht in der Regel nur für die Übernachtungsgäste, und zwar sinnlich. Unsere Abendmenüs sollen ja immer was von einem Liebesmahl haben.

Aber wenn Sie davon kosten möchten ...« Sie taxierte die beiden. »Sie sind ja schließlich auch ein Mann und eine Frau. Was mein Bastian kocht, dürfte also auch bei Ihnen beiden eine gewisse Wirkung nicht verfehlen.«

»Was ganz Einfaches würde uns reichen«, beeilte Tammo sich zu sagen, bevor die Hoteliersfrau ihren Gedanken weiterspann. »Und wenn es nur 'ne Krabbensuppe wäre.«

»Oder ein Steekrövenpott!«, warf Fenna ein. »Den hat meine Oma früher oft gemacht. Steckrüben, Kartoffeln und Möhren und ein bisschen Speck dazu.«

Hilke Hoferland ließ sich erweichen. »Na gut, ich spreche mal mit meinem Mann. Aber bitte vergleichen Sie unsere Küche nicht mit der Ihrer Oma!«

War der Ton der Gastronomin als Flehen oder als Warnung zu verstehen?

Hilke Hoferland ging voran, trat in das kleine Foyer ihres Hotels ein und hielt den Ermittlern die Tür auf. »Sie sind doch noch kein Paar, Sie beide, oder?«, fragte sie geradeheraus.

Tammo hielt den Blick auf die Schmutzfangmatte gerichtet und achtete höchst penibel darauf, auch noch das letzte Krümelchen Erde von seinen Schuhen abzutreten. Fenna versteckte sich hinter seinem Rücken.

»Nun kommen Sie schon rein«, forderte Hilke den Kommissar auf. »Sonst sind gleich Ihre Sohlen durch und Sie stehen barfuß da.«

Tammo lief das Wasser im Mund zusammen, als er die Gerüche wahrnahm, die aus der Küche durchs Restaurant bis ins Foyer geweht waren. – Ob Fenna wohl eine gute Köchin war?

Hilke Hoferland führte die Ermittler ins Restaurant. »Bastian?«

Fast im selben Moment, in dem er gerufen wurde, öffnete Bastian Hoferland die weiße Schwingtür, die von der Küche in den Gastraum führte. Er hatte ein feuchtes Wischtuch in der einen und ein trockenes Tuch in der anderen Hand.

»Verdauungsschnaps gefällig?«, fragte er beim Anblick der Ermittler. »Oder sind Sie noch im Dienst?«

»Die Herrschaften wollten etwas essen«, erklärte seine Frau ihm mit leicht säuerlicher Miene.

Vergeblich versuchte Tammo, die Tatsache zu verdrängen, dass an keinem einzigen Tisch ein Hotelgast saß und darauf wartete, dass das Liebesmenü serviert wurde. Eine Erkenntnis brach sich Bahn: Sie kamen zu spät.

Der Ärger, durch halb Aurich gekurvt zu sein, um sich sagen zu lassen, dass Henning Gerdes nicht im Haus war, rumorte noch in seiner Seele. Er wollte nicht auch noch in ein Restaurant gefahren sein, um sich anzuhören, dass die Küche geschlossen war und man ihm nur noch einen Digestif anbieten konnte, für den es in seinem Körper zurzeit wirklich nichts zu tun gab.

Fenna drehte sich in dem verlassen daliegenden Restaurant um die eigene Achse. »Wo sind denn Ihre Gäste?«

»Boßeln«, sagte Bastian Hoferland. »Sie sind gerade losgezogen.«

»Essen die nicht um diese Zeit zu Abend?« Fenna zeigte in Richtung des Foyers. »An der Rezeption ist doch eine Tafel mit den Essenszeiten angebracht. Danach müssten jetzt alle hier versammelt sein.«

Tammo hörte die Verzweiflung in Fennas Stimme deutlich heraus. Ihr ging es nicht anders als ihm. Verständlich, sie hatten beide den ganzen Tag über kaum etwas zu sich genommen.

Bastian lachte und wies mit dem Kopf zum Fenster hinaus. »Gucken Sie sich mal den Himmel an. Ostfriesisches Küstenwetter! Heute Nachmittag beim Tee hat die Gruppe beschlossen, eine Stunde früher zu Abend zu essen und anschließend boßeln zu gehen. Wir richten uns natürlich nach den Wünschen unserer Gäste, soweit wir das können.«

»Mit anderen Worten«, ergänzte Hilke, »unser heutiges Liebesmahl befindet sich gerade auf dem Verdauungsspaziergang. Aber wir hätten noch Reste. Wenn Sie damit vorliebnehmen möchten?«

»Wir sind zwar gekommen, um bei Ihnen zu essen«, erklärte Fenna den Wirtsleuten. »Bei der Gelegenheit wollten wir aber auch mit einigen Ihrer Gäste reden.«

»Wenn das so ist ...«, sagte Hilke. »Ich hab eine Idee: Ich schmier Ihnen ein paar Stullen, geb Ihnen was zu trinken mit, und dann sprinten Sie der Gruppe hinterher und boßeln mit. Die sind in jeder Mannschaft einer mehr als üblich, da kommt es auf noch einen zusätzlichen Teilnehmer nicht an. Ich finde sowieso, es macht mehr Spaß, je mehr Leute dabei sind.«

»Im Anschluss gibt es ein paar leckere Snacks«, versprach Bastian. »Wenn die Leute vom Boßeln zurückkommen, haben sie erfahrungsgemäß wieder Hunger. Also, wenn Sie beide nicht gerade eine Allergie gegen frische Luft und ein bisschen Bewegung haben, machen Sie da draußen mit und gesellen sich nachher im Gemeinschaftsraum zu der Gruppe dazu.«

***

»Heute ist wirklich nicht mein Tag«, knurrte Tammo, als Fenna und er, jeder mit einem Schinkenbrot und einer Flasche Wasser bewaffnet, durch den Vorgarten eilten.

»Was nicht ist, kann bekanntlich noch werden«, tröstete Fenna ihn.

Die beiden Mannschaften hatten ihre Boßelkugeln schon ein gutes Stück weit den Greetsieler Weg entlang befördert. In dem Glauben, es handele sich um abendliche Wanderer, wollten sie den Ermittlern Platz machen. Doch Fenna mit ihrer verbindlichen Art erklärte ihnen, wer sie und Tammo waren und dass sie die Teams gern verstärken wollten.

Der Schlaksige trat hervor. Er war schätzungsweise einen Meter fünfundneunzig groß. Fenna musste den Kopf in den Nacken legen, um ihm in die Augen zu sehen, und selbst den nicht gerade klein geratenen Kommissar überragte der Mann um eine halbe Haupteslänge. Er bog den Kopf leicht nach hinten, als suchte er noch mehr Abstand, als sich durch seine Körperlänge bereits ergab, und blickte auf die beiden Ermittler hinab.

Wie hochnäsig er wirkte!

»Sie kennen die Spielregeln?«, fragte er mit näselnder Stimme.

»Wir sind Ostfriesen«, erwiderte Tammo und drehte sich von ihm weg.

Fenna knuffte Tammo in die Seite. »Am besten teilen wir uns auf die beiden Mannschaften auf. Was meinen Sie?«, fragte sie in die Runde.

»Das ist okay«, rief ein Mann von schätzungsweise Ende fünfzig. »Wir sind sowieso in ungleicher Zahl. Deshalb muss Heinz-Werner auch den Schiedsrichter spielen.«

»Braucht man den neuerdings beim Boßeln?«, fragte Fenna.

»In unserer Gruppe schon«, raunte der Mann grinsend.

»Timo, du Schlaumeier«, rief eine Frau mit wilden braunen Locken ihm zu. »Wenn zu jeder Mannschaft einer dazukommt, sind beide Gruppen immer noch ungleich groß.« Sie wandte sich ab und machte eine Scheibenwischerbewegung mit der Hand, die dem Mann natürlich nicht verborgen blieb.

»Klar, Swantje hat mal wieder den Durchblick«, maulte er. »Ich hab keine Lust mehr, ich geh zurück ins Hotel. Dann seid ihr nur noch zehn, mit den beiden Herrschaften von der Kripo zwölf. Dann habt ihr endlich euer zahlenmäßiges Gleichgewicht.«

»So'n Quatsch, Timo, du bleibst hier. Von den Kommissaren geht jeder in eine Mannschaft, und Heinz-Werner macht weiter den Schiedsrichter«, beschied ein anderer Teilnehmer.

Heinz-Werner nickte zufrieden. Er schien erleichtert, sich nicht in eins der Teams integrieren zu müssen. Seiner Ausstrahlung nach war klar, dass niemals ein anderer das Sagen haben konnte als er.

Tammo zwinkerte Fenna zu. Sie hob fast unmerklich den Daumen. Nun waren sie mittendrin.

»Machen Sie mal gleich weiter«, ermunterte Timo den Kommissar und überreichte ihm die Boßelkugel.

Heinz-Werner griff Tammos Ärmel und zog den Kommissar wie ein unbeholfenes Kind an die Stelle auf dem Greetsieler Weg, von der aus der nächste Wurf erfolgen sollte.

»Dann mal liek ut Hand!«, rief Timo.

Tammo legte all seine Wut auf den heutigen Tag in den Wurf und schleuderte die Kugel, wie von Timo gefordert, gerade aus der Hand heraus von sich fort. Er katapultierte das Holz so weit nach vorn, wie er es noch nie in seinem Leben geschafft hatte. Die Kugel flog durch die Luft, platschte auf den Boden und rollte aus. Am Ende tat sie ihm den Gefallen, nicht in einen Graben zu kullern, sondern sich am Wegesrand von einem Grasbüschel stoppen zu lassen. Der Applaus der Mitspieler hallte über die weite Landschaft. Tammo machte ein betont lässiges Gesicht und badete seine Seele in der unverhofften Anerkennung.

Die beiden Mannschaften schlenderten weiter, nicht ohne zwischenzeitlich den Flachmann aus der Jackentasche zu holen. Die Ermittler lehnten dankend ab, als ihnen eine Flasche mit Hochprozentigem hingehalten wurde.

Tammo robbte sich an Heinz-Werner heran. Er setzte gerade dazu an, ihn nach seinem Kontakt zu Silvia Lüders zu fragen, als es hinter seinem Rücken zu einer lautstarken Auseinandersetzung zwischen zwei Frauen kam, die derselben Mannschaft angehörten. Er wandte sich um.

Eine übermäßig stark geschminkte Frau mit hellblondem Haar und extravaganter Kleidung zog die lockige Brünette, die sich vorhin mit Timo angelegt hatte, an den Haaren.

»Immer drängst du dich vor! Erst bei den Männern und jetzt auch noch in unserem Team«, brüllte die Blonde. »Halt dich an die Spielregeln oder verschwinde!«

Die Brünette schrie wie am Spieß. Timo ging dazwischen. Die Blonde ließ los. »Ich hab genauso für den Urlaub bezahlt wie du«, maulte ihre Gegnerin. »Hau du doch ab!«

Heinz-Werner sah Tammo flehentlich um Hilfe bittend an.

Der Kommissar schüttelte den Kopf. War er hier etwa der Chef-Erzieher? »Sie sind der Schiedsrichter«, sagte er gleichgültig. »Walten Sie Ihres Amtes.«

Doch der Kampfrichter traute sich nicht, und der Streit zwischen den beiden Frauen nahm an Lautstärke zu.

»Kannst es wohl nicht ertragen, die zweite Geige zu spielen«, warf die Brünette der Blonden vor. »Ich hab doch gesehen, wie du dich an Heinz-Werner rangemacht hast. Womöglich hast du sogar die arme Silvia auf dem Gewissen!«

Die Blonde schlug der Brünetten mit der flachen Hand ins Gesicht.

Das rief Fenna auf den Plan. Sie sprang auf die Streithennen zu und riss sie auseinander. »Schluss jetzt!«

Endlich trauten sich die Mitglieder der beiden Mannschaften, jeweils eine der beiden Frauen zu umzingeln, um sie vor der anderen zu schützen.

»Das Spiel ist vorbei«, bestimmte Fenna. »Wir gehen zurück ins Hotel.«

Timo entfernte sich schmollend von der Gruppe, um die Boßelkugeln einzusammeln.

Fenna drückte sich an Tammos Schulter. »Der Janz und die beiden Frauen«, flüsterte sie ihm ins Ohr, »die sollten wir uns zuerst angucken.«

Im Schweigemarsch traten die beiden Mannschaften, jede von einem der Ermittler angeführt, den Rückweg an. Heinz-Werner als Unparteiischer schritt mit erhobenem Haupt zwischen ihnen daher und versuchte, den Anschein zu erwecken, er allein habe die Lage im Griff.

Kurz bevor sie die Ortsgrenze erreichten, kam ein vermeintlicher Wanderer auf sie zu. Freundlich grüßend blieb er vor ihnen stehen, nahm seinen Rucksack ab und holte eine Fotoausrüstung heraus. »Was dagegen?«, fragte er. »Wenn Sie ein bisschen näher zusammenrücken würden?« Er winkte mit der Hand, um ihnen zu zeigen, zu welcher Seite sie sich bewegen sollten. »Gibt gerade so ein schönes Bild ab, Sie alle zusammen vor diesem vielen Grün und dem tollen Himmel.«

Artig folgten die Friesenliebler den Anweisungen. Tammo und Fenna rückten von der Gruppe ab. »Wir bitte nicht«, rief die Kommissarin.

Der Mann zuckte mit den Schultern. »Na gut, dann nicht«. Er machte ein paar Aufnahmen, dann ließ er die Kamera sinken. »Jetzt mal von einer anderen Position.« Er drehte sich nach verschiedenen Seiten um und prüfte den Lichteinfall. Aufgeräumt winkte er die Gruppe zu sich heran und deutete mit dem Kopf in Richtung Pilsum. »Noch eins mit der Skyline im Hintergrund.«

»Skyline! So 'n Quatsch.« Die Brünette, die sich vorhin mit der Blonden gestritten hatte, prustete höhnisch.

»Wofür sind die Aufnahmen überhaupt gedacht?«, fragte Heinz-Werner.

»Für die Zeitung. Gleich mach ich noch ein Interview mit Ihnen.«

»Wie ›für die Zeitung‹?«

Der Reporter guckte irritiert. »Glauben Sie etwa, ich mache Aufnahmen für den nächsten Urlaubskatalog der Krummhörner Gemeinden?«

»Ich hätte eher an Postkarten gedacht«, warf die Blondine ein.

Heinz-Werner sprang unterdessen auf den ungebetenen Gast zu. »Kommt überhaupt nicht infrage!«, rief er und wollte ihm die Kamera aus der Hand schlagen.

Der Reporter schien Erfahrung mit solchen Situationen zu haben. Den Fotoapparat mit beiden Händen fest umklammert, versuchte er, dem Angreifer zu entkommen.

Heinz-Werner folgte ihm.

»Stopp!«, rief Tammo. »Ende der Vorstellung.« Er baute sich vor dem Mann mit der Kamera auf. »Wer sind Sie überhaupt?«

»Ich bin freier Journalist und mache eine Reportage, die ich verschiedenen Zeitungen anbieten werde. Das ist doch die Gruppe mit der Toten, oder?«

»Auf das Interview werden Sie verzichten müssen«, beschied der Kommissar ihn. »Und wie Sie mit den Fotos von Menschen umzugehen haben, die ihr Konterfei nicht in der Zeitung wiederfinden möchten, dürfte Ihnen bestens bekannt sein.«

Fenna gesellte sich zu den beiden Männern, die sich gegenüberstanden wie zwei kampfbereite Hunde. »Wir möchten Sie wirklich nicht länger aufhalten. Sicher haben Sie woanders noch einen Termin. Schönen Tag auch!«

Der Reporter trollte sich leise schimpfend davon.

Heinz-Werner heftete sich an die Fersen der Ermittler. »Machen Sie doch was. Nehmen Sie ihm die Kamera weg, und löschen Sie die Aufnahmen!«, forderte er verzweifelt gestikulierend.

»Mit welchem Recht?«, fragte Tammo ihn. »Sie haben sich auf seine Aufforderung hin zusammen mit den anderen hübsch aufgestellt und in die Linse gegrinst.«

»Aber doch nicht, damit ich in die Zeitung komme. Da will ich nicht rein!«

»Das hätten Sie vorher mit ihm klären müssen«, erwiderte Tammo mitleidslos und sah demonstrativ in eine andere Richtung.

»Der Mann ist Profi«, sagte Fenna, »Wenn überhaupt, wird er die Fotos nur mit verpixelten Gesichtern an die Redaktionen geben.«

»Trotzdem«, protestierte Heinz-Werner, »ich will das nicht.«

Fenna beschleunigte ihren Schritt und schüttelte den Quengler ab.

Sie hatten die Friesenliebe so gut wie erreicht. Hilke Hoferland nahm ihre Gäste händeringend in Empfang. »Die Snacks sind noch nicht fertig.«

»Aber wir«, erwiderte Tammo, dem die Lust auf ein weiteres Umdisponieren gründlich vergangen war.

»Lassen Sie sich Zeit«, besänftigte Fenna die Hoteliersfrau. Sie hob die Stimme, damit alle Anwesenden sie hörten, sprach aber weiter mit Blick auf Hilke Hoferland. »Die Herrschaften werden sich erst noch ein Weilchen auf ihre Zimmer zurückziehen, bevor sie in ...«, sie blickte auf ihre Armbanduhr, »sagen wir: anderthalb Stunden wieder zusammenkommen. In der Zwischenzeit werden wir den einen oder anderen von ihnen zum Sechs-Augen-Gespräch bitten.«

»Halt!«, rief der Kommissar, als Heinz-Werner sich an ihm vorbei zur Treppe schlich. »Sie sind der Erste, mit dem wir uns ein wenig unterhalten wollen.«

»Ich? Wieso?«

»Erfahren Sie gleich«, sagte Fenna. Geistesgegenwärtig hielt sie die Brünette am Arm fest, die gerade mit gesenktem Haupt an ihr vorbeihuschen wollte. »Mit Ihnen möchten wir als Nächstes reden.«

»Mit mir?« Die Frau erblasste, und ihr linkes Augenlid zuckte unwillkürlich.

Fenna hielt ihren Arm weiterhin fest, während sie nach der Blonden Ausschau hielt, die als Letzte das Haus betrat. Sie winkte die Frau zu sich heran. »Sie, meine Liebe, halten sich auch zu unserer Verfügung. Ich brauche Ihrer beider Namen und die Zimmernummern, bitte.« Sie sah die Blonde an.

»Hedda Lilienschmied, Zimmer drei.«

»Sie können dann gehen. Wir lassen Sie rufen, wenn es so weit ist.« Sie ließ den Arm der Frau los und wandte sich der Brünetten zu. »Ihr Name und Ihre Zimmernummer?«

»Swantje Jensen, zwei Zimmer weiter.«

»Die fünf also?«, vergewisserte Fenna sich.

»Wenn drei plus zwei fünf ergibt, wird das wohl stimmen.«

Tammo, der die Szene beobachtet hatte, wäre gern dazugekommen, um der Frau ein paar Takte zu erzählen. Doch Fenna bremste ihn mit einem Blick, der ihm verdeutlichte, dass sie sich gegenüber den Protagonistinnen eines original ostfriesischen Zickenkriegs auch ohne männlichen Beistand durchzusetzen vermochte. »Frau Jensen«, sagte sie bestimmt, »ich darf Sie daran erinnern, dass wir nicht hier sind, um eine Mathestunde abzuhalten. Wir sind dabei, einen Mord aufzuklären. Passen Sie auf, dass Ihnen nachher bei unserer Befragung nicht die Zahlen und Fakten durcheinandergeraten.«

Swantje starrte die Kommissarin einen Moment lang mit süffisantem Lächeln an, dann zog sie sich auf ihr Zimmer zurück.

»Wo war noch mal der Gemeinschaftsraum?«, fragte Fenna.

Bastian Hoferland war aus der Küche herbeigeeilt und im Durchgang zwischen Restaurant und Foyer stehen geblieben, von wo aus er das Durcheinander schweigend bestaunte. Er zeigte ins Restaurant. »Da durch und ganz hinten rechts rum.«

»Hätten Sie wohl einen Tee für uns?«, fragte Tammo ihn. »Tee und ein bisschen was zu knabbern, das wäre nicht schlecht.«

Bastian gab die Bestellung an seine Frau weiter.

Hilke Hoferland hatte sich hinter den Empfangstresen zurückgezogen. Ihrem angespannten Gesichtsausdruck nach schien sie darüber nachzudenken, was sie von dem Geschehen halten sollte.

Tammo taxierte sie mit seinen Blicken.
Sie bemerkte das und beeilte sich, aus seinem Sichtfeld zu entschwinden.

Kapitel 6

Die Ermittler nahmen den verhinderten Boßel-Schiedsrichter in ihre Mitte und geleiteten ihn in den Gemeinschaftsraum, der mit urigen Ostfriesensofas und rustikalen Stühlen und Tischen ausgestattet war.

Heinz-Werner schob sich auf einen der Zweisitzer und suchte Halt an der ausladenden Armlehne. Die Verunsicherung stand ihm ins Gesicht geschrieben und machte ihn verdächtig, bevor die Befragung überhaupt begann.

»Sie sind – oder besser gesagt: waren – also der Freier von Silvia Lüders«, eröffnete der Kommissar das Gespräch. Fennas Blick verriet ihm, dass er mal wieder nicht den passenden Ton getroffen hatte. Doch darum scherte er sich jetzt nicht, er musste nicht beweisen, dass er den Knigge beherrschte. Außerdem war Janz selbst schuld, dass er sich in dieses blöde Liebeskasperletheater hineinmanövriert hatte.

Heinz-Werner setzte eine trotzige Miene auf. »Die Friesenliebe ist kein Puff, und ich bin und war niemandes Freier.« Er schlug seine langen Beine übereinander und wippte heftig mit einem Fuß. Dabei stieß seine Schuhspitze gegen Tammos Knie. Er bemerkte das nicht, oder er hielt das Knie für ein Tischbein.

Tammo zog sein Bein zurück. Mit dem Daumennagel fuhr er eine Ritze an der hölzernen Tischkante entlang. Schon wieder hatte er vergessen, wie Heinz-Werner hintenraus hieß. »Ihr Nachname war ...?«

»Mein Name war Janz, und er ist es immer noch. Doktor Janz, übrigens.«

Tammo blies die Backen auf. Er hatte es also mit einem dieser Klugschnacker zu tun, die er so liebte. »Von Beruf sind Sie was?«, fragte er, obwohl es ihn schon nicht mehr interessierte.

»Physikingenieur. Dozent an der Uni Emden/Leer im Fachbereich Engineering Physics.«

»Sind Sie Mitglied in weiteren Partnerschaftsportalen, oder beschränken Sie Ihre Partnersuche auf die Friesenliebe?«

»Was glauben Sie denn, was ich für einer bin?«, brauste Heinz-Werner auf.

Die rhetorische Frage prallte an dem Ermittler ab. Tammo bat Fenna um ein paar Bögen ihres Schreibblocks und machte sich Notizen. In dem angestrengten Versuch, die Worte zu entziffern, die aus seiner Sicht auf dem Kopf standen, schielte Heinz-Werner auf das Papier. Tammo kritzelte absichtlich unleserlich und verwendete Abkürzungen, die nur ihm etwas sagten. Erst als er seinen Arm um den Block legte wie ein Fünftklässler, der seinen verhassten Mitschüler bei der Mathearbeit nicht abschreiben lassen will, wurde dem Befragten klar, dass der Kommissar seinen verrenkten Hals und die Stielaugen bemerkt hatte.

»Von wem ging der Wunsch aus, sich im Hotel Friesenliebe zu treffen?«, fragte Fenna, »von Ihnen oder von Frau Lüders?«

Heinz-Werner zierte sich. Er zupfte an seiner Oberlippe, verlagerte das Gewicht von der rechten auf die linke Pobacke und setzte mehrmals zu reden an. Endlich rang er sich zu einer Antwort durch. »Ich glaube, das war sie. Ja, Silvia war das.« Er räusperte sich und klopfte mit den Fingerspitzen einer Hand auf den Tisch. »Die Art und Weise, wie sie mir vorschlug, ein paar gemeinsame Tage in diesem Haus zu verbringen, hatte schon was Romantisches. Das kann man so sagen«, trug er nicht ohne Stolz vor.

»Hatten Sie Kontakt zu weiteren Frauen in dem Portal?«, hakte Fenna nach.

»Äh, in den ersten Wochen nach der Anmeldung natürlich. Man sucht ja eine Zeit lang, bis man das findet, was einen interessieren könnte.« Er unterbrach sich und blickte die Ermittler an wie Studenten, denen er eine Technik erklären musste. »Wenn man in ein Kaufhaus geht, um sich eine Hose zu kaufen, probiert man ja auch mehrere an, bis man die gefunden hat, die einem passt. Aber nach einigen eher unergiebigen Kontakten konzentrierte sich alles auf diese eine Frau, Silvia.«

»Über welchen Zeitraum hinweg haben Sie und Silvia Lüders sich im Internet getroffen, bis Sie sich zu dem Urlaub in Pilsum entschlossen?«, fragte die Kommissarin.

»Oooch, so ungefähr sechs, sieben Wochen lang. Dann ging es Schlag auf Schlag, und wir haben den erstbesten Termin genommen, den wir im Hotel bekommen konnten. Ging schneller als gedacht«, ergänzte er.

»Wie war das dann, als Sie sich auf einmal gegenüberstanden?«

Heinz-Werner zuckte mit den Schultern. »Wie soll es schon gewesen sein? Gut war's. Nett. Schön. Silvia war eine angenehme Frau. Vielleicht ein bisschen zu klein für mich, aber bei meiner Größe ist es etwas schwierig, was Passendes zu finden.«

»Jo«, warf Tammo ein. »Das ist dann mit den Frauen nicht viel anders als mit den Hosen.«

Heinz-Werner warf ihm einen Blick zu, den man getrost als tödlich hätte bezeichnen können.

»Sie waren ernsthaft an Frau Lüders interessiert?«, fragte Fenna weiter.

»Sonst hätte ich wohl kaum meine kostbare Zeit für dieses Treffen geopfert.«

»Wie hat Frau Lüders sich in den wenigen Tagen, die sie in diesem Hotel verbracht hat, verhalten? Hat sie sich an Sie gebunden gefühlt, oder hat sie sich auch anderweitig umgesehen?«

»Was soll das heißen: anderweitig umgesehen?«

Fenna blieb hart. »Meine Frage dürfte kaum misszuverstehen sein. Hat Frau Lüders sich außer für Sie auch für andere Männer interessiert, die gerade in der Friesenliebe zu Gast waren?«

Heinz-Werner drückte sich gegen die Rückenlehne des Sofas. »Für Silvia gab es keine anderen Männer. Sie hatte nur Augen für mich.«

Die nächste Frage kam von Tammo. »Wir wurden vorhin Zeugen eines Streits zwischen zwei weiblichen Gästen. Kommt so was öfter vor? Gab es ähnliche Auseinandersetzungen auch mit Frau Lüders?«

Heinz-Werner warf sich in die Brust wie jemand, der das Opfer gut gekannt hatte und es nun gegen ungerechtfertigte Vorwürfe verteidigen musste. »Silvia war ein friedliebender Mensch, hilfreich, diskret und sanft.«

Die Worte des Physikingenieurs erinnerten Tammo an Werbung für Papiertaschentücher. Er griff zur Teetasse, um ein Schmunzeln zu verbergen, während Heinz-Werner weitersprach.

»Sie wollte nur eins: einen Partner finden. Mit wem hätte sie sich bei diesem romantischen Ansinnen streiten sollen?«

»Wir denken speziell an Frauen«, erklärte Fenna. »Offenbar herrscht in der Friesenliebe nicht nur Harmonie pur.«

Heinz-Werner tat, als verstünde er erst jetzt. »Ach so, das meinen Sie.« Er tat nachdenklich. »Ich glaube, Silvia war nicht bei allen Frauen gleichermaßen beliebt. Aber das ist wohl typisch weiblich. Ich kenne das von meinen Studentinnen. Wie die sich manchmal angiften!« Er spielte mit dem Teelöffel und lächelte gedankenverloren in sich hinein.

»Gab es Frauen, die auf direkte Konfrontation zu Frau Lüders gegangen sind?«

»Och, pfff ... Na ja, die Hedda Lilienschmied, das ist schon eine.« Heinz-Werner winkte Hilke Hoferland heran, die ihre Nase in den Raum steckte, um zu sehen, ob noch etwas gewünscht wurde. »Gibt's noch 'n Tee?«, fragte er. Dann zeigte er ein Lächeln, das wohl Bescheidenheit ausdrücken sollte, aber nichts als Selbstgefälligkeit verriet. »Wo war ich stehen geblieben? Ach, richtig, die Mädels. Sie müssen wissen, die Hedda Lilienschmied war hinter mir her. Das war ganz offensichtlich und konnte auch meiner Silvia nicht verborgen bleiben. Klar, dass es zwischen den beiden mal heftig scheppern musste.«

»Haben Frau Lilienschmied und Frau Lüders sich um Sie gekloppt?«, fragte Tammo.

Heinz-Werner zuckte auffällig zurück.

Tammo beäugte ihn. Begriff der schlaue Dozent erst jetzt, dass er Hedda Lilienschmied gerade schwer belastet hatte, oder hatte er diese Äußerung absichtlich fallen gelassen und gab nun den Naivling? Hatte es tatsächlich ein Eifersuchtsdrama zwischen Silvia Lüders und Hedda Lilienschmied gegeben, das möglicherweise tödlich ausgegangen war? Oder entsprang die Konkurrenz zwischen den beiden Frauen lediglich der kranken Fantasie des Heinz-Werner Janz, von dem Tammo sich nicht vorstellen konnte, dass auch nur eine Frau sich um ihn schlagen mochte?

Heinz-Werner fasste sich wieder. »Gekloppt, die beiden? Nicht, dass ich wüsste.«

Fenna räusperte sich. »Wie eng hat sich Ihre Bekanntschaft mit Frau Lüders während der gemeinsamen Zeit in der Friesenliebe entwickelt?«

Heinz-Werner errötete. »Wenn man sich in der realen Welt trifft, dürften die Kontakte wohl grundsätzlich engerer Natur sein als bei Begegnungen via WLAN«, redete er sich heraus.

Fenna wurde deutlicher. »Hat sich eine ernst zu nehmende partnerschaftliche Bindung zwischen Ihnen ergeben, mit intimen Kontakten?«

Heinz-Werner rutschte auf dem Sofa herum. »Nun ja, so eng war es dann doch nicht. Hätte aber ja werden können, nicht wahr?«

»Wie hätten Sie reagiert, wenn Frau Lüders sich für einen anderen Mann interessiert oder gar entschieden hätte?«

»Diese Frage hat sich mir nie gestellt.«

»Aber wir stellen Sie, Herr Janz«, fuhr Tammo ihn an.

Hilke Hoferland trat ein.

Heinz-Werner hielt der Gastronomin wortlos seine Tasse hin.

Sie schenkte allen dreien nach, dann schlich sie sich wieder aus dem Raum.

Heinz-Werner drückte die Brust heraus. »Das hätte Silvia nie getan, sich einem anderen an den Hals werfen. Sie hat mich geliebt. Das war für jeden in unserer Gruppe unschwer zu erkennen.«

»Moment!«, rief Tammo aus. »Gerade haben Sie gesagt, so eng war es nicht zwischen Ihnen beiden. Aber geliebt hat Frau Lüders Sie nun doch? Wie soll ich denn das verstehen?«

Heinz-Werner wiegte den Kopf und schwieg.

»Sie scheinen nicht gerade tief um Ihre Eroberung zu trauern«, platzte es aus Fenna hervor.

Heinz-Werners Gesicht versteinerte. »Das eine ist das, was Sie sehen. Das andere ist das, was ich fühle.«

»Sie wussten, dass Frau Lüders verheiratet war?«

»Was man so verheiratet nennt«, erwiderte Heinz-Werner souverän. »Sie hatte sich von ihrem Mann getrennt.«

»Wann haben Sie Frau Lüders denn zum letzten Mal gesehen?«

Der Dozent warf den Kopf zurück, als könnte er die Antwort an der blassgelb getünchten Zimmerdecke ablesen. »Das war am Abend vor ihrem Tod. Wir haben erst im Restaurant und anschließend in diesem Raum zusammengesessen. Bis halb zehn, zehn Uhr ungefähr. Sie bekam an dem Abend einige Anrufe von ihrer Schwester. Es gab wohl familiäre Schwierigkeiten. Sie hat sich schließlich zurückgezogen, weil sie Ruhe haben wollte.«

»Ruhe wovor?«

Heinz-Werner zuckte mit den Schultern. »Vor dem Gebrabbel der Gäste vermutlich, oder? So eine Geräuschkulisse mit all dem Gelächter und Gegröle macht nervös, wenn man Probleme zu lösen hat.«

Fenna lehnte sich zurück. »Vielen Dank, Herr Janz, das wäre es fürs Erste. Wenn wir weitere Fragen haben, kommen wir auf Sie zu.«

»Halt«, sagte Tammo, »bevor wir es vergessen: Ihren Familienstatus bitte noch.«

Janz schüttelte den Kopf. »Tut das was zur Sache?«

»Für unsere Ermittlungen«, erklärte Fenna ihm mit einem entschuldigenden Augenaufschlag, »wäre das schon wichtig.

Bekanntlich ist nicht jedes Mitglied eines Partnerschaftsportals unverheiratet. Ohne Ihnen etwas unterstellen zu wollen – gerade bei Männern erlebt man da einiges. Uns geht es darum, auszuschließen, dass eine eifersüchtige Ehefrau möglicherweise ...«

»Eine eifersüchtige Ehefrau hätte ich nie geheiratet.«

»Eine eifersüchtige Ehefrau«, belehrte Tammo den Dozenten, »können Sie gar nicht heiraten. Es sei denn, Sie üben sich als Bigamist.«

Heinz-Werner erhob sich. »In meinem Leben gab und gibt es keine Ehefrau«, sagte er, grüßte knapp und stob aus dem Gemeinschaftsraum.

»Charmanter Zeitgenosse«, frotzelte Tammo.

Fenna nickte nachdenklich. »Mir ist er unheimlich. Ich frage mich, wie vertrauenswürdig seine Aussagen über die Eifersüchteleien zwischen den Frauen in der Friesenliebe sind.«

»Ich finde, er hat eine sehr spezielle Sicht auf die Dinge.«

»Wir sollten das Gespräch mit ihm erst mal auf uns wirken lassen und die Frauen selbst dazu befragen. Ich schlage vor, zuerst Hedda Lilienschmied. Das ist die Blonde, die sich vorhin mit der Brünetten in den Haaren hatte.«

Die Kommissarin ging zum Empfangstresen und bat Hilke Hoferland, Hedda Bescheid zu geben, dass die Ermittler sie im Gemeinschaftsraum erwarteten.

Tammo nutzte die Zeit, um den Mann des Opfers anzurufen und nach der Telefonnummer seiner Schwägerin zu fragen.

»Lüders«, meldete der Witwer sich und rülpste.

»Tammo Anders, Kripo Greetsiel, noch mal. Herr Lüders, wir bräuchten bitte die Telefonnummer der Schwester Ihrer Frau. Haben Sie die zur Hand?«

»Was wollen Sie von der Schwester meiner Frau?« Lüders' Stimme klang nach zwei Flaschen Wein.

»Wir müssen uns dringend mit ihr in Verbindung setzen. Wir haben gerade von einem Zeugen erfahren, dass die beiden Frauen in den Stunden vor dem Mord mehrmals miteinander telefoniert haben. Wir müssten wissen, weshalb. Möglicherweise führt uns das auf eine Spur zu dem Täter.«

Warum rechtfertigte er sich vor diesem Mann? Wen er sprechen musste, den musste er sprechen. Das gehörte zu seinem Job.

Einen Moment lang herrschte Stille. Tammo vermutete, dass Lüders in einem Adressbuch kramte oder tief ins Glas schaute. Er klemmte das Handy ans Ohr und schenkte sich noch einen Tee ein. Dann winkte er Fenna zu, die an den Tisch zurückkehrte.

Plötzlich trompetete es durch den Hörer. Lüders schnäuzte sich die Nase. »Hören Sie?«, lallte er dann.

»Ja?« Tammo hielt den Kugelschreiber bereit.

»Meine Frau war Einzelkind.«

Kapitel 7

Die extravagante Hedda kauerte sich auf das Sofa, auf dem eben noch der unscheinbare Heinz-Werner gesessen hatte. Ihre vollen, blutrot geschminkten Lippen erinnerten Tammo an den Kussmund auf der Stirn der toten Silvia Lüders.

»Ihr Lippenstift«, fragte Fenna, als wollte sie mit Hedda von Frau zu Frau ein Fachgespräch über dekorative Kosmetik führen, »welche Marke ist das?«

»Ein französisches Fabrikat«, erklärte Hedda. Ihr Gesicht hellte sich auf. »Die Produkte bekommen Sie nur über Kosmetikstudios und ausgesuchte Drogerien, die einen Partnervertrag mit diesem Hersteller haben.« Sie öffnete ihre Handtasche, wühlte darin herum und zeigte den Stift vor. »Wenn Sie Interesse haben, kommen Sie doch mal in mein Studio nach Norddeich. Dann können Sie ganz in Ruhe ausprobieren, welcher Farbton Ihnen am besten steht.«

»Danke«, sagte Fenna. »Sehr freundlich, aber so lange möchte ich gar nicht warten. Sie haben nicht zufällig einen hier, der noch nicht benutzt ist? Den würde ich Ihnen sofort abkaufen. Am liebsten einen in der Farbe, die Sie gerade tragen.«

Schlau! Tammo warf seiner Kollegin einen anerkennenden Blick zu. Als Mann wäre er gar nicht so schnell auf den Gedanken gekommen, den Fenna gerade verfolgte. Wenn Hedda ihnen einen Stift überlassen würde, möglichst einen in diesem Blutrot, das dem auf der Stirn der Toten so ähnelte, könnten die Kollegen von der Spurensicherung die Zusammensetzung mit der Substanz vergleichen, die sie bei der Ermordeten sichergestellt hatten.

»In meinem Wagen hab ich immer ein Köfferchen mit ein paar Produkten dabei«, antwortete Hedda auf Fennas Frage. »Ich würde Ihnen allerdings einen anderen Farbton empfehlen. Diesen hier finde ich etwas zu grell für Ihre helle Haut. Ein zartes Rosé, würde Ihnen das gefallen?«

»Sie mögen recht haben«, sagte Fenna und tat ein bisschen genant, »aber ich würde trotzdem gern mal den dunklen ausprobieren.«

Schon war die Freundschaft zwischen den beiden Frauen besiegelt. Hedda lockerte ihre verkrampfte Haltung und strahlte.

Tammo übernahm das Gespräch. Ganz bewusst schlug er einen deutlich sanfteren Ton an als bei Heinz-Werner Janz. »Wir würden uns gerne mit Ihnen über die Atmosphäre in der Friesenliebe unterhalten und über den Umgang der Gäste miteinander. Zunächst mal zu Ihrer Person. Ihren Namen und Ihren Beruf kennen wir bereits. Außerdem wissen wir, dass Sie auf Partnersuche sind.«

Hedda wurde verlegen.

Tammo verstand das. Wer legte schon gerne offen, dass er es mit allen Mitteln darauf anlegte, seiner Einsamkeit zu entfliehen?

»Seit wann sind Sie denn schon Mitglied in der Friesenliebe?«, wollte Fenna wissen.

»Oh, seit einer Ewigkeit! Ich bin allerdings nicht ständig aktiv dabei, manchmal pausiere ich einen Monat oder zwei oder auch mal ein halbes Jahr.«

»Dann haben Sie bestimmt bereits eine ganze Reihe Männer kennengelernt.«

Hedda seufzte. »Ich kenne fast alle Männer in Ostfriesland, die in den letzten Jahren aktiv eine Frau gesucht haben.« Sie strich sich mit beiden Händen die langen Haare nach hinten und schlang sie zu einem Knoten, der sich sofort wieder löste.

»Ich will nicht indiskret sein«, insistierte Fenna. »Aber wie kommt es, dass Sie sich bisher für keinen Mann entscheiden konnten und trotzdem weiter dabeibleiben? Andere hätten schon längst aufgegeben und ...«

»Und sich das Geld gespart?«

Fenna lachte. »So ungefähr. Das Geld und die Zeit.«

Hedda zog die Augenbrauen zusammen. »Bitte seien Sie mir nicht böse«, sagte sie leise. »Warum ich immer noch Mitglied in der Friesenliebe bin, das ist meine ganz private Angelegenheit.« Unsicher sah sie zu Fenna hinüber. »Diese Frage hat doch nichts mit dem Mord zu tun, oder? Ich muss dazu nichts sagen?«

Tammo kam seiner Kollegin zuvor. »Nein, es hat natürlich nichts mit dem Mord zu tun. Uns interessiert allerdings, mit welcher Erwartungshaltung die Menschen in dieses Hotel fahren. Informationen darüber können uns helfen, zu verstehen, wie es zu dem Verbrechen an Silvia Lüders gekommen ist.«

Hedda riss erschrocken die Augen auf. »Sie meinen, es war jemand aus unserer Gruppe?«

»Noch sind wir völlig ergebnisoffen«, redete Tammo sich heraus wie ein Politiker in der Pressekonferenz.

»Vorhin ist es zu Handgreiflichkeiten zwischen Ihnen und Swantje Jensen gekommen«, leitete Fenna zum eigentlichen Kern des Gesprächs über.

Hedda nickte zaghaft. »Die Swantje ist ein Aas.«

»Worum ging es bei dem Disput?«

Hedda kamen die Tränen. »Sie hat mich beleidigt. Mehr will ich dazu nicht sagen.« Sie öffnete wieder ihre Handtasche, zog ein Päckchen Papiertücher hervor und schnäuzte sich die Nase. »Bitte«, sagte sie flehentlich, »ich möchte darüber nicht reden. Es hat nichts mit Silvia Lüders zu tun. Gar nichts.«

»Hat es auch mal Streit zwischen Ihnen und Frau Lüders gegeben?«, tastete Fenna sich weiter vor.

Heddas Gesicht verschloss sich. Sie suchte nach Worten. »Wenn ich Ihnen das bestätige«, meinte sie zögerlich, »dann verhaften Sie mich vermutlich, oder?«

»So schnell werfen wir niemanden in den Kerker«, ermunterte Tammo sie. »Erzählen Sie uns einfach, was geschehen ist.«

Hedda holte tief Luft. Ihre Brust bebte. Tammo befürchtete, dass diese Frau, die deutlich über vierzig war, gleich anfing zu weinen wie ein kleines Mädchen. »Man soll nicht schlecht über Tote reden«, sagte sie, ohne die Ermittler anzusehen. Sie zerknüllte das Papiertaschentuch, das sie immer noch in der Hand hielt. »Aber die Silvia hat jeden Mann angemacht. Jeden! Auch den Karl, meinen Wunschpartner. Gleich am ersten Tag.« Entrüstet hob sie den Kopf. »Ich hab ihr ein paar Worte dazu gesagt. Da hat sie mir Dinge an den Kopf geworfen ... Worte, die ich nicht wiederholen will.«

»Das müssen Sie auch nicht«, sagte Fenna und legte tröstend ihre Hand auf Heddas Arm. »Noch eine Frage zum Abschluss: Sie sind hier mit einem Karl verabredet, sagten Sie gerade.«

Hedda nickte heftig.

»Gab oder gibt es hier noch andere Männer, für die Sie sich interessieren? Den Herrn Janz zum Beispiel?«

Hedda guckte entgeistert. »Den Heinz-Werner? Das hätte der gerne!«

»Wie meinen Sie das?«, fragte Fenna.

»Der ist hinter jeder her. Der hält sich für unwiderstehlich. Ausgerechnet der!«

Fenna tätschelte Heddas Hand. »Danke, Frau Lilienschmied. Sie dürfen jetzt gehen.«

Hedda nickte der Kommissarin dankbar zu, nahm ihre Handtasche unter den Arm und stand auf.

»Denken Sie bitte noch an den Lippenstift?«, rief Fenna, als Hedda schon die Türklinke in der Hand hatte.

»Den hol ich gleich aus dem Auto. Ich lass ihn an der Rezeption für Sie hinterlegen.«

»Prima! Was bekommen Sie dafür?«

»Eigentlich vierzig Euro, aber Ihnen schenk ich den.«

»Das ist lieb, aber Sie wissen sicher, als Beamtin darf ich das nicht annehmen.« Fenna stand auf, zog zwei Zwanzig-Euro-Scheine aus ihrem Portemonnaie und drückte sie Hedda in die Hand.

»Lass dir eine Quittung dafür geben«, meinte Tammo, als sie wieder alleine waren. »Potenzielle Beweismittel gehen auf Staatskosten.«

Fenn lachte. »Kommt nicht infrage. Ich will die Dame nicht misstrauisch machen.«

»Meinst du, sie könnte es sein?«

Fenna zuckte mit den Schultern. »Ich kann den Leuten auch nur bis vor die Stirn gucken. Aber ich bin wahnsinnig gespannt, was die Spurensicherung über den Lippenstift herausfindet.«

Tammo stützte die Stirn in die Hand, spielte mit seinem Kugelschreiber und grübelte. »Ich denke, die Lilienschmied war es nicht. Sie hat zu unbekümmert reagiert, als du sie nach dem Stift gefragt hast.«

»Das könnte auch gespielt gewesen sein. Vielleicht war sie auf die Frage gefasst. Außerdem dürfte ihr klar sein, dass eine Lippenstiftmarke allein niemals ausreichen würde, um einen Täter zu überführen. Solange wir keine stichhaltigen Beweise und kein Motiv vorlegen können ...« Fenna hob hilflos die Hände. »Andererseits, da stimme ich dir zu, halte ich sie nicht für abgebrüht genug, einen Mord zu begehen und uns dann so unbefangen gegenüberzusitzen.«

»Ewig dieses Rätselraten«, stöhnte Tammo. »Was hat mich bloß dazu bewogen, Kripobeamter zu werden?« Er schüttelte den Kopf über sich selbst. »Okay, nun also noch die andere Dame. Wie hieß sie noch?«

»Swantje Jensen.« Fenna stand auf, um sie rufen zu lassen.

»Dann reicht es mir aber für heute«, stöhnte Tammo. »Dann will ich nur noch nach Hause und meine Ruhe haben.«

Swantje Jensen trat auf wie die siegessichere Kandidatin einer Rateshow im Fernsehen. Nassforsch schlüpfte sie durch die Tür, drückte sie mit beiden Händen zu und marschierte hoch erhobenen Hauptes durch den Raum. Nichts an ihrem Verhalten deutete auf die kleine Auseinandersetzung hin, die sie sich vorhin mit Fenna geliefert hatte.

»Swantje Jensen«, sagte sie und schüttelte erst Fenna, dann Tammo die Hand, als begegneten sie sich jetzt zum ersten Mal. »Sportlehrerin aus Aurich. Das wollen Sie doch immer als Erstes wissen, oder? Wer man ist und wo man wohnt.«

Tammo machte sich seine Notizen und nickte dabei.

»Was möchten Sie denn noch von mir hören?«, fragte sie gespannt und rieb sich die Hände. Sie schien die anstehende Unterredung für eine Veranstaltung zu halten, die zum Unterhaltungsprogramm der Friesenliebe gehörte.

»Sie haben sich vorhin mit Frau Lilienschmied heftig in die Wolle gekriegt«, sagte der Kommissar in einem Ton, der ein wenig Ernst in das Gespräch bringen sollte.

»In diesem Haus geht's nicht immer friedlich zu«, gestand Swantje lachend. »Ich hatte mir den Aufenthalt in Pilsum auch etwas anders vorgestellt.«

»Wie denn genau?«, hakte Fenna nach.

»Na ja, wie man sich so ein Liebesnest eben vorstellt«, schwadronierte Swantje. »Man kennt sich in gewisser Weise aus dem Internet-Portal, trifft sich also nicht mit einem ganz fremden Menschen. Ich dachte, man turtelt mit dem Wunschpartner, unternimmt ein paar nette Ausflüge und checkt, ob es passt. Wenn ja, ist das Ziel erreicht und man geht frisch verliebt in die nächste Runde.«

»Aber so läuft es in Wahrheit nicht?«, fragte Tammo.

»Nö, absolut nicht. Hier fetzt es wie im Boxring.«

»Was können Sie uns über Silvia Lüders erzählen? Hat es zwischen ihr und anderen Gästen der Friesenliebe gefetzt, wie Sie es so bildhaft ausdrücken?«

»Und wie! Ich will jetzt nicht schludern, schon gar nicht, weil die Silvia nicht mehr lebt. Aber um die hat es hier einen ganz schönen Eiertanz gegeben.«

Die Ermittler merkten auf. »Inwiefern?«, fragte Fenna.

»Das fing schon mit diesem Heinz-Werner an«, sprudelte es aus Swantje hervor. »Er war als Wunschpartner von Silvia hierher gekommen, aber gleich am ersten Tag hat er die Hedda angebaggert. Richtig übel war der hinter ihr her. Sie hat zuerst auch mitgespielt. Das hat der Silvia natürlich überhaupt nicht gefallen. Dann hat die Hedda auf einmal einen Rückzieher gemacht. Silvia hat gemeint, die Hedda hätte ihr einfach nur zeigen wollen, dass sie den Heinz-Werner haben könnte, wenn sie wollte.«

»Wie hat Frau Lüders darauf reagiert, dass der Mann, den sie sich ausgesucht hatte, sich so offensichtlich für Frau Lilienschmied interessierte?«, fragte Fenna.

Swantje lachte schrill. »Die hat sich revanchiert, und zwar nicht zu knapp. Sie hat sich postwendend an Piet Frerichs rangemacht.«

»Wer ist das?«

Swantje wies mit dem Kopf in Richtung eines der Fenster. »Der Besitzer vom Landhaus Frerichs direkt gegenüber der Friesenliebe. Ein sehr attraktiver Mann. Er weiß aber auch, wie er aussieht. Ich hab das Gefühl, einige der Frauen aus der Friesenliebe gehen in sein Gartencafé, nur um sich von ihm anflirten zu lassen. Die wollen wohl ihren Wunschpartnern zeigen, dass sie es gar nicht nötig hätten, einen Mann übers Internet zu suchen.«

Tammo wurde schwindelig. »Lassen Sie mich mal zusammenfassen«, schaltete er sich ein. »Zwischen Silvia Lüders und Hedda Lilienschmied ist es zum Streit gekommen, weil Herr Janz sich zuerst mehr für Frau Lilienschmied interessierte als für seine Wunschpartnerin Silvia Lüders. Frau Lüders hat dann den Herrn Frerichs angeflirtet. Aber damit war dann der Herr Janz vermutlich nicht so ganz einverstanden, oder?«

»›Nicht so ganz einverstanden‹ ist gut ausgedrückt. Getobt hat der. Wir haben alle nicht verstanden, weshalb er sich über Silvias Flirt mit Piet Frerichs aufregte, wo er doch selbst ganz woanders zu landen versuchte.«

»Sehr aufschlussreich, was Sie uns erzählen«, sagte Fenna. »Sagen Sie, hat sich die Lage denn inzwischen wieder beruhigt? Das Hotel scheint ja ein echtes Tollhaus zu sein. Nicht, dass noch ein Mord geschieht.«

Swantje trank ihren Tee in großen Zügen aus und verschluckte sich dabei. Während sie hustete, nickte sie heftig. »Ihre Sorge kann ich gut verstehen. Die ist auch nicht ganz unberechtigt. Aber ich denke, der Tod von Silvia Lüders hat uns alle ordentlich erschreckt, und wir sind zur Vernunft gekommen.«

Fenna zog skeptisch die Stirn in Falten. »Davon konnten wir uns vorhin beim Boßeln mit eigenen Augen überzeugen.«

Swantje winkte ab. »Ach, das war eine Ausnahme. Nichts Ernstes.«

»Worum ging es denn bei dem Streit zwischen Ihnen und Hedda Lilienschmied?«

Swantje stockte. »Ich hab ihr meine Meinung gesagt. Es war was ganz Privates, das will ich nicht breittreten. Nachher werde ich noch wegen übler Nachrede belangt.«

»Okay, Frau Jensen, vielen Dank. Wir wünschen Ihnen noch einen schönen Abend.«

Swantje verabschiedete sich und schwebte hinaus.

Tammo verschränkte die Arme auf dem Tisch und ließ die Stirn darauf sinken. So verharrte er, bis Fenna ihm eine Hand auf die Schulter legte.

Da hob er den Kopf und fragte mit dem herzzerreißendsten Blick, den er beherrschte: »Womit haben wir das verdient?«

»Die Frage kann ich dir nicht beantworten«, sagte Fenna. »Aber eins kann ich dir sagen: Ich werde so lange nicht ruhig schlafen, bis wir den Mörder haben.«

»Was soll das heißen?«, fragte Tammo erschrocken.

»Ich will dir jetzt nicht wieder mit meinem Serienmörder kommen, aber spürst du nicht, was hier vorgeht? Ich hab echt Angst, dass noch was passiert.«

Kapitel 8

Tammo atmete auf, als sie den Parkplatz der Wache in Greetsiel erreichten. Er stellte den Motor ab und blickte Fenna filmreif in die Augen. »Ich war heute Vormittag ein richtiger Kotzbrocken«, sagte er. »Auch wenn es schon spät ist und der Tag turbulent war: Darf ich dich noch auf einen Drink einladen? Ich würde mich gern – bei dir entschuldigen. Ehrlich.«

Fenna bemühte sich, erst ein nachdenkliches, dann ein strenges Gesicht zu machen. »Okay, ich komme mit.«

Auf dem Weg nach Hause rief Tammo seinen Onkel an und kündigte Fennas Besuch an. Er wollte vermeiden, dass sie ihn in einem seiner blau gestreiften Schlafanzüge überraschten, die um seinen hageren Körper schlabberten.

»Kommt Fenna also doch mit?«, freute Frido sich. »Ich mach schon mal den Wein auf. Welcher war das noch?«

»Der 2012er Rioja. Und gib Buddy bitte noch etwas von seinem Lieblingsfutter, damit er beschäftigt ist, wenn wir kommen. Der schlägt sonst vor Freude 'nen dreifachen Salto rückwärts, wenn er Fenna sieht.«

Wie üblich, wenn Tammo abends gemeinsam mit Fenna in seinem Haus erschien, zog Frido sich dezent mit einer Wärmflasche unter dem Arm in sein Zimmer im ersten Stock des gemütlichen Friesenhauses zurück, das er mit seinem Neffen bewohnte.

Buddy tollte hinter den beiden Kommissaren her ins Wohnzimmer.

Erschöpft nahm Tammo in seinem Sessel gegenüber dem Sofa Platz und schenkte den Wein ein.

Währenddessen knüllte Fenna die Sofakissen zurecht, winkelte die Beine an und machte es sich bequem.

Buddy sprang auf den Zweisitzer und suchte ihre Nähe, doch Fenna schenkte ihm zu wenig Aufmerksamkeit. Ungeduldig fordernd schob er seine Schnauze unter ihren Ellenbogen, bis sie den Arm um ihn legte und ihre Finger sanft durch sein Fell pflügten.

Tammo prostete Fenna zu. Er trank einen großen Schluck, dann noch einen und atmete tief durch. »Tut das gut«, sagte er und lehnte sich zurück. »Ich glaube, ohne ein großes Glas Wein am Abend könnte ich die Besuche in der Friesenliebe nicht überstehen.«

»Was genau stört dich eigentlich an dem Haus?«

Tammo fuhr sich durch die Haare und seufzte. »Ach, einfach alles. Dieses ganze Liebesgetue. Die machen sich doch gegenseitig was vor.«

»Inwiefern?«

»Das fängt mit dem Profil an, das man in so einem Partnerschaftsportal erstellen muss. Wer kann denn kontrollieren, ob das Mitglied, das dahintersteckt, wirklich so aussieht wie auf dem Foto? Das Bild ist womöglich schon zehn Jahre alt, der Mensch, der darauf zu sehen ist, wiegt inzwischen zwanzig Kilo mehr und sein Gesicht ist um hundert Falten reicher.«

Fenna lachte. »Weiß nicht, ob man das so verallgemeinern kann. Spätestens beim ersten Treffen würde das doch auffliegen, und dann wäre gleich das Vertrauen hin.«

»Trotzdem ... Da wird doch beschönigt und gelogen, dass sich die Balken biegen.«

Fenna horchte auf. »Klingt so, als würdest du aus Erfahrung sprechen. Warst du mal Mitglied bei so einem Portal und bist böse reingefallen?« Sie hielt sich eine Hand vor den Mund und giggelte. »Doch nicht etwa bei der Friesenliebe?«

»Nö«, sagte Tammo schnell und sah an Fenna vorbei.

»Dann verurteile das auch nicht! Es bleibt doch jedem selbst überlassen, ob er sein Glück darüber versuchen will oder nicht.«

Er nickte. Widerspruch zwecklos. »Und du? Hast du schon mal einen Partner auf diesem Weg gesucht?«

Fenna hörte auf, Buddy zu kraulen. Sie trank einen Schluck Wein, stellte das Glas wieder auf dem Beistelltischchen ab und verschränkte die Arme. »Nicht direkt.« Sie drückte sich ganz tief in die Sofakissen hinein.

»Was heißt ›nicht direkt‹?«

»Nicht übers Internet«, sagte Fenna. »Das gab es damals noch nicht.«

Tammo hakte nach. »Über eine Anzeige in der Zeitung?«

Fenna warf den Kopf zurück und lachte. »Ich hab einen Zettel an das Schwarze Brett des Supermarktes gesteckt, in dem ich immer einkaufen ging. Das war so eine Pinnwand, an der jeder Kunde etwas anbringen konnte. Zwischen all den Gesuchen nach Putzhilfen, Nachhilfelehrern und handwerklich begabten Menschen, die einen Staubsauger oder eine Kaffeemaschine reparieren können, hab ich ganz frech nach einem Mann zum Verlieben gesucht.«

»Das hat funktioniert?«

»Und wie! Ich hab ein Dutzend Zuschriften bekommen, postlagernd. Eine war dabei, die ist mir sofort aufgefallen. Sie stammte von einem Studenten, drei Jahre älter als ich. Ich hab ihm zurückgeschrieben, ebenfalls postlagernd, und eine Woche später waren wir ein Paar.« Fennas Gesicht verklärte sich bei der Erinnerung an die Zeit. »Damals war ich überzeugt, wir würden verliebt bleiben bis an unser Lebensende.«

Tammo verzog das Gesicht. Es gab ihm einen Stich, dass Fenna sich so aktiv auf Partnersuche begeben mochte. Er fand es romantischer, wenn eine Frau sich erobern ließ. Mit einem angestrengten Hüsteln versuchte er, seine Irritation zu überspielen. »War dieser Student der Mann, den du später geheiratet hast?«

Fenna nickte. »Er wurde mein Ehemann und der Vater meiner Töchter.«

»Hat also nicht ewig gehalten.« Warum tat es ihm so gut, diesen giftigen Satz auszuspeien? Tammo schämte sich ein bisschen für die Schadenfreude, die er empfand.

Eine verlegene Stille machte sich zwischen den Ermittlern breit. Endlich gab Tammo sich einen Ruck. »Und – würdest du heute wieder eine Anzeige aufgeben, wenn du dir einen neuen Partner suchen wolltest?«

»Vielleicht ist das gar nicht nötig.«

Die Antwort kam wie aus der Pistole geschossen. Sie traf Tammo mitten ins Herz.

Erneut räusperte er sich. »Ähm, um noch mal generell auf das Geschäftsmodell der Friesenliebe zurückzukommen ...«

»Lenk nicht vom Thema ab«, unterbrach Fenna ihn. »Ich finde, du solltest mal eine Entscheidung für dich treffen.«

Tammos Mund wurde trocken. »Aha. Und welche?«

Fenna ließ die Beine auf den Boden hinab und setzte sich so energisch auf, dass Buddy verwirrt vom Sofa sprang.

»Es gibt Menschen, die wünschen sich einen Partner, stehen dazu und gehen die Suche aktiv an. Und es gibt andere, die wünschen sich auch einen Partner, leugnen das aber vor sich selbst. Wenn denen durch Zufall jemand Passendes begegnet, drucksen sie herum und kommen nicht zu Potte. Sie könnten ja am Ende in festen Händen landen – wie schrecklich!« Fenna rollte theatralisch die Augen. Dann senkte sie die Stimme. »Überleg dir mal, zu welcher dieser beiden Gruppen du gehörst.«

Touché! Fenna hatte ihn an seinem wundesten Punkt erwischt.
»Ich denk mal drüber nach«, sagte Tammo kleinlaut.
Buddy, der sich frustriert in sein Körbchen zurückgezogen hatte, merkte auf.
Frido kam noch einmal die Treppe herunter und schlurfte ins Wohnzimmer. Im blau gestreiften Schlafanzug stützte er sich mit einer Hand auf dem Kaminsims auf und kreuzte einen Fuß vor dem anderen. Er verzog das Gesicht zu einer Fratze, kniff die Augen zusammen und kratzte sich am Ohr.
Tammo kannte das. Es waren Alarmsignale dafür, dass sein Onkel und dessen Rentnergang mal wieder einen Plan ausheckten, der in die Kategorie ›Seniorenstreiche‹ passte.
»Bevor ich es vergesse ...« Frido zögerte.
»Was denn?«, fragte Tammo. »Nun leg schon los.«
»Hark und Edith haben sich in der Friesenliebe angemeldet.«
»In dem Hotel?«, rief Tammo entgeistert.
»Nee, nee«, winkte Frido ab. »Bisher nur rein virtuell. Sie tun ganz digital so, als ob sie einen Partner suchen würden. Für den Urlaub im Hotel melden sie sich erst morgen an.« Er zog die Brauen hoch. »Die helfen euch dabei, den Mörder zu finden.«
»Sag mal, seid ihr noch zu retten?«, tönte Tammo.
»Wieso? So intensiv, wie die beiden ihre Nase in das Hotel stecken können, wenn sie da wohnen, schafft ihr das mit all euren Verhören niemals. Und es wird doch Zeit, dass der Mörder endlich gefunden wird. Bevor noch was passiert ...«
»Ehrlich gesagt«, mischte Fenna sich ein, »ich halte das für keine gute Idee. Wenn Ihre beiden Rentnergang-Kollegen sich rein digital austoben wollen, meinetwegen. Aber in das Hotel sollten sie so bald nicht fahren.«
»Schönen Gruß von der Kripo«, sagte Tammo. »Das ist ein polizeilicher Befehl.«
Frido löste sich vom Kamin, kratzte sich wieder am Kopf und verließ das Wohnzimmer.
»Okay«, hörten sie ihn in der Diele noch sagen. Es klang wenig überzeugend.

Kapitel 9

Auf dem Weg zur Wache machte Tammo am nächsten Morgen einen kleinen Umweg zum Blumenladen, der schräg gegenüber dem Kommissariat lag. Unschlüssig stand er vor den Kübeln, die auf unterschiedlich hohen Hockern im Laden und draußen vor dem Schaufenster aufgestellt waren. Blumen in den fröhlichsten Farben lachten ihn an. Versinnbildlichte Frühlingsgefühle. Dabei wollte er doch nur ...

»Kann ich helfen?«, fragte die Floristin. In den wenigen Minuten, seit er das Geschäft erreicht hatte, war Tammo, den Blick gesenkt und die Hand nachdenklich ans Kinn gelegt, mittlerweile drei Mal hinein- und wieder hinausgegangen. Schließlich galt es, sorgfältig abzuwägen, wie weit er sich trauen konnte, ohne nachher bei Fenna den Verdacht zu erwecken, er wolle gleich mit der Tür ins Haus fallen.

»Hm, ja, ich suche einen hübschen Strauß. Er sollte in gewisser Weise verbindlich sein, aber auch wieder nicht zu sehr.« Er traute sich nicht, geradeheraus zu sagen, dass es Rosen sein sollten. Im Dorf wurde schon genug über Fenna und ihn gemunkelt. Wenn er jetzt noch ausdrücklich nach den Blumen fragte, die die Liebe symbolisierten ... Jeder, der ihn damit sah, konnte sich an den Fingern einer Hand ausrechnen, dass der Strauß nicht für Onkel Frido gedacht war.

Die Floristin schien sofort zu begreifen, doch sie war eine diskrete Frau. Mit einem unverfänglichen Lächeln ging sie zu einem Kübel mit Rosen, deren roséfarbene Blütenblätter von Äderchen in kräftigem Pink durchzogen wurden. »Wie wär's denn damit?«, fragte sie und hielt ihm drei der Blumen hin. »Das wäre was für zarte Gefühle«, raunte sie ihm zu und lächelte mütterlich.

»Jo, das passt. Einundzwanzig Stück bitte.« Obwohl er wusste, dass er heute zu spät zur Arbeit kommen würde, wartete Tammo geduldig, bis die Floristin den Strauß kunstvoll gebunden hatte.

Nach dem Verlassen des Ladens musste er die zweite Mutprobe für heute bestehen: die Wache betreten und über den langen Gang bis ins hinterste Büro marschieren, wobei die Gefahr bestand, dass er von etlichen Kollegen mit den Blumen in der Hand gesehen wurde. Da half es auch nichts, dass er den Strauß eingewickelt ließ und eng an sein rechtes Hosenbein hielt, was ihm zwangsläufig einen etwas merkwürdig anmutenden Gang verlieh.

Seine Hände waren feucht, als er auch diese Hürde genommen hatte. Nun stand er vor dem Büro, das er mit seiner Kollegin teilte, und sein Herz rutschte in die Hose. Er wickelte den Strauß aus dem Papier, das unverschämt laut und verräterisch knisterte, und betrat den Raum.

Fenna saß eifrig beschäftigt vor dem Computer. Er baute sich neben ihrem Schreibtisch auf. »Wegen gestern«, sagte er, als sie fragend zu ihm aufsah. »Weil ich punktuell so miesepetrig war und überhaupt ...«

Fenna erhob sich und trat von einem Bein aufs andere. Ihr Gesicht nahm die Farbe der Rosenblätter an, und sie wusste offenbar nicht, wohin mit ihren Händen. »Och Mensch«, stammelte sie schließlich.

Just in dem Moment, in dem sie den Strauß von Tammo entgegennahm, umständlich, um nicht in die Dornen zu greifen, polterte Benno Pötzschke herein. »Moin ... oh ... äh ...« Er schlug die Hand vor den Mund und wandte sich ab. »Vielleicht sollte ich noch mal eben ...«, ließ er sich über die Schulter vernehmen und marschierte den Gang hinunter, an dessen Ende sich die Toiletten befanden.

»Ich hol mal eine Blumenvase«, sagte Fenna, legte den Strauß vorsichtig auf dem Schreibtisch ab und eilte zur Teeküche.

Daran hätte er auch selbst denken können. Andererseits – was hätte das für einen Eindruck gemacht, wenn er einen Strauß pinkfarbener Rosen in einer Vase über den ganzen Flur vor sich hergetragen hätte? Vermutlich hätten seine Kollegen dann gleich den Hochzeitsmarsch hinter ihm her gepfiffen. Wie peinlich wäre das gewesen!

Fenna kehrte mit einer schnörkellosen Kristallvase zurück, die sie halb mit Wasser gefüllt hatte. Sie stellte die Rosen hinein, zupfte den Strauß zurecht, sodass er noch üppiger wirkte, und ließ ihn mitten auf dem Schreibtisch stehen.

»Passen die nicht besser auf die Fensterbank?«, meinte Tammo verlegen.

»Nein, die will ich direkt vor meiner Nase haben.«

Kurz darauf kehrte Benno zurück. Er kündigte sein Kommen mit quietschenden Sohlen und lautem Trällern irgendeines alten Schlagers an und klopfte kräftig gegen den Türrahmen. Dann trat er ein und nickte den Ermittlern zu, als nähme er sie gerade zum ersten Mal an diesem Morgen wahr.

»Hübsch habt ihr es hier«, sagte er und zeigte auf die Blumen. »So was macht ein nüchternes Ermittlerbüro doch gleich viel wohnlicher.« Er rieb sich die Hände und wartete wohl auf eine Reaktion. Doch die blieb aus. »Tja, denn ... Was ich sagen wollte: Frau Doktor Linnenbrügger ist auf dem Weg zu uns.«

»Holst du den Tee?«, fragte Fenna.

»Gerne«, sagte er und begab sich auf den Weg zur Küche.

Tammo setzte sich an seinen Schreibtisch und fuhr den Computer hoch. »Machen wir die Besprechung hier?«, fragte er durch die Blumen hindurch.

»Na klar«, erwiderte Fenna. »Alles wie immer.«

»Natürlich, wie immer«, murmelte er.

Hatte sie ihm gerade zugezwinkert?

Benno bog schwungvoll um die Ecke, ein Tablett mit bedenklich klirrendem Teegeschirr in der Hand. »Übrigens sind vorhin die Telefonprotokolle von diesem Dingsbums eingetroffen, wie hieß er noch?«

»Du meinst Henning Gerdes, den Kollegen und Flirt des Mordopfers?«, fragte Fenna.

»Genau«, sagte er und stellte das Tablett ab. »Ich hol sie mal eben.«

Tammo verteilte die Teetassen auf dem kleinen Besprechungstisch. »Ob der gute Herr Wachtmeister uns verraten kann, warum das Teegeschirr jetzt so viel schneller zu uns gelangen musste als die Protokolle?«

»Freu dich, dass du es nicht selbst holen musstest. Hättest du das heute unfallfrei geschafft?«, frotzelte Fenna.

Eine Antwort blieb dem Kommissar erspart, denn Benno kehrte mit den Unterlagen in der Hand zurück. »Hab schon mal draufgeguckt«, gestand er. »Nicht uninteressant, die Telefonkommunikation in der Nacht vor dem Mord.« Er zog einen Stuhl heran und setzte sich vor die Schreibtische der beiden Kommissare.

Tammo checkte die Listen. »Spannend«, sagte er zu Fenna. »Heinz-Werner Janz hat uns doch erzählt, Silvia Lüders hätte am Abend vor ihrem Tod ständig telefoniert. Erinnerst du dich?«

»Klar. Mit der Schwester, die gar nicht existiert.«

Tammo schwenkte die Protokolle durch die Luft. »Die angebliche Schwester war Henning Gerdes. Neun Mal hat er sie in der fraglichen Zeit angerufen. Das erste Mal um siebzehn Uhr neunundfünfzig ...«

»Zu der Zeit, zu der sich die Gäste der Friesenliebe üblicherweise zum Abendessen im Restaurant einfinden.«

»Das zweite Mal«, fuhr Tammo fort, »eine halbe Stunde später. Dann gegen neunzehn, zwanzig und einundzwanzig Uhr ...«

»Also im Stundentakt.«

»Um einundzwanzig Uhr fünfundzwanzig hat er es wieder probiert.« Tammo hob den Kopf. »Die haben immer nur ganz kurz miteinander geredet«, erklärte er. »Manchmal nicht mal eine Minute lang.«

»Vermutlich hat sie ihn immer wieder abgewimmelt.«

»Sehe ich auch so. Der Janz hat doch gesagt, Silvia Lüders wäre zwischen halb zehn und zehn auf ihr Zimmer gegangen«, rekapitulierte Tammo.

Fenna bestätigte das mit einem stummen Nicken.

»Offenbar hat sie ihn gleich darauf angerufen. Um zehn vor zehn hat ihr Freund oder Nicht-mehr-Freund einen Anruf von ihr erhalten. Eine Dreiviertelstunde hat das Gespräch gedauert.«

»Ausdauernd«, schaltete Benno sich dazwischen. Er lehnte mit verschränkten Armen über der Tischplatte, soweit sein ansehnlicher Bauch das zuließ. Sein Blick wechselte neugierig zwischen Fenna und Tammo hin und her.

»Henning Gerdes hat danach noch drei Mal bei Silvia Lüders angerufen und kurz mit ihr gesprochen. Das war zwischen dreiundzwanzig Uhr dreißig und zwei Uhr nachts. Dann hat er es offenbar aufgegeben.«

»Er musste sich ja auch mal schlafen legen«, meinte Fenna.

»Um Kraft zu tanken und sich auf einen Mord vorzubereiten?«, fragte Tammo. »Was meint ihr dazu?«

Fenna runzelte die Stirn. »Wie sah es am nächsten Morgen aus? Hat er sie da noch mal angerufen?«

»Nein, hab ich schon geprüft. Sie haben nur an dem Abend und in der Nacht miteinander telefoniert. Seitdem nicht mehr.«

»Was auch wieder verdächtig ist«, überlegte Fenna. »Könnte sein, dass er in der Nacht den Entschluss gefasst hat, sie umzubringen. Das würde erklären, weshalb er am nächsten Morgen keinen Kontakt mehr zu ihr gesucht hat. Er hätte weich werden können, wenn er ihre Stimme noch einmal gehört hätte.«

»Noch verdächtiger wird er doch dadurch«, meinte Benno, »dass er die ganzen zwei Tage seit dem Mord nicht mehr angerufen hat. Ich meine, wenn ich mit meiner Flamme vom Abend bis in die späte Nacht telefoniere und nicht weiterkomme mit meinem Anliegen, dann häng ich der doch am nächsten Tag wieder in den Ohren, oder nicht?«

Tammo klopfte seinem Kollegen auf die Schulter. »Benno, du bist ab sofort nicht mehr Hilfssheriff, wir ernennen dich hiermit zum Chef-Kriminaler.«

Benno grinste säuerlich.

Fenna sprang dem Wachtmeister zur Seite. »Benno hat recht. Dass Henning Gerdes am Tag nach seiner Telefonarie nicht wenigstens noch einmal bei ihr durchgeklingelt hat, könnte darauf hindeuten, dass er wusste, dass sie nicht mehr am Leben war.«

»Den nehmen wir uns heute noch vor!«, beschloss Tammo. »Benno, machst du uns einen Termin mit ihm?«

»Klaro. Als Vertriebler wird er allerdings viel unterwegs sein.«

»Das hat uns die Sekretärin auch schon gesagt, aber das ist uns wurscht«, sagte Tammo. »Musst ihm ja nicht sagen, dass er in einem gewissen Verdacht steht. Nicht, dass er uns noch türmt. Aber dringend machst du es bitte. Irgendwann muss er doch von seiner Vertriebstour zurück sein. Wenn er am Nachmittag nicht kann, dann eben nach Feierabend.«

»Okay. Ich werd schon den richtigen Ton treffen.« Benno stand auf, um in sein Büro zu gehen, und lief der Gerichtsmedizinerin direkt in die Arme. »Bin gleich wieder zurück«, rief er ihr zu.

***

Gerhild Linnenbrügger nahm ihre Lesebrille aus dem Etui und holte den Bericht aus der Aktentasche hervor.

»Schöne Rosen«, sagte sie und deutete mit dem Kopf zum Schreibtisch hinüber. »Man spürt doch gleich den weiblichen Einfluss. Frauen bringen Blumen mit ins Büro und schon sieht die Welt ...«

»Die sind nicht von mir«, unterbrach Fenna die Gerichtsmedizinerin.

»Oh! Dann ist heute dein Geburtstag! Herzlichen ...«

»Nein«, sagte Fenna.

»Ah ...«, machte Gerhild.

Während sie mit offenem Mund dasaß und offenbar nach Worten suchte, kehrte Benno zurück. »Völlig locker, der Gerdes«, posaunte er in den Raum. »Er hat keine Sekunde gezögert, sich mit euch zusammenzusetzen. Heute Nachmittag um sechzehn Uhr dreißig in der Firma in Aurich, schlägt er vor. Geht das?«

Fenna nickte.

»Soll wohl«, sagte Tammo.

Benno warf sich in die Brust, als hätte er den Ermittlern eine Audienz beim Papst verschafft. »Das war der früheste Termin, den er zu bieten hatte. Und das auch nur, weil ihm die Sache so wichtig ist, hat er gesagt. Insgeheim hatte er nämlich schon längst mit einem Anruf von der Kripo gerechnet.«

»Ihm ist also klar, weshalb wir kommen«, stellte Tammo fest. »Hat er gesagt, woher er von Silvia Lüders' Tod weiß? Bisher ist in keinem Zeitungsbericht der Name des Opfers erwähnt worden.«

»Okko Lüders hat ihn informiert. Der kam ihm nach dem Motto: Mir wolltest du sie nehmen, und jetzt kriegst du sie selber nicht.« Benno ließ sich auf dem einzigen noch freien Stuhl an dem runden Besprechungstisch nieder. »Ein halbes Stündchen hat der Gerdes Zeit für euch. Um siebzehn Uhr muss er in ein Meeting.«

»So, so. Ein Meeting«, äffte Tammo ihn nach. Er mochte diese neudeutschen Begriffe nicht. Sie dienten doch nur dazu, banalen geschäftlichen Vorgängen wie solch einer Sabbelstunde, die viel Zeit kostete und meist zu nichts führte, eine völlig unangemessene Wichtigkeit zu verleihen. »Wenn er denn meint, dass wir ihn da noch hingehen lassen?«, grantelte er.

»Ist das ein Verdächtiger, dieser Gerdes?«, fragte Gerhild Linnenbrügger.

Tammo nickte. »Der Letzte, der mit der Ermordeten telefoniert hat. Er war ihr Kollege und der Grund für die Trennung von ihrem Mann. Aber die Beziehung zwischen der Lüders und ihm war auch nicht Sonne pur.«

»Woher willst du das wissen?«, fragte Benno.

»Ist doch logisch. Wenn Silvia Lüders mit Henning Gerdes glücklich gewesen wäre, hätte sie sich nicht in der Friesenliebe nach 'nem anderen Kerl umgesehen.«

»Ganz üble Konstellation«, kommentierte Gerhild Linnenbrügger. »Ein Ehemann, ein männlicher Trennungsgrund und dann noch auf der Pirsch in der Friesenliebe, das schreit geradezu nach einem Mord aus Eifersucht.«

»Kann man so sehen«, meinte Fenna. »Aber nun erzähl uns mal, was du rausgefunden hast.«

»Gerne«, sagte Gerhild und verscheuchte mit den Unterlagen, die sie in der Hand hielt, eine Fliege, die zwischen den Teetassen umherschwirrte. »Der Tod ist gegen sieben Uhr morgens eingetreten. Wie ihr wisst, ist die Frau mit einem Gürtel erdrosselt worden. Zuvor aber hat sie einen Schlag auf den Kopf bekommen, auf den oberen Hinterkopf. Nein, zwei Schläge waren es sogar«, korrigierte sie sich.

»Konntest du feststellen, womit sie geschlagen wurde?«, fragte Fenna.

»Es muss eine Stange gewesen sein oder etwas Ähnliches. Auf jeden Fall ein länglicher, runder Gegenstand. Der Täter hat nicht so fest zugeschlagen, dass es eine Platzwunde gegeben hätte, aber immerhin weist der Kopf des Opfers ein breites Hämatom auf, an dem man genau erkennen kann, dass beide Male fast die gleiche Stelle getroffen wurde. Die Wucht der Schläge hat ausgereicht, um die Frau für ein paar Minuten in Bewusstlosigkeit zu versetzen. Wie tief die Ohnmacht war, ist im Nachhinein schwer festzustellen. Aber die Frau war außer Gefecht gesetzt. Sie hatte keine Möglichkeit, sich zu wehren, so viel ist sicher.«

»Hat er sie sexuell missbraucht?«, fragte Fenna.

»Nein, definitiv nicht.«

»Gucken wir uns doch mal an, was sich im Kopf des Täters abgespielt haben könnte«, schlug Fenna vor. Die Fallanalytikerin war jetzt ganz in ihrem Element. Vor lauter Eifer bekam sie rote Wangen.

»Der Täter muss sich Silvia Lüders von hinten genähert haben. Er hätte sie mit ein, zwei Schlägen töten können. Aber was macht er? Er schlägt sie lediglich bewusstlos. Um sie dann zu erdrosseln. Das bedeutet: Er wollte die Frau nicht auf eine x-beliebige Art und Weise umbringen. Er wollte ihr die Luft nehmen.«

»Und wieso das?«, fragte Benno.

Fenna hob das Kinn. »Ich könnte mir vorstellen, er hat selbst eine Zeit lang in dem Gefühl gelebt, dass sie ihm die Luft genommen hat.«

Gerhild hob die Hand. »Ich möchte noch auf einen Punkt hinweisen. Die Tat kann von einem Mann, aber auch von einer Frau ausgeführt worden sein. Ich vermute Letzteres. Ich denke, ein Mann hätte selbst dann, wenn er das Opfer nicht hat erschlagen wollen, fester zugeschlagen und damit schwerere Hämatome erzeugt, vielleicht sogar eine Platzwunde.«

»Das ist aber keine gesicherte Erkenntnis, oder?«, fragte Fenna.

»Nein«, sagte Gerhild, »lediglich eine Vermutung.«

»Ich bin wahnsinnig gespannt auf das Ergebnis der Lippenstiftanalyse«, sagte Fenna. »Vielleicht bringt die uns weiter. Wenn der Lippenstift nicht neu war, sondern vorher schon benutzt wurde, finden wir mit etwas Glück in der Substanz, die auf der Stirn von Silvia Lüders sichergestellt wurde, auch die DNA der Frau, der der Lippenstift gehört hat.«

Tammo nickte bedächtig. »Wobei dann auch der Partner der Frau als Täter infrage käme. Hast du den Stift eigentlich schon der Spurensicherung gegeben?«

Fenna schoppte die Ärmel ihres Pullis hoch. »Was glaubst du, was ich gemacht habe, während du im Blumenladen warst?«

Gerhild zog die Augenbrauen hoch und lächelte wissend. »Ahaaa!«

Tammo hielt sich die Faust vor den Mund und hüstelte. »Schon 'ne Ahnung, wann wir mit den Analysen rechnen können?«, fragte er die Gerichtsmedizinerin.

»Morgen oder übermorgen.«

»Ja, aber was ist denn nun mit dem Kussmund«, insistierte Benno. Er stützte sich an der Tischkante ab und kippelte mit dem Stuhl nach hinten. »Erzähl doch mal, Fenna, was hat der zu bedeuten, was meinst du?«

Fenna lehnte sich zurück und verschränkte die Arme. »Er kann eine letzte Liebesbotschaft an das Opfer gewesen sein. Er kann aber auch eine Aussage sein, die das Mordmotiv symbolisiert. Eine Botschaft, die sich an Silvia Lüders selbst richtet oder aber an alle Frauen.«

»Die Schläge auf den Kopf, der Gürtel mit der dornenlosen Schnalle, der Kussmund. Alles in allem war es ein bis ins Detail durchgeplantes Verbrechen«, schloss Tammo. »Glaubst du denn jetzt immer noch an einen Serienmörder?«

Fenna sah konzentriert vor sich hin. »Ich kann es nicht sagen.«

»Wenn es sich um einen Serienmörder handeln sollte«, fragte er, »siehst du eine Möglichkeit, den Kreis derjenigen zu definieren, die zu weiteren Opfern werden könnten?«

Fenna machte eine Geste, die Ratlosigkeit offenbarte. »Wie? Es können blonde Frauen sein oder Frauen mit einer bestimmten

Charaktereigenschaft. Es können die weiblichen Gäste des Hotels Friesenliebe sein, alle weiblichen Mitglieder des Partnerschaftsportals oder ein völlig anderer Personenkreis, dem nur zufällig eine Frau aus der Friesenliebe angehört. Wenn es eine bestimmte Gruppe sein sollte, dann müsste es eine sein, auf die er einen ganz konkreten Hass hat.«

Grausame Bilder liefen an Tammos innerem Auge vorbei. Der Gedanke, dass weitere Frauen auf so bestialische Weise umgebracht werden könnten wie Silvia Lüders, rief blankes Entsetzen in dem Kommissar hervor. Er versuchte, diese Vorstellung weit von sich fortzuschieben.

»Tammo, was ist los mit dir?«, hörte er Fennas Stimme.

»Ach, nichts.«

»Träumst du?«

Er nickte lahm. Auch ein Albtraum war ein Traum.

Kapitel 10

Den Parkplatz des Unternehmens, in dem Henning Gerdes beschäftigt war, erreichten die Ermittler auf die Sekunde genau zur vereinbarten Zeit.

»Das ist einer der großen Vorteile von Ostfriesland im Vergleich mit Hamburg«, sagte Fenna, als sie einparkte. »Man braucht für eine bestimmte Strecke keinen Augenblick länger, als das Navigationssystem ausgerechnet hat.«

»Das ist aber nicht der Hauptgrund, weshalb du aus der großen weiten Welt in deine Heimat zurückgekehrt bist, oder?«

Fenna kam nicht mehr dazu, zu antworten. Henning Gerdes riss die Eingangstür des nüchternen dreistöckigen Baus aus Glas und Beton auf und machte eine Verbeugung, begleitet von einer übertrieben einladenden Handbewegung.

»Pass auf«, sagte Fenna, »der rollt gleich noch den roten Teppich für uns aus.«

»Hmhm«, meinte Tammo. Er fuhr sich mit der Zunge über die obere Zahnreihe und taxierte den Mann. »So verhält sich nur jemand, der was übertünchen will.«

»Gib ihm die Chance, zu zeigen, dass er das gar nicht nötig hat«, erwiderte Fenna.

Tammo hob ergeben die Hände. Er war wieder viel zu schnell mit einer Vorverurteilung dabei.

»Moin, die Herrschaften«, rief Gerdes ihnen entgegen, als sie fünf Meter von ihm entfernt waren. »Der Tee steht schon bereit. Viel Zeit ist ja nicht, weil ...«

»Wir werden uns kurzfassen«, schnitt der Kommissar ihm das Wort ab. »Letztlich bestimmen aber wir, wie viel Ihrer Zeit wir in Anspruch nehmen müssen.«

Fenna gab ihm einen leichten Rippenstoß. Aber hatte er nicht recht? Die Telefonprotokolle waren erklärungsbedürftig. Wenn Henning Gerdes kein Alibi vorzuweisen hatte, würde sein Gespräch mit den Ermittlern länger dauern, als ihm lieb sein konnte. Dann würde das Meeting des Vertriebsteams ohne ihn stattfinden. So viel stand fest.

Sie folgten dem Mann einen schlecht beleuchteten Gang entlang. Vor einem Lift blieb Gerdes stehen. »Aufzug oder Treppe?«

»Wir nehmen die sportliche Variante«, antwortete Tammo schlecht gelaunt. Warum hatte Gerdes ihn angesehen, als er diese Frage stellte, und nicht Fenna? Wirkte er so klapprig?

Gerdes ging voran in das Treppenhaus, das gleich neben dem Aufzug lag. Leise pfeifend stieg er in den ersten Stock, hielt den Ermittlern eine gläserne Tür auf und machte wieder diese alberne Verbeugung. »Erste Tür rechts.«

Betont diensteifrig goss er Tee in drei verschiedenfarbige Becher und schob zwei davon den Kommissaren hin.

Tammo nahm einen Schluck und schüttelte sich. Das Gebräu war lauwarm, als wäre die Thermoskanne schon auf den Tisch gestellt worden, gleich nachdem Benno ihren Besuch heute Morgen angekündigt hatte. Gerdes setzte sich, verschränkte die Finger, drehte die Handflächen nach außen und schob die Arme von sich fort, bis die Gelenke knackten. »So«, sagte er mit aufgesetzter Leichtigkeit. »Ich schlage vor, wir beginnen damit, dass Sie mir Ihre erste Frage stellen.«

Tammos Adrenalinspiegel schnellte empor. Fenna dagegen nahm die Sache locker. Sie kramte geschäftig in ihrer großen Umhängetasche herum – wie immer in Situationen, in denen sie ihr Gesicht abwenden musste, um nicht zu erkennen zu geben, wie sehr sie sich amüsierte.

Tammo bemühte sich um Haltung und holte tief Luft. »Erzählen Sie uns doch mal: Wie war Ihre Beziehung zu Silvia Lüders zuletzt?«

Gerdes lachte von oben herab. »Nein, das können Sie nicht wirklich wissen wollen.« Die Ermittler verzogen keine Miene, sein Lachen erstarb, und er fuhr fort. »Ja, wie war das zuletzt zwischen uns? Ich würde sagen – es war mal harmonischer.«

»Wir wollen jetzt keine tief gehende Psychoanalyse, Herr Gerdes. Fragen wir mal konkreter: Haben Sie und Frau Lüders sich in den letzten Tagen vor ihrem Tod gestritten?«

Gerdes wiegte den Kopf hin und her. »Nein, eigentlich nicht. Nicht so richtig.«

»Wie dann?«, bohrte Tammo nach. »Am Tag vor dem Mord haben Sie eine ganze Reihe von Telefonaten mit ihr geführt. Neun insgesamt, zwischen siebzehn Uhr neunundfünfzig und zwei Uhr nachts. Am darauffolgenden Tag aber kein einziges mehr.«

Gerdes gab sich kooperativ. »Gut recherchiert.« Er fuhr sich mit der Hand über sein nach hinten gekämmtes, pomadisiertes Haar.

Tammo beschloss, sich nachher ohne Handschlag von ihm zu verabschieden.

»Wir hatten einiges zu besprechen«, sagte Gerdes und machte ein wichtiges Gesicht.

»Worum ging es genau?«

Der Vertriebsmann kritzelte Spiralen auf das oberste Blatt eines Notizblocks, der vor ihm lag, riss es dann ab und zerknüllte es mit einer Hand. »Um unsere Beziehung.«

»Sie wussten, dass Frau Lüders Urlaub machte?«, erkundigte Tammo sich.

»In diesem bescheuerten Hotel, ja.« Gerdes warf das Papierknäuel in Richtung eines Papierkorbs, der in einer Ecke nicht weit vom Konferenztisch stand, zielte jedoch daneben.

»Bestand Ihre Beziehung noch, als Frau Lüders nach Pilsum fuhr?«, fragte Fenna. Ihr Blick hatte Gerdes förmlich in der Zange.

»Sagen wir mal so: Wir hatten eine kleine Krise. Das heißt: Silvia hatte eine Krise.«

»Inwiefern?«

»Sie war auf der Suche nach dem Typ Mann, der zu ihr passt. Sie wollte sich ausprobieren, ihr Leben ändern.« Er schüttelte den Kopf. »Es war so eine Art Midlife-Krise. Das geht bekanntlich vorüber, und ich war bereit, Geduld aufzubringen, bis sie sich wiedergefunden hätte.«

Tammo verzog das Gesicht. »Midlife-Krise mit Mitte dreißig?«

Gerdes hob die Hände. »Beim einen kommt's eher, beim anderen später.«

»Wären Sie auch bereit gewesen, Frau Lüders mit anderen Männern zu teilen, bis sie ihre Selbstfindungsphase abgeschlossen hätte?«, fragte Fenna. Der provokante Ton in ihrer Stimme war nicht zu überhören.

Gerdes stand auf, hob die Papierkugel auf und zielte nun treffsicher auf den Korb, was aus einem Meter Entfernung keine Kunst war. »Selbstverständlich«, sagte er, während er den Ermittlern den Rücken zugekehrt hielt. »Ich hab sie schließlich geliebt.«

»So sehr, dass sie geduldig bereit waren, zuzusehen, wie sie mit anderen Männern intim wurde?«

»Äh, ja.« Gerdes setzte sich wieder hin und blickte Fenna eisern in die Augen.

»Wie selbstlos von Ihnen! Trotzdem haben Sie innerhalb weniger Stunden neun Mal bei ihr angerufen, und jedes Mal hat Frau Lüders Sie ganz schnell abgewimmelt. Nur einmal hat sie zurückgerufen. Das Gespräch dauerte eine Dreiviertelstunde.«

Tammo registrierte, dass ein Fuß des Befragten nur mit der Spitze den Boden berührte und das Knie nervös auf und ab wippte. »Ja, ich ... ich hab wohl ein paar Mal gestört. Sie war im Restaurant. Und später gab es noch einige Dinge zu besprechen, die keinen Aufschub duldeten.« Gerdes gab sich einen Ruck und sah die Ermittler entschlossen an. »Es sind Dinge, die ich nicht näher spezifizieren möchte. Der Respekt vor der Toten sollte doch gewahrt bleiben.«

»Warum gab es am darauffolgenden Tag keine weiteren Anrufe mehr von Ihrer Seite?«

Gerdes blinzelte mit den Augen. »Mit dem letzten Gespräch in der Nacht hatten wir alles geklärt.«

»Okay«, sagte Tammo skeptisch.

»Wissen Sie eigentlich, welche Lippenstiftmarke Frau Lüders benutzte?«, fragte Fenna.

Henning Gerdes schüttelte den Kopf, als wollte er ein lästiges Insekt verscheuchen, das um seine Ohren kreiselte. »Wie kommen Sie denn darauf?«

»Wir haben einen konkreten Anlass, diese Frage zu stellen«, antwortete Tammo mit einer Miene, die jedes weitere Nachhaken vonseiten des Befragten unterband.

»Silvia hat keinen Lippenstift verwendet.«

»Ganz sicher?«

»Außer Wimperntusche hat sie keine Schminke benutzt. Nie.«

Tammo nahm die Aussage wortlos zur Kenntnis.

Fenna schob die Zungenspitze zwischen die Lippen und notierte sich etwas.

»Letzte Frage«, sagte Tammo übergangslos. »Wo waren Sie am Montagmorgen zwischen sechs und acht Uhr?«

Gerdes holte wieder dieses überlegene Lächeln hervor. »Um sechs lag ich zu Hause im Bett, da ging mein Wecker an. Um viertel nach sieben bin ich ins Büro gefahren. Um halb acht hab ich mich hier im Haus mit einem Kollegen zusammengesetzt. Wir haben ein großes Angebot durchkalkuliert, das wir am nächsten Tag bei einem Kunden einreichen mussten.«

»Ist der Kollege gerade im Haus?«

»Klar, der nimmt auch an dem Meeting teil, das wir gleich haben. Ich hol ihn mal eben.« Gerdes erhob sich.

»Wir kommen mit«, sagte Fenna.

Gerdes verneigte sich ergeben. »Wenn Sie mir bitte folgen würden.«

Er tänzelte über den Gang, bog ins Treppenhaus ein und hüpfte die Stufen zur nächsten Etage hoch. Das Büro seines Kollegen lag gegenüber der Aufzugtür.

Ohne nachdenken zu müssen, bestätigte der Mann mit fast haargenau den gleichen Worten, was Gerdes ihnen über die fragliche Zeit berichtet hatte.

Tammo lächelte gezwungen. »Danke, die Herren. Viel Erfolg bei Ihrem – Meeting.« Er zog Fenna mit sich und rauschte die Treppen hinunter.

»Was hältst du davon?«, fragte Fenna ihn, als sie wieder im Auto saßen.

Tammo lachte hämisch durch die Nase. »Das traust du dich zu fragen?«

Jetzt ließ auch Fenna ihren Frust heraus. »Ist doch reizend, wie gut das Betriebsklima in den Auricher Unternehmen ist«, spottete sie. »Sobald einer ein hübsches kleines Alibi braucht, springt ein Kollege ein.«

»Ein richtig griffiges Motiv hat er nicht«, überlegte Tammo. »Nicht so ein starkes wie der Ehemann des Opfers. Aber es kam mir ein bisschen zu glatt rüber, zu einstudiert.«

»Denk dran, was Benno sagte: Gerdes hatte auf unseren Anruf gewartet, er war innerlich auf das Gespräch vorbereitet.«

»Trotzdem ...«

»Wen haben wir denn jetzt als Verdächtige?«, überlegte Fenna. Sie nahm eine Hand vom Lenkrad und zählte auf. »Zunächst mal Okko Lüders, den Ehemann. Henning Gerdes möchte ich auch dazuzählen. Außerdem Heinz-Werner Janz als enttäuschten potenziellen Bewerber um die Position des Mannes an Silvia Lüders' Seite.«

»Und Hedda Lilienschmied, die sollten wir uns auch noch mal näher ansehen.«

»Richtig. Sie und Silvia Lüders haben um den gleichen Mann gebuhlt. Typische Konkurrenzsituation. Obwohl ich beim besten Willen nicht verstehen kann ... Na ja, über Geschmack lässt sich nicht streiten. Morgen sollten wir uns mal zusammensetzen, um alle

Verdachtsmomente gegen die vier zusammenzustellen und die Motive zu bewerten. Ist eigentlich schon der Gürtel auf vorhandene DNA hin analysiert worden?«

»Gut, dass du mich daran erinnerst. Bis jetzt hab ich noch nichts gehört.« Tammo nahm sein Handy hervor und rief Jan Peters an.

»Den Bericht hab ich euch gerade rübergeschickt«, erfuhr Tammo von dem Leiter der Spurensicherung. »Am Gürtelriemen haben wir DNA von mehreren Menschen vorgefunden. An der Schnalle konnten wir allerdings keinen einzigen Fingerabdruck nachweisen.«

Tammo bedankte sich und gab Fenna wieder, was Jan berichtet hatte. »Die Gürtelschnalle hat der Täter sicher gründlich abgewischt«, grummelte er.

»Und am Gürtelriemen selbst«, sagte Fenna und überholte einen Motorradfahrer, »haftet DNA von all den Menschen, die das Stück im Laufe der Produktion und des Verkaufs angefasst haben. Möglicherweise auch vom Mörder selbst.«

»Nur können wir nicht identifizieren, wer von all denen, die ihre Spuren hinterlassen haben, der Täter ist«, gab Tammo zu bedenken.

Ob sie den Mörder jemals würden überführen können? Müsste er erst noch einmal zuschlagen, um mehr von sich zu verraten?

»Was rupfst du denn ständig an deinem Sicherheitsgurt herum?«, fragte Fenna. »Bist du nervös oder was?«

Erst jetzt spürte Tammo die innere Unruhe, die ihn erfasst hatte. »Ich denke gerade an deine Theorie vom Serienmord.«

Fenna bremste abrupt vor einer Ampel. »Mal den Teufel nicht an die Wand!«

Kapitel 11

»Schon was Neues von der Mordgeschichte?«, fragte Thekla, die alterslose, etwas verschroben wirkende Aushilfe der Hoferlands, als sie am nächsten Morgen um sieben Uhr dreißig die Restaurantküche betrat. Sie nahm den Korb mit den weich gekochten Eiern, den ihr Chef bereitgestellt hatte, von dem großen Arbeitstisch in der Mitte des Raumes.

»Liest du keine Zeitung?«, fragte Bastian zurück.

»Nö.« Thekla ging an ihm vorbei ins Restaurant. Vorsichtig, als wären sie noch roh, sortierte sie die Eier Reihe für Reihe in einen viereckigen Korb auf dem Büfett. Anschließend legte sie ein großes Tuch aus grünem Filz darüber.

»Bisher sucht die Kripo noch«, rief Bastian zu ihr hinüber.

Thekla strich den Filz mit beiden Händen sorgfältig zurecht, sodass die Kanten mit den Rändern des Korbes abschlossen. »Wie wollen sie den, der die Lüders auf dem Gewissen hat, auch ausfindig machen?«

»Frag ich mich auch. Eher schwemmt einem die Nordsee eine Kiste voll Gold vor die Füße, als dass man den Mörder einer Urlauberin findet«, schimpfte Bastian. »War vermutlich selbst einer von woandersher. Der wird längst über alle Berge sein.«

»Kannste haben ...« Die Aushilfe kippte verschiedene Sorten Brötchen aus einer riesigen Tüte in zwei Körbe am einen Ende des langen Holztisches, der mit einem blütenweißen Batisttuch abgedeckt war. »Und sonst? Was Neues in Sachen Liebe?« Ein schelmisches Lachen gurgelte durch Theklas Kehle.

Bastian lugte um die Ecke. »Ein frischgebackenes Friesenliebespaar, meinst du?«

Thekla wies mit dem Kopf zu der Fotogalerie all der Paare hinüber, die seit Gründung der Friesenliebe in diesem Haus zusammengefunden und den Bund fürs Leben geschlossen hatten. Die Bilder hingen an der Wand gegenüber dem Eingang des Restaurants, wo sie unter den neuen Gästen Optimismus verbreiten sollten. »Wird höchste Zeit, dass mal wieder ein Hochzeitspaar dazukommt. Ist schlecht fürs Image, wenn es zu lange nichts zu feiern gibt.«

»Erzwingen kann man's nicht«, rief Bastian.

Thekla kehrte in die Küche zurück und brühte den Tee auf. Das Scheppern von Bastians Kochgeschirr verurteilte jedes weitere Gespräch zum Scheitern.

Mit der Zuverlässigkeit, mit der auf die Ebbe die Flut folgt, standen um Punkt acht Uhr vier Thermoskannen auf dem hinteren Ende des Holztisches. Thekla stellte sich daneben auf, als gehörte sie zum Inventar. Jetzt war sie bereit, die ersten Gäste zu begrüßen und Sonderwünsche wie einen Kamillentee, ein Krabbenomelette oder einen Milchkaffee entgegenzunehmen.

Punkt acht Uhr – das war auch der Zeitpunkt, zu dem Rosa, das Zimmermädchen aus Spanien, sich im ersten Stock aus der Besenkammer hervortraute. Jeden Morgen ab sieben Uhr fünfundfünfzig wartete sie in diesem winzigen Raum auf das erste Türklappern, um sich mit dem großen Putzwagen in Richtung des gerade verlassenen Zimmers in Bewegung zu setzen.

***

Der erste Frühstücksgast an diesem Tag war Heinz-Werner Janz, der seit Silvia Lüders' gewaltsamem Tod allein am Tisch saß.

Kurz nach ihm betrat Ole Steffens das Restaurant. Mit einem angedeuteten Nicken grüßte er zu Heinz-Werner hinüber. »Ist Swantje noch nicht da?« Er steuerte auf den Tisch zu, den er sich seit seiner Ankunft vor ein paar Tagen mit Swantje Jensen teilte, und legte den Zimmerschlüssel neben seinen Teller. Beide Gedecke waren noch unbenutzt.

»Siehst du sie?«, fragte Heinz-Werner grantig zurück. Mit dem Gesicht, das er aufsetzte, hätte er den ersten Preis im Wettbewerb um die schlechteste Laune gewinnen können, die je ein Gast in Ostfriesland zur Schau gestellt hatte.

»Sie ist doch sonst immer die Erste.«

»Heute offensichtlich nicht.« Akribisch ordnete Heinz-Werner eine Scheibe Schinken auf einer Brötchenhälfte an.

»Sag mal, warum bist du überhaupt noch hier?«, konterte Ole. Er nahm einen großen Teller von dem Geschirrwagen, der neben dem Büfett stand. Mit einer silbernen Zange wühlte er abwechselnd in beiden Brotkörben herum, fischte zwei Brötchen heraus und legte einen Würfel Butter dazu. Dann stellte er sich Marmelade und Aufschnitt zusammen.

Während er zu seinem Platz zurückschlenderte, fokussierte er Heinz-Werner wie ein unberechenbares Tier, dessen Verhalten er zu ergründen versuchte. »Wenn die Frau, mit der ich mich zu einem Urlaub in der Friesenliebe verabredet hab ...« Er stockte. »Also, wenn die auf einmal nicht mehr existent wäre, dann würde ich sofort nach Hause fahren.« Energisch zog er einen Stuhl vom Tisch und ließ sich daraufplumpsen. »Statt hier nur noch rumzustänkern.« Er griff zum Messer und schnitt ein Brötchen auf.

»Ich habe für meinen Aufenthalt bezahlt«, sagte Heinz-Werner ungerührt. »Es ist mein gutes Recht, so lange hier zu bleiben, wie ich gebucht habe.«

»Ach ja«, maulte Ole. »Und wenn du schon hier bist und deine Wunschpartnerin ist verblichen, kannst du dich ja gleich nach einer anderen umsehen.«

Heinz-Werner schlug mit der flachen Messerspitze auf sein Ei ein, bis die Schale aufplatzte. »Was willst du damit sagen?« Mit langen, spitzen Fingern pellte er die Schale zur Hälfte ab, wobei er penibel darauf achtete, dass der Rand keine Zacken aufwies und rundherum auf gleicher Höhe verlief. Etwas zu temperamentvoll streute er Salz auf den Kopf des Eis.

Hedda Lilienschmied betrat das Restaurant. Doch die beiden Männer ließen sich in ihrer Unterhaltung nicht stören.

Ole lief rot an. »Ich hab dich genau beobachtet, wie du gestern Nachmittag im Garten im Strandkorb gesessen hast. Du hast so getan, als würdest du eine Zeitschrift lesen, aber in Wirklichkeit hast du dauernd zum Gartencafé vom Landhaus Frerichs rübergestiert und Swantje angeglotzt.«

Heinz-Werner lächelte süffisant. »Eifersüchtig?«, fragte er. »Angst, dass ich sie dir wegschnappen könnte?«

»Heinz-Werner hat nicht zu Swantje geguckt, sondern einen Tisch weiter, zu mir«, mischte Hedda Lilienschmied sich ein. Sie biss herzhaft in ihr Marmeladenbrötchen und leckte sich zwei Fingerspitzen ab.

»Das hättest du wohl gerne!«, widersprach Heinz-Werner lautstark. »Für wie attraktiv hältst du dich denn, dass du meinst, jeder starrt dich an?«

Nach und nach fanden sich auch die übrigen Gäste im Restaurant ein. »Noch Tee?«, fragte Thekla sanftmütig und ging mit der Thermoskanne in der Hand von Tisch zu Tisch.

Ole Steffens hielt ihr seine Tasse hin. »Langsam mach ich mir aber doch Gedanken um Swantje«, sagte er leise zu der Serviererin.

»Ach was«, beruhigte Thekla ihn. »Lassen Sie sie einfach mal ausschlafen. Gestern war sie den ganzen Tag draußen bei dem schönen Wetter. Erst mit Ihnen unterwegs, dann drüben im Café und am Abend im Garten. So viel Nordseeluft macht müde.«

Ole zog die Augenbrauen zusammen und schüttelte den Kopf. »Swantje ist Gärtnerin von Beruf. Sie ackert den ganzen Tag an der frischen Luft, sie ist das gewohnt. Außerdem ist sie von Natur aus Frühaufsteherin, und jetzt haben wir ...« Er zeigte auf die Uhr, die über dem Büfett an der Wand hing, »... fünf vor halb zehn. Das ist wirklich ungewöhnlich.«

»Stimmt«, sagte Hedda. »Das ist für Swantjes Verhältnisse nicht normal.«

»Letzte Nacht zu lange rumgeturtelt, was?«, rief eine Frau zwei Tische weiter und kicherte. »Ich hab euch beide gesehen, im Dunkeln unterm Obstbaum. Ihr habt geknutscht.«

»Haben wir nicht!«, protestierte Ole.

»Lassen Sie uns noch fünf Minuten warten«, schlug Thekla vor. »Dann sage ich Rosa Bescheid, dass sie mal vorsichtig ins Zimmer gucken soll.«

Hilke Hoferland, die das Gespräch mit halbem Ohr mit angehört hatte, stellte sich in die Tür zwischen Foyer und Restaurant. »Ich sag Rosa, sie soll sofort nachsehen«, rief sie Ole Steffens zu.

Eine seltsame Spannung machte sich im Raum breit. Die Gespräche an den Zweiertischen verstummten, und die Lust auf schnippische Zurufe schien allen Anwesenden vergangen zu sein. Heinz-Werner vertiefte sich in eine technische Zeitschrift, die er in Ermangelung einer Tischpartnerin mit hinuntergenommen hatte, und Ole fingerte geschäftig auf seinem Handy herum.

»Warum rufst du sie nicht einfach an?«, fragte Hedda über mehrere Tische hinweg.

»Was glaubst du, was ich heute schon dreimal gemacht habe?«, erwiderte er. »Sie geht nicht ran, nur die Mailbox springt an. Vermutlich hat sie das Ding gestern Abend ausgeschaltet. Das macht sie normalerweise nie.«

»Man will ja auch mal durchschlafen dürfen«, spottete die Frau, die vorhin behauptet hatte, Ole und Swantje turtelnd unterm Obstbaum gesehen zu haben. »Und wenn Abschalten die einzige

Möglichkeit ist, sich vor den nächtlichen Anrufen eines hartnäckigen Verehrers zu schützen ...«

Ole wollte gerade an die Decke gehen, da tapste Rosa die Treppe herunter. Schüchtern lächelnd lief sie auf seinen Tisch zu, ging in die Hocke und krallte ihre Finger um die Tischkante. »Frau Swantje schlafet noch«, sagte sie. »Hab ganz leise Zimmer aufgeschließt und gesehen. Hat Kopfkissen über Gesicht gelegen und schlafet tief. Hat sicher einen schönen Traum. Da darf man nicht stören. Türe hab ich ganz leise wieder zugeschließt.«

»Okay, danke«, sagte Ole und wandte sich einer Schale mit Obstsalat zu.

Erleichtert wirkte er nicht.

***

»Heute Brötchen statt Rosen?« Benno Pötzschke stand in der Teeküche und beobachtete amüsiert, wie Tammo eine große Plastikdose öffnete, mit Daumen und Zeigefinger Brötchenhälften herausnahm – vorsichtig, damit der Belag nicht herunterrutschte – und auf einem Teller anordnete.

»Und so liebevoll belegt«, fuhr Benno entzückt fort.

»Onkel Fridos Werk.« Tammo bemühte sich, so zu tun, als sei es ganz selbstverständlich, dass er Frühstück für zwei mit ins Büro brachte.

Benno machte den Hals lang. »Hmmm, Käse, Salatblatt, Tomate, Gurke und dann noch Kresse obendrauf. Und sogar ein Maiskölbchen dabei. Mir läuft schon das Wasser im Mund zusammen.«

»Dann hast du ja jetzt Anregung genug, um deiner Frau genau zu beschreiben, was sie dir in Zukunft zur Arbeit mitgeben soll«, sagte Tammo und stolzierte mit dem Teller auf der Hand über den Gang in das Büro, das er mit Fenna teilte. Nach der bestandenen Mutprobe mit den Rosen gestern Morgen war er locker geworden.

Während er die Tür hinter sich schloss, vergewisserte er sich, dass Benno ihm nicht gefolgt war. Wenn es was zu essen gab, war der Wachtmeister anhänglich wie ein streunender Hund. Ihm war durchaus zuzutrauen, dass er sich mit der Teetasse in der Hand dazugesellte, lauthals guten Appetit wünschte und so lange mit knurrendem Magen auf den Teller stierte, bis Fenna sich erweichen ließ und ihre Portion mit ihm teilte.

»Die Ergebnisse der Lippenstiftanalyse sind da«, sagte Fenna aufgeregt. »Jan Peters hat uns den Bericht per Mail zugesandt.« Sie deutete mit dem Kopf zum Laserdrucker, der in einer Ecke neben der Tür stand. »Der spuckt sie gerade aus, für unsere Akten. Ich überfliege schon mal die Datei.« Sie wandte sich wieder dem Bildschirm zu.

Tammo war noch mit der Überlegung beschäftigt, ob Buddys Bewegungsdrang Onkel Frido mit den Jahren überfordern könnte und, wenn das der Fall sein sollte, wie sich das Problem lösen ließe. Außerdem bewegte ihn die Frage, mit welchem Brötchen er sein Bürofrühstück beginnen sollte.

Fenna konzentrierte sich auf den Text, der auf dem Monitor angezeigt wurde, und bewegte die Lippen lautlos. »Da haben wir's«, sagte sie und drückte eine Fingerkuppe auf den Bildschirm. »Der Stift, mit dem der Kussmund auf Silvia Lüders' Stirn aufgemalt wurde, stammt mit großer Wahrscheinlichkeit aus der gleichen Produktion wie die Linie, die Hedda Lilienschmied in ihrem Kosmetikstudio vertreibt!«

»Ist nicht wahr!« Tammo ließ das Brötchen, in das er gerade beißen wollte, auf den Teller sinken.

Fenna nickte heftig. »Beide Stifte enthalten eine Substanz, die wasserfest ist und eine besondere Haltbarkeit garantiert. In Produkten anderer Hersteller kommt sie in dieser Zusammensetzung, soweit bekannt, nicht vor.«

»Wasserfest und besonders haltbar ... Sag mal, wie bekommt ihr Frauen solches Zeug eigentlich wieder von den Lippen runter?«

Fenna rollte mit den Augen. »Mit der Schleifmaschine natürlich, womit sonst?«, frotzelte sie. »Ist das alles, was dir zu der Sache einfällt?«

Tammo fiel kraftlos gegen die Rückenlehne seines Stuhls, das unangetastete Brötchen vor sich.

»Beiß rein«, forderte Fenna ihn auf, »damit dein Denkapparat Energie zugeführt bekommt. Und dann lass uns endlich die Personen durchgehen, die wir gestern als mögliche Täter identifiziert haben.«

Tammo biss in sein Brötchen und kaute bedächtig. Er tippte sich mit einem Finger auf seine vollen Wangen und gab Fenna damit zu verstehen, dass er ihr bei der gemeinsamen Betrachtung der Verdächtigen den Vortritt ließ.

Fenna schob sich mit ihrem Bürostuhl vom Platz hinter dem Monitor weg, sodass sie ungehindert zu Tammo hinübersehen konnte, und verschränkte die Arme. Über ihrer Nasenwurzel bildete sich eine steile Falte. »Nach der jetzigen Sachlage sollten wir Okko Lüders und Henning Gerdes erst mal außen vor lassen. Beide haben ein Alibi, das sie natürlich in weiser Voraussicht mit ihren Kollegen abgesprochen haben könnten. Aber beide haben auch unabhängig voneinander ausgesagt, dass Silvia Lüders niemals einen Lippenstift besaß. Wo kein Lippenstift ist, kann auch keiner heimlich entwendet und für diesen perfiden Zweck benutzt werden. Und dass einer der beiden Herren ausgerechnet in ein Kosmetikinstitut oder in eine exklusive Drogerie gegangen sein soll, um sich so ein ausgefallenes Teil zu kaufen, ist höchst unwahrscheinlich.«

»Du meinst, entweder ist der Täter eine Frau, die den Stift zur Hand hatte, weil sie ihn selbst benutzt, oder es ist ein anderer Mann als Lüders oder Gerdes, der seiner Frau den Stift für seinen Plan stibitzt hat?«

Fenna nickte.

Der Drucker spuckte die letzte Seite aus. Tammo nahm den Bericht heraus und überflog ihn bis zum Ende. »Hier steht: In der Substanz auf der Stirn des Opfers wurde keine andere DNA gefunden als die von Silvia Lüders selbst.«

Fenna stöhnte auf. »Das bedeutet, dass der Stift, mit dem der Kussmund aufgemalt wurde, zuvor von keiner anderen Frau verwendet worden ist. Also doch ein funkelnagelneues Exemplar.«

Tammo hielt die ausgedruckten Blätter demonstrativ hoch. »Wenn du mich fragst, katapultiert dieses Analyseergebnis Hedda Lilienschmied in die engere Wahl. Was die Lippenstifte betrifft, sitzt sie direkt an der Quelle. Und so heftig, wie sie sich mit Swantje Jensen gestritten hat, kann sie sich auch mit Silvia Lüders geprügelt haben. Dann ist die Sache eskaliert, und sie hat einen fatalen Entschluss gefasst.«

Fenna dachte nach. »Ich sehe noch eine Möglichkeit«, erklärte sie. »Inspiriert von der attraktiven Hedda und in dem Bestreben, in der Konkurrenz mit den anderen Frauen in der Friesenliebe gut dazustehen, hat Silvia Lüders ganz gegen ihre Gewohnheiten doch einen Lippenstift gekauft, und zwar in Pilsum, direkt von der Kosmetikerin. Der Mörder hat ihn heimlich aus ihrem Zimmer entwendet.«

Tammo zielte mit dem Zeigefinger auf seine Kollegin. »In dem Fall sehe ich den Janz als Täter. Für ihn als Wunschpartner der Lüders dürfte es überhaupt kein Problem gewesen sein, sich das Stück unter den Nagel zu reißen. Sie braucht ihn nur einmal aufs Zimmer gelassen zu haben. In einem unbeobachteten Augenblick lässt er den Stift in der Hosentasche verschwinden. Sie bemerkt es nicht, oder sie vermisst ihn zwar, glaubt aber, ihn verlegt oder verloren zu haben.«

»Genau so kann es gelaufen sein.«

»Trotzdem – ich tippe auf Hedda Lilienschmied«, sagte Tammo.

Fenna kreiste mit der Hand über dem Brötchenteller. »Ich tendiere zu Heinz-Werner Janz.«

Noch bevor sie ein belegtes Brötchen zu greifen bekam, klingelte das Telefon auf Tammos Schreibtisch.

»Bastian Hoferland hier.« Der Hotelier hörte sich an, als wäre gerade der Teufel in sein Haus eingezogen. Tammo riss die Augen auf.

»Guten Morgen, Herr Hoferland«, sagte er laut und deutlich. Er wedelte mit der Hand in der Luft herum, um Fennas Aufmerksamkeit auf ihn und dieses Telefonat zu lenken.

»Herr Kommissar, ich glaube, wir haben ein Problem.« Der Hotelier räusperte sich angestrengt, um das Krächzen aus seiner Stimme zu vertreiben. Vergeblich. Die Anspannung hatte ihn fest im Griff. »Einer unserer Gäste, Swantje Jensen ... Meine Frau sagt, Sie kennen sie. Sie haben vorgestern mit ihr gesprochen.«

Tammo setzte sich kerzengerade hin. Er spürte, wie ihm der Schweiß ausbrach. »Ja, was ist mit Frau Jensen?«

»Sie liegt in ihrem Bett und rührt sich nicht. Sie hat ein Kopfkissen auf dem Gesicht, schon eine ganze Zeit lang, und ... Es sieht ganz so aus, als wäre sie nicht mehr am Leben.«

»Wir kommen sofort!« Tammo sprang auf und gestikulierte, als stünde der Anrufer vor ihm. »Rühren Sie nichts an. Auch nicht das Kissen, hören Sie? Lassen Sie alles, wie es ist.« Er warf den Hörer auf die Gabel.

»Sag bloß nicht, wieder ein Mord.« Fenna hatte Mühe, die Worte auszusprechen.

»Allem Anschein nach doch. Swantje Jensen.«

Die Kommissarin griff nach ihrer Handtasche, die auf dem Boden stand, und warf sie wütend auf den Tisch. »Ich hab doch gesagt, wir haben es mit einem Serienmörder zu tun.«

»Rede nicht gleich den Untergang der Menschheit herbei«, versuchte Tammo sie zu beruhigen. »Noch wissen wir nicht, was vorgefallen ist.«

Auf der Fahrt zum Hotel Friesenliebe hoffte der Kommissar in einem Winkel seiner Seele immer noch, der mutmaßliche Tod von Swantje Jensen würde sich als Irrtum erweisen. Sie wäre lediglich in Ohnmacht gefallen oder hätte einfach nur tief geschlafen. Wie Dornröschen.

Die Ermittler pressten sich in das winzig kleine Foyer des Hotels Friesenliebe. Die Tür zum Restaurant war geschlossen, sodass der Eingangsbereich noch dunkler und beengter wirkte als bei ihren vorherigen Besuchen in diesem Haus.

Bastian und Hilke Hoferland standen wie gelähmt hinter dem Empfangstresen, blickten auf die Eingangstür und rangen die Hände. Die kreidebleiche Rosa saß neben ihnen auf einem Barhocker, den ihr jemand aus dem Restaurant hierher gebracht haben musste. Sie hatte einen Ellenbogen auf den Tresen gestützt, den Kopf in der Hand, und drohte, jeden Moment zu Boden zu sinken.

Hilke wies mit dem Kopf auf die Spanierin. »Unser Zimmermädchen hat Frau Jensen gefunden«, sagte sie, ohne die Kommissare zu begrüßen.

Fenna legte einen Arm um Rosas Schultern. »Wir reden gleich mit Ihnen.« Dann wandte sie sich an die Besitzer des Hotels. »Lassen Sie uns zuerst in das Zimmer gehen und nachsehen, was Sache ist.«

Hoffte Fenna genauso auf Dornröschen wie er selbst? Tammo ließ seiner Kollegin und den Hotelbesitzern den Vortritt, nur Rosa blieb zurück.

Vor dem Zimmer im ersten Stock blieb das bedrückt schweigende Quartett stehen. Bastian Hoferland hatte den Zweitschlüssel von Zimmer fünf in der Hand. Er klopfte kräftig gegen die Tür. »Frau Jensen?«, rief er. Auch er schien noch ein Fünkchen Hoffnung zu haben, dass die Tote mittlerweile wiederauferstanden war.

Tammo nahm ihm den Schlüssel aus der Hand, schloss auf und ging zwei Schritte in den Raum hinein.

Fenna drehte sich zu den Hoferlands um. »Sie bleiben bitte hier«, sagte sie leise und folgte Tammo ins Zimmer.

Da lag sie. Auf dem Rücken, die Beine ausgestreckt, die Arme auf der Brust gekreuzt. Der Kopf und der halbe Oberkörper waren von einem großen Kissen verdeckt. Oben guckten die wilden braunen

Locken hervor. Die blutleere Haut an dem nackten Ellenbogen, den sie von der Tür aus sehen konnten, gab Tammo und Fenna die Gewissheit: Swantje Jensen war tot.

Die Ermittler verließen den Raum und schlossen die Tür ab. »Lassen Sie uns wieder nach unten gehen«, sagte Tammo zu den Hoferlands. »Bitte rufen Sie Ihre Gäste an und sagen Sie ihnen, sie möchten ins Restaurant kommen.«

»Da sind sie schon alle versammelt«, erklärte Bastian Hoferland mit Grabesstimme. »Frau Jensen wurde beim Frühstück vermisst. Dass die Ärmste reglos in ihrem Bett liegt, haben unsere Gäste noch beim ersten Tee erfahren. Im Moment traut sich niemand auf sein Zimmer zurück.«

Hilke Hoferland zog ein Taschentuch hervor. »Tod in der Friesenliebe!« Theatralisch hielt sie sich das Tuch vors Gesicht und wandte sich der Schulter ihres Mannes zu. Der machte jedoch selbst den Eindruck, als brauchte er Halt.

Tammo verfolgte die Szene mit gemischten Gefühlen. Waren die Hoferlands entsetzt über das Ableben eines weiteren Gastes, oder fürchteten sie nur um den Ruf ihres Hauses? »Kommen Sie«, sagte er und führte sie die Treppe zum Foyer hinunter.

Fenna blieb noch einen Moment auf dem Flur stehen, um die Spurensicherung und Gerhild Linnenbrügger zu informieren.

Tammo bat Rosa in den Gemeinschaftsraum, geleitete sie zu einem der Sofas und setzte sich ihr gegenüber an den Tisch. »Sie haben Frau Jensen entdeckt?«

Rosa schluchzte. »Ich bin einmal in Zimmer gegangen. Da schlafet sie noch, mit Kissen auf Gesicht. Ich ganz leicht gerufen ihren Namen. Frau nicht hat geantwortet, ich Tür zugemachen. Paar Minuten später wieder hingegangen, da schlafet sie immer noch. Immer in selbe Position und Kissen auf Gesicht. Ist nicht normal, oder? In dem Moment ich gewusst, dass Frau Swantje ist tot.«

»Ist Ihnen etwas Ungewöhnliches in dem Zimmer aufgefallen?«

Rosa schüttelte den Kopf. »Ich nicht gegucken. Sofort bin gelaufen zu Chefe.«

Tammo nickte verständnisvoll.

Fenna setzte sich zu den beiden. »Brauchen Sie nicht doch einen Arzt?«

Rosa schüttelte energisch den Kopf und fing an zu weinen.

»Dann legen Sie sich wenigstens ein bisschen hin«, drängte die Kommissarin.

Rosa nickte und ließ sich von Hilke Hoferland hinausbegleiten. An der Tür drehte sie sich noch einmal zu den Ermittlern um. »In mein Zimmer keine Gefahr?«

Was konnten die Kommissare guten Gewissens auf diese Frage antworten?

Fenna ging auf die zierliche Spanierin zu und legte ihr die Hände auf die Schultern. »Jetzt, wo wir alle hier sind, wird Ihnen nichts passieren. Und am Abend wird die Haustür ganz fest verriegelt.«

Tammo blickte zu den Frauen hinüber. Was, wenn der Mörder ein Gast der Friesenliebe war?

Druck lastete auf dem Magen des Kommissars, als er sich an die Gäste der Friesenliebe wandte. Stumm vor Entsetzen saßen sie da wie die Besucher eines Kleinkunsttheaters während einer gruseligen Vorstellung.

Heinz-Werner Janz und ein weiterer Mann hockten an zwei Tischen, die nebeneinander lagen, nur durch den schmalen Gang voneinander getrennt, der längs durch das Restaurant führte. Beide blickten stur geradeaus in Richtung des Foyers.

Janz sah zerknirscht aus. Hinter seiner Stirn arbeitete es. Es kostete den Mann sichtlich Mühe, an den Ermittlern vorbeizusehen wie ein gänzlich Unbeteiligter.

»Wer von Ihnen war der – Wunschpartner von Frau Jensen?« Es widerstrebte Tammo, diesen dämlichen Begriff zu verwenden, auch wenn er in der Friesenliebe üblich war.

Tammo hätte wetten mögen, dass es der Mann war, der am Tisch neben dem von Janz saß. Und tatsächlich: Er hob den Finger. Seine Körperhaltung und sein Gesicht drückten Unsicherheit, vielleicht sogar Furcht aus. »Bin ich deshalb jetzt verdächtig?«, fragte er in einem Ton, in den sich eine Spur Verzweiflung mischte.

»Wie ist Ihr Name, bitte?«, fragte Fenna.

Der Mann schluckte. »Ole Steffens.« Er griff zu seiner Tasse und führte sie zum Mund, setzte sie jedoch gleich wieder ab. Sie war leer, wie Tammo von seiner Position aus erkennen konnte, und die Hand des Mannes zitterte.

Die Serviererin, die vor der Schwingtür gestanden hatte, drückte die Tür mit dem Rücken auf, drehte sich in die Küche hinein und kehrte bald darauf mit einer Thermoskanne zurück. Sie ging von Tisch zu Tisch und schenkte jedem Gast Tee nach, ob er danach verlangte oder nicht.

»Wieso sollten Sie verdächtig sein?«, fragte Fenna, die nie eine Gelegenheit ausließ, nachzuhaken.

»Einer muss ja der Mörder sein, und da mir vorhin schon im Kreis meiner Freunde ...«, Ole betonte das letzte Wort, zog dabei ironisch die Augenbrauen hoch und zeigte mit ausladenden Bewegungen auf die anderen Gäste, »... Eifersucht vorgeworfen wurde ...«

»Nach unserer Erfahrung«, sagte Fenna gelassen, »gehört zu einem Mord mehr als nur eine Portion Eifersucht.« Sie versuchte zu lächeln. »Sonst käme die Mehrheit der Menschen wohl aus dem Töten nicht mehr heraus.«

»Eine Frage an die gesamte Runde«, sagte Tammo mit fester Stimme. »Wer von Ihnen hat Frau Jensen zuletzt gesehen?«

Wieder hob Ole Steffens den Finger. »Dürfte wohl ich gewesen sein. Aber ich habe sie nicht umgebracht«, sagte der Mittvierziger verzagt.

Tammo hatte das Gefühl, der Mann könnte jeden Moment vor Angst in Ohnmacht fallen. Was eher darauf hindeutete, dass er nichts mit dem Mord zu tun hatte. Diejenigen, die nichts verbrochen hatten, hatten erfahrungsgemäß die größte Angst, angeklagt und schuldlos verurteilt zu werden. Die anderen dagegen, die Täter, präsentierten sich oft eiskalt und rotzfrech. Doch möglicherweise war Steffens' Angst, schuldlos in Verdacht zu geraten, nur Theater. Selbst ein erfahrener Kriminaler wie Tammo konnte mit all seiner Menschenkenntnis mal danebenliegen.

Hilke Hoferland kehrte zurück. Sie und ihr Mann pressten sich nebeneinander in den Türrahmen zwischen Foyer und Restaurant und hielten sich bei den Händen.

Plötzlich fuhren Polizeiwagen vor. Die Kollegen von der Spurensicherung und die Gerichtsmedizinerin trafen ein. Die Ermittler nahmen sie im Foyer in Empfang und führten sie hinauf zu Zimmer fünf.

Die Beamten nahmen ihre Arbeit auf. Sie machten Fotos von Swantje Jensen, so, wie sie vorgefunden worden war, vom gesamten Schlafraum und vom Bad. Dann nahm einer der Männer das Kissen vom Gesicht der Toten.

Tammo und Fenna, die auf dem Gang vor dem Zimmer gewartet hatten, näherten sich der Leiche. Sie schraken zurück. Wieder war ein Gürtel mit einer Schnalle in Form eines Schafskopfes um den Hals gezurrt, und wieder war ein Kussmund auf die Stirn des Opfers gemalt.

»Derselbe Täter wie bei Silvia Lüders«, flüsterte Fenna.

Tammo stierte die Tote ungläubig an. Ein Nachahmer war ausgeschlossen. Niemand außer den Kriminalbeamten und dem Täter selbst wusste von dem Kussmund. Der Presse war dieses Detail aus ermittlungstaktischen Gründen bisher nicht mitgeteilt worden.

»Nach ersten Schätzungen dürfte der Tod vor sechs Stunden eingetreten sein«, sagte Gerhild Linnenbrügger.

Tammo blickte auf seine Armbanduhr. »Das heißt, gegen fünf Uhr.«

»Also auch am frühen Morgen, ähnlich wie beim ersten Mord«, stellte Fenna fest.

Tammo legte den Arm um die Kommissarin und schob sie aus dem Raum. »Wir überlassen euch das Feld«, rief er den Spurensicherern und der Gerichtsmedizinerin über die Schulter zu. »Wenn ihr uns sucht, wir sind unten und reden mit den Leuten.« Er wartete noch einen Moment auf eine Reaktion, doch die Kollegen gingen schweigend ihrer Arbeit nach.

Kapitel 12

Zurück im Foyer baten die Ermittler das Hotelierspaar in den Gemeinschaftsraum. Sie nahmen an einem Tisch am Fenster Platz.

»Als wäre nichts geschehen«, sagte Hilke Hoferland und zeigte auf die Sonnenstrahlen, die in den Raum einfielen.

Bastian Hoferlands Schultern schaukelten hin und her. Immer wieder zog er nervös die Lippen zwischen die Zähne und biss darauf herum. »Es hat fast den Anschein, als hätte es jemand auf unser Hotel abgesehen«, stieß er hervor.

»Sie glauben, dass die Morde eine Art Anschlag auf die Friesenliebe sind?«, fragte Fenna.

Hilke guckte skeptisch, Bastian dagegen nickte.

»Haben Sie denn Feinde? Sind Sie persönlich oder Ihr Unternehmen in letzter Zeit bedroht worden?«

Die Hoferlands schüttelten gleichzeitig den Kopf. »Keine Feinde, keine Drohungen«, sagte er. »Aber Neider haben wir jede Menge.«

»Menschen, denen Sie diese Morde zutrauen würden?«

Bastian wurde zusehends nervöser. »Wir kennen niemanden persönlich, der so einen Hass auf uns hätte, dass er unsere Gäste umbringen würde«, erklärte er. »Aber es sieht doch ganz danach aus, als gäbe es jemanden, der sich das vorgenommen hat.« Er schlug sich auf den Schenkel. »Das muss doch ein Irrer sein!«

Hilke zuckte zusammen. Sie rückte ein Stückchen von ihrem Mann ab. Ihr Blick verfinsterte sich.

»Sie machen so ein nachdenkliches Gesicht, Frau Hoferland«, sagte Fenna. »Haben Sie etwas zu der Sache zu sagen?«

Die Frage schien die Hoteliersfrau zu ängstigen. »Nein!«, sagte Hilke und schüttelte den Kopf so heftig, dass ihr die Brille von der Nase rutschte. Sie drückte mit dem Finger gegen den Brillensteg und schob das Gestell wieder an die richtige Position.

»Wenn Ihnen doch noch was einfällt«, sagte Fenna und überreichte der Frau ihre Visitenkarte, »rufen Sie uns bitte an.«

Hilke nahm die Karte und spielte damit herum, bis ihr Mann sie ihr aus der Hand nahm und in der Brusttasche seines Hemdes verschwinden ließ.

Tammo beschäftigte nur eine Frage: Wie war der Mörder ins Zimmer gelangt?

»Die Tür von Frau Jensens Zimmer war abgeschlossen, als die Tote gefunden wurde«, dachte er laut nach. »Das Schloss ist nicht aufgebrochen worden. Das Fenster war lediglich schräg gestellt.«

»Der Mörder ist also nicht durchs Fenster«, führte Fenna den Gedanken weiter aus. »Er muss sich mit einem Zweitschlüssel Zutritt durch die Tür verschafft haben.«

»Wo sind Ihre Zweitschlüssel untergebracht?«, fragte Tammo die Hoferlands.

Hilke blickte ihren Mann verstört an.

Tammo bereute, die beiden gemeinsam zum Gespräch gebeten zu haben.

»Die Schlüssel liegen in einer Schublade an der Rezeption«, antwortete Bastian Hoferland.

»Kann da jeder ran?«

»Da geht nur der ran, der weiß, dass sie da liegen«, beeilte Hilke sich zu sagen.

Tammo versuchte, ruhig zu bleiben. »Das ist mir klar, Frau Hoferland. Aber der, der es weiß, der muss die Schublade nicht aufbrechen, oder? Die ist nicht abgeschlossen?«

Hilke schüttelte den Kopf. »Bei uns geht niemand unbefugt an eine Schublade.«

»Haben Sie eigentlich einen Nachtportier?«

Bastian verneinte. »So was brauchen wir nicht. Bis zehn Uhr abends ist immer einer von uns beiden in der Küche oder an der Rezeption. Danach schließen wir die Eingangstür ab. Unsere Gäste kommen mit ihrem Zimmerschlüssel rein. Der passt auch auf die Eingangstür.«

»Ab wann sind Sie morgens wieder im Dienst?«, wollte Fenna wissen.

»Ich steh um sieben Uhr auf«, antwortete Bastian. »Eine halbe Stunde später stehe ich in der Restaurantküche und bereite das Frühstücksbüfett vor. Thekla, unsere Aushilfe, kommt dann auch.« Er legte eine Pranke auf die Schulter seiner Frau. »Früher hat Hilke mitgeholfen, aber sie braucht viel mehr Schlaf als ich. Das frühe Aufstehen ist ihr nicht bekommen. Seit wir Thekla haben, kommt Hilke erst gegen neun nach unten.«

»Sie schlafen hier im Haus?«, fragte Fenna.

»Im Anbau.« Hilke zeigte in die Richtung, in der ihre Privaträume lagen.

Fenna taxierte den Abstand zwischen der Friesenliebe und dem Wohntrakt der Hoferlands. »Wenn es nachts oder am frühen Morgen im Hotel ungewöhnliche Geräusche gibt, dringen die bis zu Ihrem Gebäude vor?«

Hilke schüttelte entschieden den Kopf. »Da hören wir nichts«, sagte sie. »Dabei haben wir beide Ohren wie ein Luchs.«

»Dann entlassen wir Sie jetzt wieder in Ihre Arbeit«, beendete Tammo das Gespräch. »Vielen Dank für Ihre Auskünfte.«

Die Ermittler und die Hoferlands erhoben sich.

»Ob es jemand aus der Nachbarschaft war?«, raunte Bastian den Kommissaren auf dem Weg zurück ins Restaurant zu.

»Bastian, sei still!«, fauchte Hilke, die seine Worte gehört hatte. »Was redest du denn da?«

Fenna blieb stehen und hielt mit jeder Hand einen der beiden Hoferlands am Arm fest. »Wenn Sie einen konkreten Verdacht haben, dann bitte raus mit der Sprache.«

Ihr strenger Blick ließ dem Hotelier, der ganz offensichtlich das Bedürfnis hatte, zu reden, keine Wahl. Fenna ließ seinen Arm los, während sie den von Hilke noch festhielt.

Hoferland trat von einem Bein aufs andere und wischte seine Hände am Hosenboden ab. »Der Piet da drüben«, er zeigte mit dem Daumen über seine Schulter, »Piet Frerichs vom Landhaus gegenüber, der flirtet gern mit den Frauen aus der Friesenliebe, wenn die in seinem Gartencafé nachmittags ihren Tee trinken. Das gab schon häufiger Ärger unter unseren Gästen.«

»Ärger welcher Art?«, bohrte Fenna nach.

»Mal so, mal so«, erklärte Hoferland zögerlich. »Manche unserer männlichen Gäste reagieren eifersüchtig auf Piet. Es hat sogar schon mal ’ne Schlägerei gegeben, nicht erst einmal.«

»Das ist aber doch eine Sache zwischen den Männern«, wandte Tammo ein. »Deswegen bringt man keine Frauen um.«

»Na ja.« Bastian schob die Hände in die Hosentaschen und wiegte den Kopf, als müsste er über seine weiteren Worte nachdenken. »Piet ist ein attraktiver Mann, er hat Schlag bei den Mädels. Aber es gibt auch welche, die sind überhaupt nicht begeistert von seiner Anmache. Er kann ganz schön hartnäckig sein. Dann muss eine Frau ziemlich energisch werden, um ihm klar zu machen, dass sie ihn nicht will. Und Sie wissen ja, wie eitle Männer auf Zurückweisungen reagieren.«

»Bastian, hör auf, so zu reden!«, schimpfte Hilke. »Was faselst du dir denn da zusammen?«

Tammo überhörte Hilkes Worte geflissentlich. »Wird Piet Frerichs zudringlich?«, fragte er Bastian.

»Kann man so sagen.«

»Bastian, Annegret ist meine Freundin!«, ereiferte Hilke sich. »Auch wenn du Piet auf den Tod nicht ausstehen kannst, treib deine Feindschaft mit ihm nicht auf die Spitze! Du kannst doch nicht unterstellen, dass Piet neuerdings die Frauen, die nicht auf ihn fliegen, einfach umbringt!« Wütend riss sie sich von Fenna los und ging ein paar Schritte weiter. An der Tür drehte sie sich noch einmal zu ihrem Mann um. »Du glaubst doch wohl selbst nicht, was du dir da gerade zusammengereimt hast!«

»Kann Herr Frerichs an einen Zweitschlüssel für die Hotelzimmer gelangen?«

Bastians Gesicht verschloss sich. Plötzlich schien er zu befürchten, dass er bereits zu viel verraten hatte. »Mag sein oder auch nicht.« Er sah die Ermittler an wie ein Unschuldsengel. »Ich will Piet nicht zu Unrecht verdächtigen. War nur so ein Gedanke.«

»Schon verstanden, Herr Hoferland. Wenn wir in dieser Angelegenheit noch Fragen haben, melden wir uns. Vielen Dank.« Tammo geleitete Bastian aus dem Gemeinschaftsraum. Nachdenklich sah er ihm hinterher, bis er in der Küche verschwunden war. Dann zog er die Tür zu, um sich mit Fenna zu besprechen.

Die Kommissarin hatte sich wieder hingesetzt, das Kinn gedankenverloren auf die ineinander verschränkten Hände gestützt.

»Was hältst du davon?«, fragte Tammo.

»Sieht so aus, als läge ein dicker Nachbarschaftskonflikt vor«, resümierte Fenna. »Hoferland hat den Erfolg mit der Friesenliebe, Frerichs hat das romantische Gartencafé. Die Frauen übernachten beim Hoferland, aber flirten mögen sie lieber mit dem Frerichs. Und die Ehefrauen der Hoteliers stehen Hand in Hand daneben und gucken hilflos zu.«

»Oder in die Röhre«, frotzelte Tammo.

»Mich würde nicht wundern, wenn der Ehefrieden der Hoferlands auf wackeligen Füßen stünde.«

»Bei den Frerichs wird es nicht viel anders aussehen«, mutmaßte Tammo. »Die gucken wir uns am besten gleich an, wenn wir hier fertig sind. Jetzt lass uns mit den anderen weitermachen.«

***

»Frau Lilienschmied, können wir Sie einen Augenblick sprechen?«, rief Fenna der Kosmetikerin zu.

Hedda stand auf in dem Bewusstsein, von allen Anwesenden angestiert zu werden. Fast machte sie den Eindruck, ihre Außenseiterrolle in dieser Gruppe zu genießen.

»Frau Lilienschmied«, begann Fenna das Gespräch, als sie am Tisch im Gemeinschaftsraum saßen. »Bei der abgebrochenen Boßel-Tour vor zwei Tagen wurden wir Zeugen Ihres Streits mit Frau Jensen.«

»Aber deswegen bring ich Swantje doch nicht gleich um!«, protestierte Hedda.

»Ich bin noch nicht fertig«, erwiderte Fenna ruhig. »Der Wunschpartner des ersten Opfers, Silvia Lüders, war Heinz-Werner Janz. Wir wissen, dass Sie einen kurzen, heftigen Flirt mit ihm hatten.«

»Ach ja, jetzt kommt die Nummer!«, rief Hedda aus. »Jetzt soll ich wohl gleich beide Frauen umgebracht haben, weil die Männer mich attraktiver fanden als ihre Wunschpartnerinnen.«

»War denn auch Ole Steffens an Ihnen interessiert?«, fragte Tammo nach.

Hedda drehte einen Ring an ihrem linken Mittelfinger hin und her und schwieg.

Fenna blieb unnachgiebig. »Mit beiden Opfern standen Sie in einem Konflikt. Worum ging es bei Ihrem Streit mit Frau Jensen?«

Hedda schmollte weiterhin.

»Wenn Sie uns keine Auskunft dazu geben wollen«, ermahnte Fenna sie, »bleibt uns nichts anderes übrig, als unsere Schlüsse zu ziehen.«

Diese Drohung zeigte Wirkung. Märtyrerhaft hob Hedda den Kopf. »Wenn Sie es unbedingt wissen wollen: Mein Streit mit Swantje Jensen hatte damit zu tun, dass ich lesbisch bin.«

Tammo schlug mit der flachen Hand auf den Tisch und wandte sich abrupt ab. Dabei stieß er mit der Kniescheibe gegen die Kante eines Tischbeins. Schlagartig wurde ihm übel, er unterdrückte einen Schrei und wartete, bis der schlimmste Schmerz verflogen war. Dann drehte er sich wieder zu Hedda um.

»Das ist jetzt nicht Ihr Ernst, oder?«, wütete er. »Nach eigener Aussage sind Sie seit Jahren Mitglied in Bastian Hoferlands

Partnerschaftsportal. Sie treffen sich in der Friesenliebe mit Ihrem Wunschpartner. Ich frag jetzt lieber nicht, zum wievielten Mal Sie bereits hier sind. Sie flirten mit den Partnern anderer Frauen. Sie kloppen sich sogar mit anderen Mädels auf offener Straße um die Kerle. Und jetzt wollen Sie uns erzählen, dass Sie lesbisch sind?«

»Sie verstehen meine Situation nicht«, sagte Hedda pikiert. »Ich bin medizinische Fachkosmetikerin. Tag für Tag behandle ich eine Reihe von Frauen, und ich komme ihnen dabei körperlich sehr nah. Nach der Tiefenreinigung der Haut massiere ich die Gesichter und Dekolletés. Was glauben Sie, wie viele Kundinnen sich das noch von mir gefallen lassen, wenn sie wissen, dass ich Frauen liebe?«

»Verstehe«, sagte Fenna.

Tammo beobachtete die Kosmetikerin scharf. Sie war tief verletzt, hatte ihre Körpersprache nicht mehr im Griff, konnte nichts mehr verbergen. Er musste sich eingestehen: So aufgetakelt Hedda Lilienschmied in Pilsum herumlief, so authentisch wirkte ihr Auftritt jetzt. Er glaubte ihr jedes Wort.

»Ich lebe mit einer Frau zusammen«, hörte er Hedda sagen. »Niemand ahnt das, denn ich habe ein Haus mit einer Einliegerwohnung, und Lilian ist offiziell meine Mieterin. Sie lebt unterm Dach, ich im ersten Stock. Im Erdgeschoss befindet sich mein Kosmetikinstitut. Damit niemand Verdacht schöpft, spiele ich die wählerische, ewig nach dem passenden Partner suchende Frau. Ich erzähle jeder Kundin, ob sie's wissen will oder nicht, dass ich Mitglied bei der Friesenliebe bin. So hab ich meine Ruhe und muss kein Gerede und keine geschäftlichen Einbußen befürchten.«

Dieses Geständnis mussten Tammo und Fenna erst einmal verdauen.

»Okay«, sagte der Kommissar schließlich. »Das haben Sie überzeugend rübergebracht. Entschuldigen Sie bitte meinen Ausbruch vorhin.« Er suchte nach weiteren Worten, fand aber keine, die gepasst hätten. Besser war es, zu schweigen. So, wie Fenna es tat.

Hedda versprühte immer noch ein wenig Gift. »Jetzt sagen Sie bloß nicht, dass es Ihnen leidtut, dass Lilian und ich unsere Liebe so verstecken müssen!«

Tammo schüttelte verschämt den Kopf.

Fenna kam ihm zu Hilfe. »Wir hätten noch eine Frage zu Ihren Lippenstiften«, lenkte sie von dem Gespräch über Heddas Lebenssituation ab.

»Meine Lippenstifte haben hoffentlich nichts mit den Morden zu tun?«

Fenna ging über diese Frage hinweg. »Sie haben uns vorgestern gesagt, diese Marke bekommt man nur über autorisierte Kosmetikinstitute oder Drogerien.«

Hedda nickte.

»Hat in den Tagen, seit Sie hier sind, irgendjemand einen dieser Stifte von Ihnen gekauft?«

»Nur Sie, sonst niemand.«

»Danke. Mehr Fragen haben wir im Moment nicht.«

»Mir reicht es auch«, sagte Hedda. »Dann darf ich jetzt gehen?«

»Ja.« Fenna stand auf und geleitete Hedda hinaus.

»Ach übrigens«, sagte die Kosmetikerin auf dem Weg zur Tür. »Diese Lippenstifte können Sie auch übers Internet beziehen.« Sie holte eine Karte ihres Instituts hervor und zeigte auf einen der Firmennamen, die klein gedruckt auf der Rückseite standen. »Das ist der deutsche Vertriebspartner des Herstellers. Er bietet die Produkte in seinem Onlineshop an.«

Fenna bedankte sich nochmals, schloss die Tür hinter Hedda und lehnte sich mit dem Rücken dagegen. Erschöpft fuhr sie sich mit beiden Händen über das Gesicht. »Mit dem Onlineshop ist der Kreis derjenigen, die sich die Stifte für die Morde beschafft haben könnten, ins Unendliche gewachsen.«

Tammo konnte ihren Katzenjammer verstehen, wollte sich aber nicht auch noch selbst in den Frust hineinfallen lassen. »Rufst du den Steffens noch rein?«, fragte er.

Ein letztes Mal für heute öffnete Fenna die Tür, die ihr in den letzten Sekunden Halt gegeben hatte, und steckte den Kopf ins Restaurant. »Herr Steffens, dürfen wir Sie zum Gespräch bitten?«

Ole Steffens war es sichtlich unangenehm, vor den Augen der anderen aufstehen und im Gemeinschaftsraum verschwinden zu müssen. Er machte eine Miene wie ein Seriendieb, der auf einem Kleinstadtbahnhof bei einem Taschendiebstahl aufgefallen war und jetzt verhört werden sollte.

Fenna bemühte sich, eine ungezwungene Atmosphäre zu schaffen. »Bitte, setzen Sie sich doch«, sagte sie mit einer einladenden Geste.

Ole Steffens griff nach dem kleinen Kerzenhalter, der auf dem Tisch stand und in dem ein winziger heruntergebrannter Kerzenstummel steckte. Er drehte ihn auf der Tischplatte im Kreis, wobei ein nervtötendes Geräusch entstand.

»Um wie viel Uhr haben Sie Swantje Jensen zum letzten Mal gesehen?«, fragte Fenna. Sie versuchte vergeblich, Augenkontakt mit Ole herzustellen.

»Gestern Abend um halb elf.«

»Wo haben Sie sich zu dem Zeitpunkt aufgehalten?«

Er deutete mit dem Kopf aus dem Fenster. »Im Garten, am Tisch unter dem Obstbaum.« Mehr schien er nicht verraten zu wollen.

»Sie haben sich unterhalten?«, fragte Fenna, wohl in der Hoffnung, irgendein Wort aus dem Wunschpartner der Ermordeten herauszubekommen, das auf die Stimmung an dem Abend hätte hindeuten können.

Er nickte. Das beharrliche Schweigen der Ermittler veranlasste ihn schließlich dazu, weiterzureden. »Es lief nicht so gut zwischen uns«, erklärte er zögerlich. »Wir haben ziemlich belangloses Zeug geredet. Über unsere Jobs und so.«

»Sie waren enttäuscht«, stellte Fenna fest.

»Na klar war ich das«, brauste Ole auf. »Jedes Mal, wenn wir uns im Internet getroffen haben, lief es wie geschmiert.« Er stockte.

Tammo grunzte still in sich hinein, auch wenn er nachvollziehen konnte, dass Ole Steffens nicht zum Lachen zumute war. Oles Worte bestätigten seine Vorurteile gegenüber diesen Partnerschaftsportalen. »Nach all den netten Online-Dates haben Sie sich in Pilsum live getroffen, und auf einmal war Sand im Getriebe«, kommentierte er dröge.

»Es sprang einfach kein Funke über. Außerdem ...«

»Außerdem was?«, bohrte Fenna nach.

Ole sah angestrengt zum Fenster hinaus. Tammo und Fenna folgten seinem Blick.

»Da drüben«, sagte Ole. Er nahm den Kerzenhalter in eine Hand und umschloss ihn fest.

Fenna legte ihre Hand auf seine und drückte sie sanft gegen die Tischplatte. »Nicht, dass sie den gleich durchs Fenster schleudern.«

Ole zeigte mit der anderen Hand nach draußen. »Da drüben, der Typ, der Besitzer vom Landhaus Frerichs, den sollten Sie sich mal ansehen. Würde mich wundern, wenn der nicht was auf dem Kerbholz hätte.«

»Wieso halten Sie ihn für verdächtig?«, fragte Fenna.

Ole machte eine Geste, die Abwehr und Hilflosigkeit zugleich bedeutete. »Der flirtet alles an, was Röcke trägt. Er geht ganz schön ran, und ich traue ihm zu, dass er keine Grenzen kennt. Ich weiß nicht, was der macht, wenn eine Frau nicht so weit gehen will wie er. Das müssen Sie ihn schon selber fragen.« Er verschränkte die Arme vor der Brust und nickte, als wäre er jetzt endlich zufrieden.

Tammo und Fenna sahen sich einvernehmlich an. Oles Aussage ähnelte der von Bastian Hoferland. Piet Frerichs war zweifellos ein Mann, den sie sich näher ansehen mussten. Seine Befragung duldete keinen Aufschub mehr.

Der Kommissar legte Ole eine Hand auf die Schulter. »Vielen Dank, Herr Steffens, und ... es tut uns leid, dass das hier für Sie so schlimm ausgegangen ist. Den Urlaub hatten Sie sich bestimmt anders vorgestellt.«

Alle drei verließen den Gemeinschaftsraum, Tammo vorweg, hinter ihm Ole und als Schlusslicht Fenna.

Die anderen Gäste schienen die ganze Zeit über gebannt auf diesen Augenblick gewartet zu haben. »Verhaftet!«, echote es vielfach, wenn auch nur schwach vernehmbar durchs Restaurant.

Tammo hätte zu gern die Blicke der Gäste gesehen, als Ole sich an seinen Tisch setzte, während Fenna und er selbst das Restaurant ohne den vermeintlich Verhafteten verließen.

»Meine Damen und Herren«, hörte er Fenna hinter seinem Rücken rufen. »Wenn jemand von Ihnen uns noch Hinweise zu den Morden geben kann, dann möge er sich bitte bei uns im Kommissariat melden. Ich lasse Ihnen ein paar Karten mit unseren Telefonnummern hier.«

Sie verabschiedete sich und eilte zu Tammo, der, die Klinke der Haustür in der Hand, auf sie wartete.

»Und jetzt?«, fragte Hilke Hoferland. Sie huschte hinter dem Rezeptionstresen hervor. »Wie geht es jetzt weiter?«

»Unsere Kollegen haben im Zimmer von Frau Jensen noch eine Weile zu tun«, erklärte Tammo ihr. »Und wir beide, Frau Stern und ich, gehen rüber und befragen die Besitzer vom Landhaus Frerichs.«

Hilke hielt erschrocken die Hand vor den Mund. »Muss das wirklich sein?«

Kapitel 13

Über dem Eingang des Anwesens von Piet Frerichs prangte ein imposantes Schild mit der Aufschrift ›Landhaus Frerichs Pilsum‹ in stilvoll geschwungenen Lettern. Der Vorgarten, ein weitläufiges Grundstück, das als Gartencafé diente, war ein kleines Paradies. Unter Obstbäumen und zwischen Rhododendren luden rustikale Tische und Stühle mit kuscheligen Auflagen zum Klönen und Träumen ein. Die Abstände zwischen den Sitzgruppen waren großzügig bemessen, der Blickkontakt zu anderen Gästen wurde durch die üppige Bepflanzung eingeschränkt. Ideal für turtelnde Pärchen. Damit konnte der viel kleinere Garten der Hoferlands mit seinem einsamen Eisentischchen und den vier unbequemen Stühlen nicht konkurrieren.

»Lauschiges Plätzchen«, flüsterte Fenna ihrem Kollegen zu.

Sofort setzte sich Tammos Kopfkino in Gang. Sobald der Fall aufgeklärt wäre, würde er Fenna hierhin einladen. Er würde ihr Ostfriesentorte satt spendieren, mit extra viel Rum, Rosinen und Vanillezucker. Einen würzig-herben Tee dazu. Und hinterher ... Wer wusste schon, welche Überraschung das Leben noch für sie beide bereithielt!

»Guck mal da«, flüsterte Fenna und deutete mit der Nasenspitze auf einen Mann. Ein Tablett in der Hand, auf dem er vier Teebecher und eine bauchige Kanne transportierte, scharwenzelte er durch den Garten. Vor jeder Dame, an der er vorbeieilte, machte er einen kleinen Diener. An einem Tisch blieb er stehen. Während er den Tee servierte, redete er auf die hübscheste der vier Frauen, die dort saßen, ein und berührte mit der Hand ganz leicht ihre Schulter. Es schien ihm nicht aufzufallen, dass sie sich immer weiter von ihm weg lehnte. Erst als sie eine Hand hob, wie um ihn abzuwehren, stellte er sich wieder gerade hin, nahm das Tablett unter den Arm und ging ins Haus zurück.

»Herr Frerichs?«, fragte Fenna, als der Mann fast zeitgleich mit ihr und Tammo den Eingang erreichte.

»Sie wünschen?« Er musterte die Ermittler kurz, hob eine Hand und wies in den Garten hinein. »Ein Tisch für zwei Personen? Wenn Sie mir bitte folgen möchten?«

»Kripo Greetsiel«, überraschte Tammo ihn. »Wenn Sie ein paar Minuten für uns erübrigen könnten?« Obwohl er die Stimme am Satzende hob, ließen seine Worte keinen Zweifel daran, dass es sich um eine Aufforderung handelte, die keinen Widerspruch duldete.

Frerichs spitzte die Lippen und fuhr sich mit einer Hand durch die pechschwarzen Locken, die aus der Nähe wie gefärbt erschienen. »Öh«, machte er.

»Am besten gehen wir in Ihr Büro«, kürzte Tammo ab. »Wollen Sie vorgehen?«

»Ja, natürlich.« Frerichs ließ das Tablett sinken, das er bisher vor seinen schlanken Bauch gehalten hatte, und sah sich suchend um. Er winkte eine Kellnerin heran, die gerade eine Bestellung aufgenommen hatte.

Sie eilte herbei und blieb stramm vor ihm stehen. »Herr Frerichs?«

»Du musst dich bitte ein paar Minuten alleine um die Gäste kümmern, Insa«, sagte er. »Ich hab eine Besprechung mit den Herrschaften.« Er deutete mit dem Kopf auf die Ermittler, machte eine Kehrtwendung und ging ins Haus. »Annegret?«, rief er.

»Ja?«, tönte es aus der Küche.

»Zwei Tassen Tee bitte ins Büro.« Mit raumgreifenden Schritten lief er einen dunklen Flur entlang. An dessen Ende öffnete er eine Tür und ließ den Kommissaren den Vortritt.

Tammos Adrenalinspiegel stieg an. Bei dem Misstrauen, das er Frerichs vom ersten Augenblick an entgegenbrachte, befürchtete er, der Mann könnte blitzschnell die Tür von außen zuziehen, verriegeln und die Flucht ergreifen.

Fenna blieb neben dem Türrahmen stehen. Schultern, Arme und Beine angespannt – bereit, sich jeden Moment mit ganzer Kraft gegen die Tür zu stemmen.

Doch Frerichs erfüllte die düsteren Vorahnungen der Kommissare nicht. Aufgesetzt lächelnd folgte er den beiden in den Raum und bat sie, an einem kleinen runden Tisch Platz zu nehmen. Sie saßen so dicht beieinander, dass sie aufpassen mussten, nicht mit den Knien aneinanderzustoßen. Frerichs roch leicht nach Schweiß, was nicht zu seiner gepflegten Erscheinung passte.

Er rückte etwas vom Tisch ab. Großspurig schlug er die Beine übereinander. Die Arme ruhten scheinbar entspannt auf den Stuhllehnen, doch seine unruhig spielenden Finger verrieten seine Nervosität.

Mit einem Schlag fiel Tammo die Gürtelschnalle seines Gegenübers ins Auge. Sie hatte die Form eines Schafskopfes.

Irritiert lugte er zu Fenna hinüber. Deren Blicke hafteten gebannt an einem bestimmten Punkt auf Frerichs' Bauch. Auch sie hatte die Schnalle entdeckt.

Es klopfte an der Tür, Annegret Frerichs platzte herein. Sie begrüßte die Ermittler mit einem knappen »Hallo«, schob ihnen zwei Teebecher zu und stellte geräuschvoll die Kanne, das Sahnekännchen und eine Schale mit Kluntjes dazu.

»Der Gürtel«, sagte Fenna wie in Trance. »Woher haben Sie den?« Endlich löste sie ihren Blick von dem Objekt, das im Nu so viele Fragen aufgeworfen hatte.

»Woher ich den habe?«, fragte Frerichs verwundert. Er zupfte an der weißen Schürze seiner Frau. »Annegret, woher haben wir den? Aus Norden?«

Annegret Frerichs schien in Gedanken ganz woanders zu sein. Sie zog eine Streichholzschachtel aus der Schürzentasche, nahm ein Teelicht vom Regal und zündete es an. »Ja, kann sein.« Sie pustete das Streichholz aus, legte es in einen Aschenbecher und stellte die Teekanne auf das Stövchen. »Darf ich Ihnen sonst noch was bringen? Kuchen vielleicht?«

»Danke, nein«, sagte Fenna, und auch Tammo schüttelte den Kopf. »Aber dieser Gürtel«, insistierte sie. »Haben Sie noch mehr davon?«

Frerichs beugte sich nach vorn und schlang die Hände um seine Knie. »Ich verstehe Ihre Frage nicht.«

Das Gesicht des Mannes drückte Unerbittlichkeit und Aggression aus. War das auch seine Reaktion, wenn er vor einer Frau saß, die er begehrte und die ihn zurückwies? Rückte er dicht an sie heran, fixierte sie mit diesem messerscharfen Blick und sagte: ›Ich verstehe dich nicht‹? Tammo spürte die gruselige Gänsehaut, die wohl jede Frau in solch einer Situation überkam.

»Aus ermittlungstaktischen Gründen können wir zurzeit keine konkreten Angaben darüber machen, weshalb uns der Gürtel interessiert«, spulte Tammo seinen Kriminalerspruch herunter. »Aber ich muss Sie bitten, uns dieses Stück zu überlassen. Wir benötigen es für eine kriminaltechnische Untersuchung im Zusammenhang mit den Morden an den beiden Frauen aus der Friesenliebe.«

Frerichs' Kiefer malmten, Fennas ebenfalls.

Um keinen Ärger mit der Staatsanwaltschaft und mit dem Rechtsanwalt zu bekommen, den Frerichs zwangsläufig bald einschalten würde, durften sie den Mann jetzt nicht mehr nicht im Unklaren lassen.

»Herr Frerichs«, sagte Tammo, »ich muss Ihnen leider mitteilen, dass ein gewisser Anfangsverdacht gegen Sie besteht.«

Frerichs schnellte hoch.

»Bitte setzen Sie sich«, sagte Tammo mit einer gewissen Schärfe in der Stimme.

»Sie wollen mich festnehmen?«

Annegret Frerichs stand wie angewurzelt da. Sie war blass geworden, und ihre Blicke sprangen zwischen ihrem Mann und den Ermittlern hin und her.

Fenna erhob sich und führte sie zu dem Stuhl, der hinter dem Schreibtisch stand.

»Wenn Sie uns den Gürtel nicht freiwillig überlassen«, erklärte Fenna dem sprachlosen Gastwirt, »werde ich den Staatsanwalt anrufen und mir die Erlaubnis holen, das Stück mitzunehmen. In Fällen wie diesen ist das allerdings rein rechtlich betrachtet nicht erforderlich, da der Verdacht, der gegen Sie vorliegt, nicht von der Hand zu weisen ist. Mit einer Weigerung erhärten Sie ihn nur.«

»Das heißt, wenn ich Ihnen den Gürtel überlasse, entkräfte ich den Verdacht?«

»Herr Frerichs, bitte«, sagte Fenna.

Hektisch löste der Mann den Gürtel und zog ihn aus den Schlaufen seiner Hose. »Sag du doch auch mal was, Annegret«, forderte er seine Frau auf.

Währenddessen ließ Fenna ihre Hand in die riesige Umhängetasche eintauchen, die über dem Stuhl hing, und fischte eine Asservatentüte hervor. Sie hielt sie Piet Frerichs hin.

Missmutig ließ er den Gürtel hineinfallen.

Annegret saß noch immer da wie versteinert. Sie hatte die Fingerspitzen einer Hand an die Lippen gelegt und starrte entgeistert zu ihrem Mann hinüber.

Fenna stützte sich auf den Schreibtisch und beugte sich zu der Frau hinab. »Frau Frerichs, können Sie sich an den Namen des Geschäftes erinnern, in dem Sie den Gürtel gekauft haben?«

Annegret schüttelte stumm den Kopf.

»Oder die Lage? In welcher Straße von Norden lag der Laden?«

»Irgendwo im Zentrum«, flüsterte sie. »Vielleicht war es aber auch in Norddeich.« Plötzlich hob sie den Kopf. »Oder war es auf Borkum, Piet?«

Er zuckte mit den Achseln. »Ich weiß es nicht, Schatzi, wirklich nicht«, sagte er ungeduldig. »Ist das denn so wichtig?«

»Wir bräuchten auch Ihre Fingerabdrücke, Herr Frerichs«, sagte Fenna.

Sie stand noch immer neben dem Schreibtisch, dicht bei Annegret Frerichs, in deren Gesicht das Leben langsam zurückzukehren schien. Die Wangen nahmen wieder etwas Farbe an, die Gesichtszüge und ihr ganzer Körper lösten sich aus der Starre.

Fenna zeigte auf ein benutztes Wasserglas. »Das Glas hier, Herr Frerichs, ist das Ihres?«

»Daraus hab ich getrunken, ja.«

»Das nehmen wir mit. Dann haben wir alles zusammen, was wir brauchen, Fingerabdrücke und DNA.« Sie holte eine weitere Asservatentüte aus ihrer Umhängetasche hervor.

Den Rest Wasser, der noch in dem Glas gestanden hatte, goss sie in einen Blumenkübel. Schon verschwand auch dieses Beweisstück in ihrem Zauberbeutel, der alles ausspuckte, was sie brauchte, und in dem sie offenbar die halbe Welt verschwinden lassen konnte.

»Nun noch zu Ihrem Alibi«, sagte Tammo, den das Gefühl überkam, in den letzten Minuten eher Zuschauer als Akteur gewesen zu sein. »Wo waren Sie und Ihre Frau heute Morgen zwischen vier und sechs Uhr?«

»Wir haben geschlafen«, entfuhr es Annegret und Piet Frerichs gleichzeitig.

Die Antwort verwunderte die Kommissare nicht.

»Wann hat Ihr Tag begonnen?«, bohrte Fenna weiter. »Wann sind Sie aufgestanden, und was haben Sie danach gemacht?«

»Ich habe bis um sechs geschlafen. Dann bin ich wie jeden Morgen ins Bad gegangen.« Piet Frerichs machte eine Kunstpause und grinste provokant. »Was ich da im Einzelnen getan habe, werden Sie nicht wissen wollen, oder?«

Fenna antwortete nicht. Regungslos studierte sie sein Gesicht.

»Um sechs Uhr dreißig, sechs Uhr fünfundvierzig bin ich in die Küche gegangen und hab das Frühstück für unsere Gäste vorbereitet. Das geht um acht Uhr los.«

»Hat Sie jemand zwischen dem Verlassen des Bades und dem Beginn des Frühstücks gesehen?«, wollte Fenna wissen.

»Nein«, erwiderte Frerichs. »Aber irgendwer hat mich bestimmt in der Küche rumoren gehört.«

Tammo wandte sich an Annegret Frerichs. »Und wie ist Ihr Morgen verlaufen?«

Annegret knetete ihre Hände, die auf dem Schreibtisch lagen. »Ich hab bis sieben geschlafen, bin dann natürlich auch ins Bad gegangen. Anschließend hab ich gefrühstückt und danach meinem Mann geholfen.«

Tammo fing einen Blick seiner Kollegin auf, den er nicht verstand.

»Wenn wir uns noch kurz Ihr Schlafzimmer ansehen dürften?«, fragte Fenna.

Einen Moment lang wirkten die Frerichs erschrocken. Dann gab Piet sich einen Ruck. »Na klar, kommen Sie«, sagte er und ging voraus.

Fenna nahm ihre Tasche von der Stuhllehne und hängte sie sich über die Schulter. Sie suchte Tammos Nähe, als sie die Treppen in den zweiten Stock hinaufgingen. Beinahe hätte er ihre Hand genommen.

Oben angekommen, schritt Frerichs forsch bis zur Tür ganz am Ende des Flurs. Er öffnete sie und wies mit der Hand in den Raum. »Bitte schön.«

Fenna blieb an der Schwelle stehen, Tammo dicht hinter ihr.

Das Zimmer wirkte ein wenig trostlos. Ein Ehebett, mit einer blumigen Tagesdecke zugedeckt. An der Wand gegenüber zwei Kleiderschränke. Zwei Stühle. An einer seitlichen Wand ein hoher Spiegel.

Fenna trat zurück und stieß dabei versehentlich gegen Tammo.

»Haben Sie weitere Schlafräume?«, fragte sie den Hausherrn.

»Nein«, antwortete Frerichs. Er streckte einen Arm aus, drehte sich im Kreis und zählte auf: »Da hinten ist unser Wohnzimmer, daneben die Küche, das Bad, und da vorne ist ein kleines Gästezimmer. Für gelegentlichen Verwandtenbesuch. Ach, und in der Küche gibt es eine Vorratskammer und ganz am anderen Ende dieses Ganges einen kleinen Abstellraum. Wenn Sie da noch einen Blick hineinwerfen möchten?«, fragte er süffisant.

»Danke«, sagte Fenna und ging zur Treppe zurück. »Ich denke, Sie sollten sich einen Anwalt nehmen«, riet sie Frerichs, als sie unten angekommen waren, und drückte ihm ihre Visitenkarte in die Hand.

»Sie hören von uns«, sagte Tammo. »Auf Wiedersehen.«

Das Ehepaar Frerichs geleitete die Ermittler zur Tür.

»Wozu diese Hausbesichtigung?«, fragte Tammo neugierig, als sie den Wagen erreichten.

»Ich konnte nicht anders«, sagte Fenna, »ich musste das Schlafzimmer sehen, die Atmosphäre erschnüffeln.« Sie blieb an der Fahrertür stehen, mit dem Rücken zum Landhaus. »Hast du das nicht auch gespürt? Mit den Frerichs stimmt was nicht.«

Tammo ging zur Beifahrerseite, blieb ebenfalls stehen und schielte zur Eingangstür der Pension hinüber. »Du hast sicher recht. Piet Frerichs steht immer noch in der Tür und schielt zu uns rüber. Jetzt hat er gesehen, dass ich ihn bemerkt habe. Er geht ins Haus zurück. Seine Frau steht am Fenster und beobachtet uns.« Er öffnete die Autotür. »Komm, lass uns ins Kommissariat zurückfahren. Ungemütliche Atmosphäre hier.«

14. Kapitel

Die Kollegen aus Aurich waren bis in den Nachmittag hinein mit der Spurensicherung auf Zimmer fünf des Hotels Friesenliebe beschäftigt. Anschließend fuhr Jan Peters zur Wache nach Greetsiel, um die Beweisstücke abzuholen, die Fenna von Piet Frerichs mitgebracht hatte, und um sich mit den Ermittlern zu besprechen.

Fenna überreichte ihm die Asservatentüte mit dem Gürtel. »Sieht genauso aus wie der, der beim Mord an Silvia Lüders verwendet wurde.«

»Und wie der, mit dem Swantje Jensen erdrosselt wurde«, sagte Jan Peters. Aufmerksam begutachtete er das Stück, das vorhin noch Piet Frerichs' Hüften geziert hatte. »Die dürften manuell gefertigt worden sein. Es ist nirgendwo ein Herstellername oder ein Logo zu sehen. Habt ihr eine Ahnung, wer so was vertreibt?«

Fenna verneinte. »Der hier wurde angeblich in Norden oder Norddeich gekauft oder auf Borkum. Die Frerichs konnten sich nicht mehr daran erinnern.«

»Oder sie wollten es nicht«, warf Tammo ein. »Oh nein!«, rief er plötzlich und griff sich mit einer Hand an die Stirn. »Guckt mal, wer da kommt.«

»Ach du liebe Güte, die Ostermanns«, rief Fenna aus.

»Wer ist das?«, fragte Jan Peters.

»Die Frau hat beim Spaziergang mit ihrem Herrn Gemahl die Leiche von Silvia Lüders entdeckt«, erklärte Tammo. »Hoffentlich haben sie nicht noch eine Tote aufgetan!«

»Zuzutrauen wäre es denen«, stöhnte Fenna.

Über den Gang dröhnte die Stimme von Benno Pötzschke, der die Ostermanns in Empfang nahm und zum Büro der Ermittler führte. An der Türschwelle blieb der Wachtmeister stehen und machte sich breit, damit das Ehepaar nicht gleich in den Raum stürmte.

Jan brachte die Beweisstücke in seinem Asservatenkoffer unter und verschloss ihn.

Manfred Ostermann drängte sich unter vollem Körpereinsatz an Benno vorbei und ergriff das Wort.

»Tach, die Herrschaften!«, sagte er forsch und nickte in die Runde. »Nett haben Sie's hier.« Er rieb sich die Hände.

Fenna ergriff die Hand von Birgit Ostermann. »Ich hoffe, Sie haben sich von dem Schock erholt?«

»Auf Gran Canaria wäre das nicht passiert«, geiferte die Urlauberin.

»Dann wissen Sie ja, wohin Ihre nächste Reise Sie führt«, erwiderte Tammo gelassen.

Benno warf sich in die Brust. »Bei uns ist es aber auch nicht an der Tagesordnung, dass Leichen unterm Leuchtturm liegen«, versuchte er, das Ehepaar zu besänftigen.

Manfred Ostermann winkte ab. »Schon in Ordnung«, sagte er großzügig. »Kann mal passieren. Jedenfalls dachten wir uns, wir gucken noch mal bei Ihnen vorbei. Nachher wollen wir im Alten Rettungsschuppen essen. Unser Abschiedsmahl. Morgen geht's nämlich wieder nach Hause. Und da kam uns die Idee ...« Er sah zu seiner Frau hinüber und übergab ihr mit einer Geste das Wort.

»Wir wollten fragen ...« Birgit Ostermann zupfte am Ärmel ihrer gehäkelten Strickjacke. »Gibt es denn jetzt so was wie einen Finderlohn? Ich meine, ohne uns hätten Sie die Tote ja nicht so schnell gefunden.«

Ihr scheues, erwartungsvolles Lächeln signalisierte Tammo, dass sie die Frage ernst meinte. Ihm fehlten die Worte. Fenna schnappte nach Luft. Zum Glück stand Benno Pötzschke noch bei ihnen.

»Finderlohn?«, polterte der Wachtmeister. »Da klopfen Sie mal wieder an, wenn Sie die fünfundzwanzigste Leiche in Ostfriesland gefunden haben. Dafür gibt's dann den goldenen Sargnagel.« Er legte seine Pranke auf die Schulter von Birgit Ostermann und schob die Besucherin sanft aus dem Raum.

»Habt ihr hier 'ne Kamera versteckt, die so was aufzeichnet?«, fragte Jan Peters, als Pötzschke das Ehepaar aus der Wache führte.

Tammo warf dem Kollegen einen schrägen Blick zu. »Noch nicht.«

»Solltet ihr aber machen. Wer zehn solcher Szenen gewaltfrei übersteht, hat 'ne sofortige Beförderung verdient.« Er bückte sich, öffnete den Koffer wieder, den er beim Eintritt der Ostermanns verschlossen hatte, und zog eine weitere Asservatentüte hervor. »Zurück zum Ernst des Lebens. Ich hab ein Überraschungsei für euch.« Er zeigte die Tüte triumphierend vor wie ein Olympiasieger seine Goldmedaille. »Das hier haben wir unter dem Bett des Opfers gefunden. Hübsch, was?«

»Ein Taschentuch«, stellte Fenna fest.

»Ein benutztes Herrentaschentuch«, sagte Jan.

»Was ist darauf eingestickt?« Fenna nahm die Tüte in die Hand. »LFP«, las sie vor. »Sind das nicht die Initialen vom Landhaus Frerichs?«

Jan nickte. »Landhaus Frerichs Pilsum. Die Buchstaben findet ihr auf den Tischdecken, Servietten und Handtüchern der Pension. Für Gäste, die ein Souvenir mitnehmen möchten, gibt es Teebecher und Taschentücher mit diesem Emblem.«

Auf Fennas Gesicht zeichnete sich Enttäuschung ab. »Das heißt, dieses Taschentuch könnte von jedem Gast des Landhauses Frerichs stammen?«

»Im Prinzip ja. Wenn's schlimm kommt, sogar von irgendeinem Gast des Gartencafés. Er muss nicht mal in dem Haus übernachtet haben.«

»Das heißt, es käme ein namentlich völlig Unbekannter infrage, den wir niemals ausfindig machen könnten.« Frustriert drehte Fenna sich von den anderen weg, trat ans Fenster und betrachtete die Wolken. »Und ich dachte, wir wären nah dran.«

»Es wird nicht viele Gäste geben, die sich solch ein Souvenir gekauft haben«, tröstete Tammo sie. »Wer benutzt denn heute noch Stofftaschentücher? Und wer nimmt sich ein Erinnerungsstück mit, wenn er nur einen Tee in dem Haus getrunken hat?«

»Stimmt auch wieder«, sagte Jan. Er stellte sich neben Fenna, die immer noch am Fenster stand und grübelte. Sanft legte er ihr einen Arm um die Schultern und drückte sie an sich.

Die Vertrautheit, die der Kollege aus Aurich sich herausnahm, beobachtete Tammo mit einer gewissen Eifersucht.

»Wir vergleichen die DNA, die wir in dem Taschentuch finden, mit der auf dem Glas«, erklärte Jan. »Bis die Ergebnisse vorliegen, mach dir nicht zu viele Gedanken. Der Mörder ist es nicht wert, dass du dir graue Haare wachsen lässt.«

Fenna nickte bekümmert. »Okay. Schafft ihr die Analyse bis vorgestern?«, fragte sie.

Jan zwickte sie in den Nacken, und Tammo konnte nur schwer einen Protestschrei unterdrücken. »Bis vorgestern vielleicht nicht«, unkte der Spurensicherer, »aber ich mach es supereilig. Extra für dich.«

»Danke«, hauchte Fenna.

Benno Pötzschke, der die Szene sprachlos beobachtet hatte, warf Tammo einen Blick zu, der zu sagen schien: ›Sie gehört doch dir?!‹ Tammo nickte Benno verständnisinnig zu. Diese Angelegenheit würde er klären. Bald, sehr bald. Vielleicht hätte er Onkel Fridos Warnungen, dass ein anderer ihm zuvorkommen könnte, ernster nehmen sollen.

***

Annegret Frerichs stand am Fenster der Restaurantküche und beobachtete, wie die letzten Gäste dieses Tages das Gartencafé verließen. »Seit die Kommissare hier waren, gehst du mir aus dem Weg«, schimpfte sie, als Piet sich ihr von hinten näherte.

»Ich geh dir nicht aus dem Weg«, rechtfertigte er sich. »Ich hatte zu tun. Ich kann Insa das Café nicht den ganzen Nachmittag allein überlassen.«

Annegret lachte höhnisch, den Rücken immer noch ihrem Mann zugekehrt. »Wie rücksichtsvoll von dir!« Sie schlang die Arme eng um ihren Körper. »Was hat die Kripo vor?«

Piet stellte sich hinter seine Frau und legte seine Hände auf ihre Schultern. »Frierst du?«

»Fass mich nicht an!« Sie schlug seine Hände weg wie die Pranken eines Ungeheuers. Mit einem Ruck drehte sie sich endlich zu ihm um. Sie lehnte sich weit zurück, um den größtmöglichen Abstand zu ihm zu wahren, und umklammerte mit beiden Händen die Fensterbank. »Warst du es? Hast du die Frau auf dem Gewissen?«

Piet schnappte nach Luft.

»Gib es zu!« Annegret spie die Worte angewidert aus.

Piet wollte etwas entgegnen, brachte aber keinen Ton heraus. Lange Sekunden blieb er vor Annegret stehen und knetete seine Hände.

Ihr ängstlicher Blick fiel auf seine kräftigen Finger.

Er begriff, woran sie gerade dachte. Wie in Panik drehte er sich um, nahm sich ein Glas und füllte es mit Leitungswasser. In hastigen Schlucken trank er es aus. Er zögerte einen Moment, dann warf er es gegen die Wand. Keuchend hielt er beide Hände unter den Wasserhahn und sprühte sich kaltes Wasser ins Gesicht. Es kostete ihn große Anstrengung, sich wieder aufzurichten. Langsam drehte er sich um. Das Wasser lief ihm an Kinn und Wangen hinab und tropfte aufs Hemd.

Annegret stand immer noch da wie angewurzelt und fokussierte ihn mit weit aufgerissenen, angstvollen Augen. »Du warst es!«, hauchte sie fassungslos. »Wie weit ist es mit dir gekommen?«

»Annegret, bitte! Insa kann jeden Moment hereinkommen. Was soll sie von uns denken?«

Annegret warf den Kopf zurück. »Ach, das interessiert dich also«, ereiferte sie sich. Ihre Brust hob und senkte sich, ihr Körper wurde von einem Zittern erfasst. »Was andere denken, das ist jetzt wichtig für dich.«

Piet ging ein paar Schritte auf seine Frau zu. »Annegret, was hast du denn?«, rief er und gab sich verzweifelt. »Du glaubst doch nicht wirklich, ich hätte ...«

»Was ich glaube, darum geht es doch gar nicht. Du hast selbst gehört, was die Beamten gesagt haben: Du bist verdächtig. Verdächtig!« Sie schien grenzenlos entsetzt über diesen Vorwurf. »Das sagen die doch nicht einfach so. Die haben Gründe. Beweise!«

»Was denn für Beweise?« Piets Stimme krächzte. Er bemühte sich, leise zu sprechen, damit niemand außer Annegret ihn hörte. »Was denkst du denn von mir? Ich hab mit dem Mord nichts zu tun.«

Annegrets Atem beruhigte sich langsam. »Schwörst du mir das?«

Piet näherte sich seiner Frau noch ein Stück, bis er eine Armlänge von ihr entfernt war.

Sie hob eine Hand, als wollte sie ihn bremsen.

Er respektierte ihren offensichtlichen Wunsch nach Abstand. Auch von dieser Stelle aus konnte er ihr tief in die Augen sehen. »Ich schwöre.«

Konnten seine Augen lügen?

15. Kapitel

Kaya Witt, die unerschrockene Friesin mit den frechen blonden Locken und den meergrünen Augen, saß an ihrem Schreibtisch unter dem Dach von Tante Leenkes Haus in Bensersiel. Sie hatte einige Blatt Papier vor sich ausgebreitet, Ausdrucke der spannendsten Pressemeldungen unter all denen, die ihre Fax-Software heute Morgen empfangen hatte.

Tante Leenke klopfte an und trat ein, um ihrer Großnichte einen Tee zu bringen. Nach einigen Jahren in Hamburg war Kaya vor drei Monaten zu ihr zurückgekehrt, und Leenke freute sich jeden Tag von Neuem darüber, ihr Haus wieder mit der früh verwaisten Kaya, die bei ihr aufgewachsen war, teilen zu dürfen.

»Du brauchst doch nicht anzuklopfen, Tantchen, das weißt du doch.« Kaya stand auf und nahm Leenke die Teekanne ab. »Willst du dich einen Moment zu mir setzen?«

»Auf ein Tässchen immer gern«, sagte Leenke und kuschelte sich in den alten Ohrensessel ihres längst verstorbenen Mannes, den Kaya zu ihrem Lieblingsstück erklärt hatte.

Kaya nahm ihr gegenüber Platz. Sie gab Kluntjes in die Tassen, schenkte Tee ein und ließ die Sahne vorsichtig hineinträufeln. Gedankenverloren beobachteten die beiden Frauen die kunstvoll anmutenden Schlieren, die die helle Flüssigkeit in dem dunklen Getränk zog.

»Was hast du denn da?«, fragte Leenke und zeigte auf ein bedrucktes Blatt, das ihre Großnichte auf den runden Couchtisch gelegt hatte.

»In Pilsum ist ein Frauenmörder unterwegs«, antwortete Kaya mit einer gewissen Dramatik in der Stimme, und ihre Locken vibrierten.

»Davon hab ich kürzlich gelesen«, sagte Leenke. »Von der Toten am Leuchtturm.«

»Siehst du. Jetzt hat es einen weiteren Mord gegeben. Das hier«, Kaya nahm das Blatt auf, »ist die jüngste Pressemeldung der Polizei. Ich will über den Fall berichten.«

Leenke schlug die Hände über dem Kopf zusammen. »Nicht schon wieder so was Aufregendes. Hat dir die Geschichte mit dem Blauen Stern nicht gereicht?«

»Fürs Erste schon«, sagte Kaya mit einem verschmitzten Lächeln, »aber nicht für immer.«

»Und jetzt willst du dich wieder einmal um Kopf und Kragen recherchieren?«

»Keine Angst, ich halte mich zurück. Ich will ja nicht den Mörder festnehmen, ich will nur wissen, was in Pilsum zurzeit passiert.«

Leenke spielte mit den Bändern ihrer Schürze, die sie um ihre schmale Taille geschlungen, wieder nach vorne geführt und dort verknotet hatte. Sie schien sich damit abzufinden, dass sie Kaya in ihrer unbändigen Neugier und Abenteuerlust nicht bremsen konnte. »Wann geht's los?«

»Noch heute Nachmittag. Ich hab mir gerade ein Zimmer im Landhaus Frerichs reserviert. Das liegt gleich gegenüber dem Hotel, in dem die Frauen gewohnt haben, die dem Mörder zum Opfer gefallen sind.«

Leenke guckte erschrocken. »So dicht dran! Ist das nicht zu gefährlich?«

»Nein«, beruhigte Kaya ihre Tante. »Der Mörder hat es offenbar nur auf Frauen abgesehen, die in der Friesenliebe wohnen, diesem berüchtigten Partnerschaftshotel. Das ist dir doch ein Begriff? In der Zeitung wurde darüber berichtet.«

Leenke nickte. »Na denn.« Sie hob warnend den Finger. »Aber pass bloß auf dich auf.«

»Mach ich doch immer, Tantchen.«

»Ja, ja, das hab ich bei deinen Recherchen über die Sache mit dem Blauen Stern gesehen«, zog sie ihre Großnichte auf. »Aber gut, ich will dich nicht länger von der Arbeit abhalten. Du hast sicher noch einiges vorzubereiten für dein neues Abenteuer.« Leenke trank ihren Tee aus und schälte sich aus dem Ohrensessel. An der Tür blieb sie stehen. »Apropos der Blaue Stern: Hast du inzwischen erfahren, wo der Diamant abgeblieben ist?«

Kayas Augen blitzten auf, als die Sonnenstrahlen durch das Dachfenster auf ihr Gesicht fielen. »Nein. Das bleibt vermutlich immer ein Geheimnis. Inka weiß es sicher, aber sie will mit niemandem darüber reden. Nicht mal mit mir.«

***

Nach dem Mittagessen machte die Journalistin sich auf den Weg nach Pilsum. Tante Leenke hatte ihr den uralten, grashüpfergrünen VW Jetta überlassen.

Kaya genoss die Entschleunigung, die eine Fahrt entlang der Küste bedeutete. Nach einer Dreiviertelstunde durch grüne Landschaft und kleine Orte erreichte sie Norden. Im Zickzack fuhr sie durch die Stadt – Ostermarscher Straße, Norddeicher Straße, Alleestraße. Eine stressfreie Fahrt ohne Staus und Baustellen.

Doch hinter der Ortsausfahrt, auf dem letzten Teilstück der Strecke, spürte sie das Kribbeln in den Fingern, das sie immer überkam, wenn sie sich in eine neue aufregende Geschichte stürzte.

Sie legte sich die Fragen zurecht, die sie den ermittelnden Kriminalbeamten und den Gästen der Friesenliebe stellen wollte.

Wie hatte der Mörder seine Opfer überrascht? Verfolgte er eine bestimmte Strategie? Konnte man, bevor er wieder zuschlug, mögliche weitere Opfer vor ihm warnen? Wie war die Stimmung in der Friesenliebe? Fühlten die Gäste sich noch sicher?

Kaya biss sich auf die Lippen.

Ihre Reportage sollte den Opfern, die nicht mehr für sich selbst sprechen konnten, eine Stimme verleihen. Sie sollte den Lesern vor Augen führen, wie unendlich grausam es war, einen Menschen gewaltsam aus dem Leben zu reißen. Grausam und ungerecht. So ungerecht wie der Tod ihrer Eltern, die vor zwanzig Jahren, als sie selbst gerade fünfzehn war, bei einer Ausflugsfahrt auf der Autobahn Opfer eines Selbstmörders wurden. Mit hundertachtzig Sachen war der Mann ihnen frontal entgegengefahren. War das nicht auch Mord gewesen?

Auf halber Strecke zwischen Greetsiel und Pilsum stieg ein Gefühl des Unwohlseins in Kaya auf. Hatte Tante Leenke mit ihrer Warnung recht gehabt? War es doch keine so gute Idee gewesen, in dieser Sache zu recherchieren?

Milde Frühsommerluft strömte durch das heruntergekurbelte Fenster ins Wageninnere. Dennoch fing Kaya an zu frösteln. Sie hielt am Straßenrand an, zog sich einen Pulli über das T-Shirt und setzte die Fahrt fort. Je näher sie Pilsum kam, desto nervöser wurde sie. Doch nun war sie bald am Ziel, und das Hotel war gebucht. Es gab kein Zurück mehr. Wie stünde sie auch da, wenn sie unverrichteter Dinge wieder nach Hause fuhr?

Sie erreichte die Ortsgrenze von Pilsum, fuhr an der Kreuzkirche und der Alten Brauerei vorbei.

»Nach fünfzig Metern rechts abbiegen«, sagte die Stimme in ihrem Navigationsgerät. »Dann haben Sie das Ziel erreicht.«

Kaya setzte den Blinker, bog ab und ließ den Wagen langsam weiterrollen.

»Sie haben das Ziel erreicht«, tönte es freundlich aus dem Lautsprecher.

Unentschlossen blieb Kaya im Wagen sitzen. Dann stellte sie den Motor ab und stieg aus.

Ein attraktiver Mann im besten Alter stürmte auf sie zu. Er schien zum Hotel zu gehören.

»Mademoiselle, kann ich behilflich sein?«

Sein Lächeln war nicht echt. Etwas Düsteres steckte dahinter.

»Danke«, wies Kaya ihn schroff ab, »ich schaff das alleine.« Sie holte die Reisetasche aus dem Kofferraum und stiefelte an dem Mann vorbei auf die Eingangstür des Landhauses zu.

»Piet Frerichs, mein Name«, rief er ihr hinterher. Er eilte an ihr vorbei und hielt die Tür auf. »Willkommen in meinem Schloss.«

Auch das noch! Hätte sie das geahnt ... Jetzt wünschte sie sich, einen Mann an ihrer Seite zu haben. Der hätte auf einen Typ wie diesen wie ein Bremsklotz gewirkt.

Eine ernst dreinblickende Frau mit tiefen Ringen unter den Augen trat aus einem Nebenraum ins Foyer und steuerte den Empfangstresen an.

»Ich mach das schon«, sagte Piet Frerichs barsch.

»Ich bin Annegret Frerichs«, sagte die Frau davon unbeeindruckt und gab Kaya die Hand.

Ihr Mann machte sich hinterm Tresen zu schaffen.

»Kaya Witt. Ich hab ein Einzelzimmer bei Ihnen gebucht.«

»Ah, Sie sind das«, sagte Annegret Frerichs. »Herzlich willkommen. Mein Mann gibt Ihnen gleich den Zimmerschlüssel. Zu unseren Essenszeiten: Das Frühstücksbüfett steht von acht bis zwölf für Sie bereit. Langschläferfrühstück«, erklärte sie. »Nachmittags bekommen Sie selbst gemachten Kuchen im Restaurant oder in unserem Gartencafé. Und ab achtzehn Uhr servieren wir ein Drei-Gänge-Menü, falls Sie Halbpension gebucht haben.«

Hatte Kaya nicht und im Moment war ihr ohnehin der Appetit vergangen. Nur einen Tee, den könnte sie bald gebrauchen. »Ich geh erst mal auf mein Zimmer«, sagte sie.

Annegret Frerichs verbeugte sich leicht, als wollte sie sagen: ›Sehr wohl, die Dame‹, und zog sich wieder zurück.

Piet Frerichs legte ihr den Anmeldeschein vor. »Ich hab schon alles ausgefüllt«, sagte er. »Sie müssen nur noch hier unterschreiben.« Er hielt Kaya einen Kugelschreiber hin, doch sie hatte ihren eigenen Stift bereits aus der Handtasche hervorgeholt.

Die Anwesenheit dieses Mannes verunsicherte sie. Kayas Hand zitterte ein wenig vor Aufregung. Oder war es Furcht? Sie vermied den direkten Augenkontakt, als sie Frerichs den unterschriebenen Zettel zuschob.

Der Chef des Landhauses hielt einen Schlüssel hoch. »Zimmer zwei, erster Stock links«, sagte er.

Kaya griff nach dem Schlüsselanhänger. Dabei berührte er ihre Hand. Absichtlich, wie ihr schien. Eine Gänsehaut lief ihren Rücken hinab. Es hätte nicht viel gefehlt, und sie hätte sich reflexhaft geschüttelt.

»Soll ich Ihnen nicht doch das Gepäck hinauftragen?«

»Danke, nein«, erwiderte Kaya energisch.

Auf dem Weg zur Treppe kam sie an der Küche vorbei. Aus dem Augenwinkel bemerkte sie, dass Annegret Frerichs aus der Tür, die einen Spalt breit geöffnet war, hervorlugte. Die arme Frau!

Kaum hatte Kaya ihr Zimmer betreten, warf sie die Tür zu, steckte den Schlüssel ins Schloss und drehte ihn zweimal um. Sie lehnte sich mit dem Rücken gegen das Holz und atmete mehrmals durch, bis ihr heftig klopfendes Herz sich beruhigt hatte.

In gleichmäßigen Schritten lief sie im Zimmer auf und ab und versuchte, sich auf den Zweck ihres Aufenthalts in Pilsum zu konzentrieren. Um Informationen zu erhalten, musste sie Kontakte schließen, Gespräche führen.

Das Fenster ihres Zimmers ging zum Gartencafé hinaus. Sie sah, dass alle Tische besetzt waren, die meisten von Paaren, einige von ganzen Familien, Eltern, Oma, Opa und Enkel. Eine Frau saß allein dort unten. Sie war nicht der Typ, den Kaya als sympathisch empfand. Stark geschminkt, überlange, knallrot lackierte Fingernägel. Dem unnatürlichen Braunton der Haut nach schien sie eine eifrige Nutzerin von Sonnenbänken zu sein. Doch das Gesicht wirkte ansprechend, freundlich, sogar ein wenig schüchtern. Ein Mensch voller Widersprüche? Kaya beschloss, die Dame zu fragen, ob sie sich zu ihr setzen dürfe.

Sie packte die wenigen Kleidungsstücke aus, die sie mitgenommen hatte, und stellte ihre Reisetasche in einer Ecke neben dem Schrank ab. Jetzt noch schnell Tante Leenke anrufen.

»Na, mein Kind«, meldete sich die rüstige alte Dame. »Bist du gut angekommen?«

»Bin ich.«

»Und gut untergekommen?«

Kaya schluckte. »Ja, ist ganz nett hier«, sagte sie kurz angebunden. »Das Hotel liegt am Ortsrand. Ich hab einen schönen Blick ins Grüne. Jetzt gehe ich runter in den Garten, einen Tee trinken und die ersten Kontakte knüpfen.«

»Steck deine Nase nicht zu tief in die Mordfälle, hörst du?«, warnte Leenke sie. »Irgendwie ist mir nicht wohl bei der Sache.«

›Mir auch nicht‹, hätte Kaya fast geantwortet. Doch sie schluckte die Worte hinunter. »Tantchen, mach dir doch nicht immer so schwere Gedanken!«

Eine Weile war es still in der Leitung. Dann räusperte Leenke sich. »Rufst du morgen wieder an?«

»Na klar doch. Jetzt bleib locker und mach dir einen gemütlichen Nachmittag.«

Sie stieg die Treppe hinab und begegnete Piet Frerichs. Bleib locker, sagte sie nun auch zu sich selbst. Sie drängte sich dicht an die Wand und huschte an ihm vorbei.

Im Garten angekommen, blieb sie stehen und sog die würzige Nordseebrise ein, die sich mit dem Duft von frisch gemähtem Gras mischte.

Die Blondine mit der Farbpalette im Gesicht saß noch immer allein am Tisch, in eine Zeitschrift vertieft. Sicher ein Modejournal. Kaya hoffte, dass sie nicht eine Unterhaltung über die neuesten Kollektionen aus Paris würde beginnen müssen, um mit der Frau in Kontakt zu kommen.

Beherzt ging sie auf den Tisch zu. »'Tschuldigung, ist hier noch was frei?«

Überrascht blickte die Frau von ihrer Zeitschrift auf. »Ja«, sagte sie irritiert, »drei Plätze.«

»Mir reicht einer. Darf ich mich dazugesellen? Ich sitze so ungern alleine im Café.«

»Bitte!« Die Frau machte eine Geste, die besagen sollte, dass Kaya sich einen beliebigen Platz aussuchen könne.

Kaya nahm den Stuhl zur Rechten der Dame. »Ich bin Kaya Witt. Oder einfach nur Kaya.«

»Hedda Lilienschmied«, stellte die Blonde sich vor. »Oder einfach nur Hedda.« Sie reichte Kaya die Hand.

Kaya zeigte auf die Illustrierte. »Ein Modemagazin?«

»Nein!«, lachte Hedda, schlug die Zeitschrift zu und legte sie auf den Tisch. Es war ein Automobilmagazin der Extraklasse.

»Autofan?«, fragte Kaya erstaunt.

»Kann man so sagen«, erwiderte Hedda. Sie winkte die Kellnerin herbei. »Was möchtest du denn, darf ich dich einladen?«

»Öh, ja, gern. Ein Kännchen Tee, bitte.«

»Ein Stück Rumtorte dazu?«

»Gerne. Vielen Dank.«

Hedda gab die Bestellung auf. »Du bist allein hier?«, fragte sie Kaya, als die Kellnerin gegangen war.

»Hmhm«, machte Kaya. »Und du?«

»Auch. Das heißt: Eigentlich bin ich zu zweit.« Sie deutete mit dem Kopf zum gegenüberliegenden Gebäude hinüber. »Ich wohne da drüben, in der Friesenliebe. Hast sicher schon mal davon gehört, oder?«

»Oh ja!« Kaya stieß ein Dankgebet gen Himmel. Mit der Wahl ihrer Gesprächspartnerin hatte sie einen Volltreffer gelandet. »Dann bist du mit einem Partner hier, in den du dich über das Portal verliebt hast?«

Hedda lachte, doch sie klang eher bitter als fröhlich. »Ich bin natürlich mit meinem sogenannten Wunschpartner hier. Aber wir haben gleich an den ersten beiden Tagen gemerkt, dass es nicht recht passt.«

»Hättet ihr das nicht schon feststellen können, als ihr via Internet miteinander kommuniziert habt?«

Hedda fuhr sich mit der Hand durch ihr langes, glattes Haar, das in der Sonne glitzerte. »Ach, weißt du, wenn man online miteinander plaudert, macht man sich doch gegenseitig was vor. Die eigene Person, den Beruf und den Alltag stellt man rosig dar, und wo das Leben in Wirklichkeit ein bisschen grau ist, malt man es im Internet mit ein paar schönen Worten bunt. Aber wenn man sich gegenübersitzt und mit offenen Karten spielen muss, sieht die Welt ganz anders aus.«

»Verstehe«, sinnierte Kaya. »Am Computer kann man vieles weichzeichnen. In der realen Welt kommen dann die Ecken und Kanten zum Vorschein.«

»So ist es«, sagte Hedda. »Da setze ich mich lieber mit einer interessanten Zeitschrift in ein Café und genieße meine Ruhe. Oder führe ein nettes Gespräch mit einer neuen Bekanntschaft.«

Kaya lächelte geschmeichelt und überlegte sich den nächsten Schritt. Nur nicht gleich mit der Tür ins Haus fallen. Wo immer sie sich als Journalistin outete, verschloss sich manch ein Gesprächspartner umgehend wie eine Auster. Das Risiko wollte sie heute nicht eingehen. »Sag mal, ist es denn nicht gefährlich, als Frau in der Friesenliebe zu wohnen? Ich meine, man hört ja so einiges in den letzten Tagen.«

»Du meinst, die schlimmen Ereignisse, über die in der Zeitung berichtet wurde, erst heute wieder?«

Kaya nickte. Offenbar wollte Hedda genauso wenig wie sie selbst in der paradiesischen Idylle dieses Gartencafés die grausamen Verbrechen beim Namen nennen.

Hedda kniff die Augen zusammen. Ihr Blick schweifte über das Land. »Ist schon ein doofes Gefühl. Ich hab ja beide Frauen gekannt, wenn auch nur sehr kurz.«

»Waren die Opfer sich eigentlich ähnlich?«, tastete Kaya sich vorsichtig heran.

»Wie meinst du das? Inwiefern ähnlich?«

»Vom Typ her, von ihrem Verhalten gegenüber Männern«, erklärte Kaya. »Waren das Frauen, die es mit aller Macht darauf angelegt hatten, einen Kerl zu ergattern, und die dann das Pech hatten, an den Falschen zu geraten? Oder gehörten sie eher zu diesen Schüchternen, die schon mit ihrer Körperhaltung signalisieren, dass man ein leichtes Spiel mit ihnen hat?«

Hedda schüttelte energisch den Kopf. »Weder das eine noch das andere. Na gut«, lenkte sie ein, »die Silvia, das war die, die zuerst ... die hatte es schon darauf angelegt. Ich glaube, die wollte sich selbst und allen hier beweisen, dass sie jeden Mann kriegen konnte, der ihr über den Weg lief.«

»Eine Nymphomanin?«

»Etwas überspitzt ausgedrückt, ja. Aber die andere, die war in der Beziehung eher zurückhaltend.«

Das Klappern von Geschirr unterbrach ihr Gespräch. Piet Frerichs stolzierte auf Kaya und Hedda zu. Er balancierte ein großes Tablett.

Affektiert stellte er die Becher, die Teekännchen und die Kuchenteller vor den beiden Frauen ab. Obwohl er lächelte, lag etwas Krampfhaftes, Verkniffenes in seinen Zügen.

Hedda rückte näher an Kaya heran. »Der da«, sie wies mit einer Hand unauffällig auf Piet, »der gibt hier normalerweise den großen

Charmeur. So vergrämt wie heute hab ich ihn noch nie gesehen. Dem muss eine dicke Laus über die Leber gelaufen sein.«

»Ich find ihn zum Gruseln«, sagte Kaya. Sie wollte gar nicht mehr über diesen Mann nachdenken, geschweige denn über ihn reden. »Hat die Polizei eigentlich schon was herausgefunden?«, lenkte sie von ihm ab. »Weißt du was darüber?«

Hedda schüttelte den Kopf. »Keine Ahnung. Uns verraten die ja nichts.«

»Und wie fühlt ihr euch jetzt da drüben in der Friesenliebe?«

»Ehrlich gesagt unwohl«, entfuhr es Hedda spontan. »Zwei Frauen sind vorzeitig abgereist, weil es ihnen zu unheimlich geworden ist. Die anderen haben beschlossen, sich nicht mehr alleine in der Gegend herumzutreiben. Und Bastian Hoferland hat eine Firma beauftragt, die das Haus nachts bewacht.« Sie sah Kaya aufmunternd an. »Wenn du magst, lass uns doch morgen was zusammen unternehmen.«

Kaya überlegte. Am nächsten Tag wollte sie zuerst nach Greetsiel, um mit der Polizei zu sprechen. Danach hatte sie nichts vor. »Gerne, ich hab zwar am Vormittag einen Termin, aber ruf mich doch einfach an. Dann überlegen wir uns was für den Nachmittag.« Sie gab Hedda ihre Visitenkarte und überlegte, ob sie sich nicht einen zweiten Satz Karten ohne ihre Berufsbezeichnung drucken lassen sollte.

»Freie Journalistin«, las Hedda laut vor. Dann schien ihr etwas zu dämmern. »Du bist aber nicht wegen dieser Sache hier?«

Kaya druckste herum. »Ach, weißt du, ich bin immer und überall im Dienst. Es gibt an jedem Ort der Welt was zu recherchieren. Aber manchmal gönne ich mir auch einfach mal ein paar Tage Urlaub.«

»Und dann treibt dich dein Fernweh von deinem Heimatort Bensersiel ganz weit weg – bis nach Pilsum«, frotzelte Hedda. »Und das rein zufällig, nachdem hier zwei Frauen ermordet wurden.«

Piet Frerichs zog am Tisch der beiden vorbei, um eine Bestellung in den hinteren Teil des Gartens zu liefern. Mit jeder Minute, die verging, schien sein Mienenspiel düsterer zu werden.

Kapitel 16

Mit klammen Händen parkte Kaya vor der Polizeiwache von Greetsiel. Vor dem Rückspiegel studierte sie einen Blick ein, der sie älter und wichtiger erscheinen lassen sollte. Es wäre nicht das erste Mal, dass sie während ihrer Recherchen zu einer Geschichte gefragt worden wäre, bei welcher Zeitung sie ihr Volontariat absolviere.

Als sie meinte, ernst und erwachsen genug zu gucken, stieg sie aus und schlug energisch die Wagentür zu. Tante Leenkes VW Jetta reagierte mit bedenklichem Scheppern.

Heute Morgen, beim Telefonat nach dem Frühstück, hatte Tante Leenke ihr nahegelegt, auf dem Kommissariat anzurufen und um einen Termin mit den Ermittlern zu bitten. Sicher, das wäre eine Möglichkeit gewesen. Aber mit Höflichkeit kam man in ihrem Beruf nicht weit. Sie ging lieber das Risiko ein, die Kommissare nicht anzutreffen und eine Stunde auf sie warten zu müssen, als sich schon im Vorweg eine Abfuhr zu holen.

»Rambo, sitz!«, schallte es ihr entgegen, als sie die Eingangstür der Wache öffnete. Ein Schäferhund, der sie im Visier hatte, bremste ab, setzte sich auf die Hinterbeine und hechelte.

Auch Kaya blieb stehen, unsicher, wie lange der Hund dem Befehl gehorchen würde.

»Wie kann ich Ihnen helfen?«, fragte der Wachtmeister, der den Schäferhund kommandiert hatte.

»Kaya Witt, freie Journalistin aus Bensersiel.« Kaya hielt dem Mann ihre Visitenkarte entgegen. »Ich komme wegen der Mordfälle. Ob ich wohl die zuständigen Ermittler kurz sprechen dürfte?«

»Hmmm«, machte der Polizist. »Warten Sie bitte einen Moment hier. Ich guck mal gerade.«

Er ging den Flur hinab, gefolgt von seinem Hund, und verschwand im letzten Raum. Einen Augenblick später öffnete sich die Tür zu dem Büro wieder und der Wachtmeister winkte sie herbei.

Ein Mann und eine Frau stellten sich ihr als die zuständigen Ermittler vor. »Ich weiß nicht, ob wir Ihnen wirklich weiterhelfen können«, sagte Fenna Stern. »Aber setzen Sie sich doch einen Augenblick. Mögen Sie einen Tee?«

»Danke, gerne.« Immerhin kein Rauswurf, und wo es einen Tee gab, roch es nach Gastfreundschaft und Informationen. Wenigstens ein Häppchen an Neuigkeiten sollte doch herauszubekommen sein, auch wenn der Kommissar, Tammo Anders, sie so skeptisch musterte.

»Ich recherchiere über die Morde an den beiden Frauen«, erklärte Kaya den Beamten. »Stimmt es, was man sich erzählt: Ist hier ein Serienmörder am Werk?«

Tammo Anders räusperte sich. »Dazu können wir noch keine Angaben machen.«

»Es gibt bestimmte Parallelen, die darauf hindeuten, dass es sich um ein und denselben Täter handeln könnte«, gab die Kommissarin sich etwas auskunftsfreudiger. »Aber erwiesen ist noch nichts.«

»Beide Opfer wohnten im Hotel Friesenliebe«, kam Kaya mit der nächsten Frage heraus. »Suchen Sie den Täter unter den Gästen des Hotels oder unter den Mitgliedern des gleichnamigen Partnerschaftsportals, oder gehen Sie davon aus, dass er von außen kommt?«

»Bitte haben Sie Verständnis ...«, begann Fenna Stern.

»... dass Sie diese Frage aus ermittlungstaktischen Gründen nicht beantworten können«, nahm Kaya der Kripobeamtin die Worte aus dem Mund. »Gut, ich drück es mal ein bisschen anders aus: Suchen Sie breitflächig, oder gibt es einen bestimmten Personenkreis, auf den Ihre Ermittlungen sich konzentrieren?«

Der Kommissar wollte antworten, wurde jedoch abgelenkt.

Draußen auf dem Parkplatz quietschten Reifen. Ein drahtiger älterer Mann mit vollem grauem Haar stieg aus einem BMW, kaum dass er den Motor abgestellt hatte. Er stürmte die Wache regelrecht. Schwere Schritte hallten durch den Gang.

Kaya erschien sein Auftritt wie ein drohender Überfall. Vergeblich suchte sie Augenkontakt zu den Kommissaren, doch die beiden nahmen keine Notiz von ihr. Sie waren wohl selbst zu sehr mit der Frage beschäftigt, was nun geschehen würde.

Wieder war es der Wachtmeister mit dem Hund, der den Besucher in Empfang nahm. Es gab eine kurze Konversation, den Wortlaut konnte man im Büro der Ermittler nicht verstehen. Die Stimmen näherten sich, plötzlich stand der Mann im Türrahmen.

»Ole Voss, Kriminalhauptkommissar im Ruhestand«, stellte er sich vor. »Ich komme aus Emden und bin hier wegen ...«

Kommissar Anders hob die Hand. »Stopp mal eben. Ich möchte erst unsere Besucherin verabschieden. Frau Witt, ich glaube, wir sind so weit durch. Zum jetzigen Zeitpunkt können wir Ihnen keine weiteren Informationen zu den Mordfällen geben. Versuchen Sie es gerne später noch mal.«

»Ein vorheriger Anruf wäre dann nicht verkehrt«, meinte Kommissarin Stern. Sie gab Kaya ihre Karte und führte sie auf den Flur. »Benno, wenn du die Dame bitte nach draußen geleiten könntest?«

Kaya hatte ihren Stolz. »Danke, ich finde den Weg alleine.« Während sie zum Ausgang schritt, versuchte sie, zu ignorieren, dass der Wachtmeister und sein Schäferhund sie eskortierten.

In dem Bewusstsein, dass die Ermittler sie von ihrem Büro aus auf dem Parkplatz beobachten konnten, blieb sie eine Weile am Rand des Geländes stehen, den Rücken dem Gebäude zugewandt, und tat, als ob sie sich in der Gegend umsehen würde.

Ihr journalistischer Spürsinn sagte ihr, dass Kriminalhauptkommissar im Ruhestand Voss seinen Greetsieler Kollegen gerade brisante Informationen lieferte und dass die beiden bald aus dem Gebäude stürmen und an einen Ort fahren würden, von dem sie sich weitere Erkenntnisse für ihre Ermittlungen erhofften. Vielleicht fand sie dann eine Möglichkeit, ihnen unauffällig zu folgen.

Doch das Gespräch unter den Beamten dauerte länger, als sie hier verweilen konnte, ohne als Spionin aufzufallen. Frustriert stieg Kaya in den Wagen und fuhr nach Pilsum zurück.

Hedda lief ihr vor dem Eingang des Hotels über den Weg. »Da bist du ja. Ich hab schon auf deinem Handy angerufen und dir eine Nachricht hinterlassen.«

»Mensch!« Kaya schlug sich vor die Stirn. »Ich hatte einen Termin, hab das Ding stumm geschaltet und noch nicht wieder aktiviert.«

»Hast du Lust, mit mir einen Spaziergang auf dem Deich zu machen? Ich muss mir den Mief aus den Poren wehen lassen, der mir in der Friesenliebe entgegenschlägt.«

Kaya lachte. »Warum auf einmal so kritisch?«

»Ach, mir geht die Stimmung auf den Geist. Ein Paar, das überhaupt nicht zusammenpasst, spielt jetzt die dick Verliebten. Mein Karl guckt mich böse an und erzählt hinter meinem Rücken blödes Zeug über mich. Der Wunschpartner des zweiten Opfers fängt an, sich schwere Vorwürfe zu machen nach dem Motto: Wenn er sich nicht mit Swantje in Pilsum verabredet hätte, dann wäre sie noch am Leben. Und Heinz-Werner, der mit dem ersten Opfer hier verabredet war, hat sich an mir festgebissen. Dabei will ich von dem überhaupt nichts wissen.«

»Dann lass uns fliehen. Wir leihen uns Fahrräder und radeln den Deich entlang, bis uns die Puste ausgeht.«

***

Tammo und Fenna hatten Ole Voss in den Besprechungsraum gebeten. Auf dem großen Tisch, auf dem die obligatorischen Becher und eine Kanne mit frisch aufgebrühtem Tee nicht fehlten, breitete der pensionierte Hauptkommissar seine Mitbringsel aus: Artikel der Lokalzeitungen und Meldungen aus dem Internet, in denen über die Morde in Pilsum berichtet wurde. Auf allen Artikeln, die er mitgebracht hatte, waren Fotos von Gästen der Friesenliebe zu sehen, die im Garten vor dem Haus oder draußen auf der Straße zusammenstanden. Nach dem zweiten Mord hatte es sich nicht mehr verhindern lassen, dass Lokalreporter die Friesenliebe und ihre Bewohner belagerten. Die Öffentlichkeit hatte schließlich ein Recht auf Information.

»Gesichter kann man nicht erkennen«, erläuterte Ole Voss und zeigte auf die Köpfe der abgelichteten Personen. »Alles verpixelt. Aber die Körper, die sieht man sehr genau. Und den hier«, er tippte energisch auf ein Paar lange Beine, die auf dem Bild zu sehen waren, und nickte den Kollegen wissend zu, »den erkenne ich, ohne sein Gesicht zu sehen. Diese endlos langen Storchenbeine, die so verloren in der Landschaft herumstehen, die hat nur einer. Das ist ein alter Bekannter von uns.«

»Ein Straftäter?«, fragte Fenna.

Ole Voss schüttelte den Kopf. »Verurteilt wurde er nicht, aber aufgefallen ist er als junger Mann des Öfteren, und meiner Meinung nach hätte ihm damals eine Therapie nicht geschadet.« Er legte die flache Hand auf das Foto. »Ich gehe doch recht in der Annahme, dass es sich bei dem Mann um Heinz-Werner Janz handelt?«

Hatten sie es also mit einem klassischen Schwerenöter zu tun, der im reiferen Alter auf einmal das umsetzte, was er als junger Mann nicht fertiggebracht hatte? »Mit was für Geschichten ist er bei euch aktenkundig geworden?«

Ole Voss lehnte sich auf seinem Stuhl zurück. »Habt ihr noch ’nen Tee für mich?«

Tammo nahm die Kanne vom Stövchen und goss dem Kollegen aus Emden den Becher nochmals voll.

»Danke«, sagte Voss und pustete über das heiße Getränk. »Der Janz hat als Jugendlicher und als junger Mann immer wieder Mädchen verfolgt. Er hat ihnen aufgelauert. Nach der Schule, im Schwimmbad, nach dem Musikunterricht und manchmal sogar vor deren Elternhaus.«

»Hat er nur die Aufmerksamkeit der Mädchen gesucht, oder ist er auch mal zudringlich geworden?«, erkundigte Fenna sich.

»Im härtesten Fall, der uns bekannt war, hat er ein Mädchen nach einer Geburtstagsparty auf dem Heimweg verfolgt. Eine Sechzehnjährige. Sie musste durch einen Park, und da hat er sie körperlich bedrängt. Sie lief schreiend weg. Daraufhin hat er sich verkrümelt. Später hat er alles abgestritten.«

»Gab es Zeugen?«, fragte Tammo.

Voss nickte. »Ein Ehepaar hat mitbekommen, wie das Mädchen vor dem Kerl geflohen ist. Janz ist in die entgegengesetzte Richtung abgehauen, sagten sie. Es bestand kein Zweifel an den Aussagen der jungen Dame und der Zeugen. Die Eltern des Mädchens konnten bestätigen, dass ihre Tochter an dem Abend frische blaue Flecken am Oberarm hatte. Sie stammten von den Fingern einer Hand, die den Arm wie eine Eisenkralle umschlossen haben muss.«

»Theoretisch konnte das natürlich auch die Hand eines anderen gewesen sein«, gab Fenna zu bedenken. »In solchen Fällen ist bekanntlich immer Vorsicht geboten, und beweisen kann man nichts.«

»Janz war ein Außenseiter, oder?«, fragte Tammo.

»Ja, das war er. Absolut.«

»Nicht, dass ich den Mann in Schutz nehmen will«, sagte Fenna, »aber wenn es keine glaubwürdigen Zeugen für jeden einzelnen der Vorfälle gab, die Janz vorgeworfen wurden, kann es auch Mobbing gewesen sein. Das gab es damals schon, und als Außenseiter war er dafür prädestiniert.«

»Das wohl«, räumte Voss ein. »Aber die Situation hat sich für die Polizei als eindeutig und unzweifelhaft erwiesen. Wenn es immer wieder zu solchen Meldungen kommt und die betroffenen Mädchen ganz verschiedenen Cliquen angehören, dann ist die

Wahrscheinlichkeit, dass an den Vorwürfen was dran ist, doch sehr groß.«

»Hm«, machte Tammo. »Aber Janz ist nie verurteilt worden, sagst du.«

»Nicht verurteilt und nicht mal angezeigt. Leider. Uns wäre lieb gewesen, wir hätten einmal richtig was gegen ihn in der Hand gehabt. Solange so ein Typ merkt, dass sein Handeln keine Folgen hat, glaubt er doch, er ist immer auf der sicheren Seite und immer im Recht.«

Fenna verschränkte die Arme und lehnte sich weit über den Tisch. »Wie habt ihr denn von seinen Auffälligkeiten erfahren, wenn ihn keiner angezeigt hat? Es geht doch niemand zur Polizei, nur um jemanden anzuschwärzen wie beim Klassenlehrer in der Schule?«

Tammo betrachtete Ole Voss aus dem Augenwinkel. Der ehemalige Kripomann verzog das Gesicht, als wäre es ihm peinlich, dass weder er noch seine Kollegen damals ernsthaft gegen Heinz-Werner Janz vorgegangen waren. Wenn Fenna und er nun Janz die Morde an den beiden Frauen in Pilsum nachweisen könnten? Dann wollte Tammo nicht in der Haut des pensionierten Beamten stecken. Es wäre ein gefundenes Fressen für die Presse, und der Kollege würde sich ewig Vorwürfe machen, dass er dem jungen Janz nicht die Grenzen des Miteinanders aufgezeigt hatte.

»Einige Eltern haben sich an uns gewandt«, antwortete Ole Voss auf Fennas Frage. »Aber es gab keine Anzeigen. Die betroffenen Mädchen wollten sich natürlich die peinlichen Aussagen vor der Polizei und vor Gericht ersparen.«

»Wie habt ihr auf die Meldungen der Eltern reagiert?«

»Zuerst haben wir mit Heinz-Werners Eltern gesprochen«, erinnerte Voss sich. »Die haben allein die Möglichkeit, dass ihr Junge so was machen könnte, empört von sich gewiesen. Sie haben uns wortreich erklärt, dass ihr Sohn ein Einzelgänger ist, hochintelligent und sehr zurückgezogen, und dass er deshalb bei den anderen nicht beliebt ist. Sie haben die Vorwürfe als Verleumdung abgetan und kein Wort davon an sich herangelassen. Was sollten wir da noch tun? Wir haben uns Heinz-Werner direkt zur Brust genommen. Aber der hat so getan, als wüsste er nicht, wovon wir reden.«

»Habt ihr ihn mal auf eure Wache vorgeladen und mit den Aussagen der Mädchen direkt konfrontiert?«, fragte Tammo.

Voss schüttelte den Kopf. »Haben wir versucht, aber keins der Mädels wollte das. Keine Traute.«

»Schwierige Geschichte«, resümierte Fenna. »Auch heute, für uns. Heinz-Werner Janz steht bei unseren Ermittlungen mit im Fokus, aber noch haben wir keine konkreten Verdachtsmomente, die für eine Verhaftung ausreichen würden. Wir können ihn nicht einbuchten, nur weil er früher mal aufgefallen ist.«

»Wir können ihn nur unter Beobachtung stellen«, ergänzte Tammo. Eine vertrackte, unbefriedigende Situation.

Fenna hob den Finger. »Ich hab eine Idee«, sagte sie. »Auf beiden Opfern hat der Mörder eine Nachricht hinterlassen, ein Symbol«, erklärte sie Ole Voss, der staunend die Brauen hob. »Und beide Symbole hatten die gleiche Form. Ohne Zweifel wurden sie von derselben Hand erschaffen.«

Um was für ein Symbol es sich handelte, wollte Fenna offenbar auch dem pensionierten Polizeikollegen nicht verraten, obwohl sie sicher sein konnte, dass er die Information nicht weitergeben würde. Es handelte sich um Täterwissen, und möglichst nichts davon durfte diesen Raum verlassen.

»Und nun?«, bohrte Tammo nach. »Mach es nicht so spannend. Wie sieht deine Idee aus?«

»Wir bitten Janz, uns genau dieses Symbol aufzumalen.« Die Kommissarin blickte die beiden Kollegen an, als hätte sie gerade das Feuer erfunden. »Ich will erstens wissen, wie er auf unsere Bitte reagiert, und zweitens, was er uns aufzeichnet.«

Tammo versuchte, sich Heinz-Werner mit dem Malstift in der Hand vorzustellen. »Bisschen vage«, meinte er zögerlich.

Ole Voss hob die Hände. »Das überlass ich euch«, sagte er. »Ich hab meinen Part geliefert.« Er stand auf und gab den Ermittlern seine Handynummer. »Wenn ihr noch Fragen habt, meldet euch einfach. Ansonsten wünsche ich euch, dass ihr den Kerl, der das auf dem Gewissen hat, schnell dingfest macht.«

***

»Echt ’ne klasse Überlegung«, sagte Tammo, als er mit Fenna nach Pilsum fuhr.

»Zuerst hast du nicht so überzeugt gewirkt.«

»Stimmt. Ich dachte mir: Wenn Janz es war, dann wird er uns irgendeine Form aufzeichnen, aber nicht die Lippen, die er auf den Opfern hinterlassen hat. Oder was sagt die Profilerin?«

»Die Gefahr, dass er uns linkt, besteht natürlich. Wichtig ist, wie er überhaupt auf unsere Bitte reagiert. Vergiss nicht: Nur dann, wenn er der Täter ist, kann er wissen, warum wir den Kussmund von ihm gezeichnet haben möchten. Wenn er, ohne zu zögern, darauf eingeht, das Symbol zu malen, bin ich ziemlich sicher, dass er ein reines Gewissen hat. Wenn er sich aber weigert, ist er verdächtig.«

»Verstehe«, sagte Tammo, als er den Wagen vor der Friesenliebe zum Halten brachte. Dann riss er entsetzt die Augen auf. »Um Himmels willen«, brüllte er, sprang aus dem Wagen und stürzte auf einen älteren Herrn zu, der ein paar Meter weiter eine Reisetasche aus dem Kofferraum hob.

»Was ist denn los?«, rief Fenna.

Tammo baute sich vor dem Mann auf, der sich offensichtlich in der Friesenliebe einnisten wollte. »Darf ich vorstellen?«, sagte er zu Fenna, die ihm gefolgt war. »Hark, ein Mitglied von Onkel Fridos Rentnergang.«

»Och nee. Das ist nicht Ihr Ernst, oder?«

»Na, und ob«, rief Hark fröhlich aus. Dann legte er jedem der Kommissare eine Hand auf die Schulter, neigte sich zu den beiden vor und senkte die Stimme. »Edith kommt gleich mit 'nem Taxi. Hihihi. Das wird ein Spaß!«

»Die Zimmer in der Friesenliebe sind doch alle auf Wochen hinaus belegt?«, wandte Tammo ein.

»Das stimmt, aber wir hatten Glück. Zwei Gäste sind vorzeitig abgereist. Und da wir beide, die Edith und ich, so gedrängelt haben und wahrheitsgemäß ›Rentner‹ als Beruf angegeben haben, dachten die Hoferlands sich, dass wir zeitlich flexibel sind, und haben uns gefragt, ob wir die Zimmer übernehmen wollen.«

»Mussten Sie denn nicht Ihre Heimatanschrift angeben, als Sie sich in dem Portal angemeldet haben?«, fragte Fenna. »Den Hoferlands muss doch aufgefallen sein, dass Sie und Ihre Lebensgefährtin längst ein Paar sind.«

»Nö«, sagte Hark und lächelte verschmitzt. »Ich bin offiziell in der Einliegerwohnung von meinem Sohn und meiner Schwiegertochter gemeldet, und Edith lebt in dem Häuschen, das sie mit ihrem verstorbenen Mann bewohnt hat.«

Fenna sah Hark scharf an. »Aber Sie übernehmen keine kriminalpolizeilichen Funktionen, dass das klar ist. Sonst gibt's mächtig Ärger.«

Hark machte ein unschuldiges Gesicht. »Ich bin nur hier, um meine Gefühle für eine gewisse Edith auszuloten.«

Genau in dem Moment, als Hark den Namen der Frau aussprach, mit der er seit ein paar Jahren liiert war, rollte das Taxi heran, das Edith herbrachte.

Die Ermittler ließen dem Paar den Vortritt. Hilke Hoferland begrüßte die beiden und überreichte ihnen die Zimmerschlüssel. »Zimmer sieben und neun«, sagte sie. »Soll mein Mann Ihnen mit dem Gepäck helfen?«

»Das übernehmen wir«, rief Tammo dazwischen. »Und dann wollen wir zu Herrn Janz. Wo finden wir den?«

Hilke warf einen Blick auf das Schlüsselbrett. »Den hab ich vor ein paar Minuten raufgehen sehen, und da müsste er noch sein. Zimmer sechs.«

Hark zupfte Tammo am Ärmel, als sie die Treppe hinaufstiegen. »Alles Gepäck auf die sieben«, flüsterte er. »Wenn jemand fragt, hat es eben bei uns beiden sofort gefunkt, als wir uns hier zum ersten Mal im Leben begegnet sind.« Er zwinkerte Tammo zu.

Die Ermittler stellten das Gepäck in Harks Zimmer ab und klopften anschließend bei Heinz-Werner an.

Der öffnete die Tür einen Spalt breit und blickte die Kommissare verdattert an. »Sie hier?«

Tammo drückte die Tür auf, und beide Ermittler traten ein.

»Herr Janz, wir hatten heute Besuch von Ole Voss, dem ehemaligen Kriminalhauptkommissar aus Emden. Er dürfte Ihnen noch ein Begriff sein.«

Heinz-Werners Kinnlade fiel herab. »Was hat der Ihnen vorgelogen? Die alten Geschichten aus der Schulzeit?«

»Er hat uns von dem berichtet, was einige Mädchen und junge Frauen früher über Sie ausgesagt haben.«

»Und jetzt sind Sie überzeugt, dass ich der Mörder bin, ja?« Heinz-Werner drehte sich um die eigene Achse und raufte sich die Haare. »Das kann nicht Ihr Ernst sein!« Er hob drohend den Zeigefinger. »Wenn Sie sich angehört haben, was Ihr Kollege berichtet hat, dann hören Sie sich bitte auch an, was ich dazu zu sagen habe, ja? Ich kann Ihnen erzählen, wie das damals war.«

Janz lief im Raum hin und her und untermalte seine Rede mit den Händen. Er machte einen wirren, wenn nicht gar verwirrten Eindruck.

»Die Mädchen haben mich angebaggert«, fauchte er. »Regelrecht scharf waren die auf mich. Haben mir eindeutige Angebote gemacht, und wenn ich darauf eingegangen bin, haben sie Angst gekriegt und sind abgehauen. So war das und nicht anders!«

»Herr Janz, Sie werden verstehen«, sagte Fenna betont ruhig, »dass wir jedem Verdacht nachgehen müssen. Wir haben eine Bitte an Sie.« Sie holte einen Block und einen Filzstift hervor. »Ob Sie uns einen Kussmund aufzeichnen würden?«

»Einen was?«

»Einen Kussmund. Sie wissen doch, Lippen, zu einem Kuss geformt.«

»Nee.« Heinz-Werner drehte sich zum Fenster und schob die Hände in die Hosentaschen. »Nee, ganz bestimmt nicht.« Ruckartig wandte er sich wieder den Kommissaren zu. Er hatte die Lippen zwischen die Zähne gezogen und biss nervös darauf herum. Dann stieß er die Luft heftig aus. »Wozu soll das gut sein? Wollen Sie mir einen Mord nachweisen?«

Die Ermittler beobachteten ihn stumm.

Janz hörte nicht auf, den Kopf zu schütteln. »Nee. Das ist doch ’ne Finte. Meine Erfahrungen mit der Polizei sind nicht die besten, das können Sie sich wohl vorstellen. Kommt nicht infrage. Ich mach das nicht.«

Er blieb so stehen, mit den Händen in den Hosentaschen und einem versteinerten Gesicht.

»Komm«, sagte Tammo zu seiner Kollegin. »Lass uns gehen.«

Fenna versuchte es noch einmal mit einem flehentlichen Blick, der jedoch nichts bewirkte.

»Immer dieselbe Geschichte«, brummte Tammo auf dem Weg zum Wagen. »Er glaubt, die Frauen seien hinter ihm her, nur sehen die Frauen das genau umgekehrt. Irgendwann kommt es zur Eskalation und zack, ist eine Frau tot. Und gleich darauf die nächste.«

»Vorsicht, Tammo. Der Mann ist verdächtig, aber nicht überführt«, versuchte Fenna ihn zu beschwichtigen. »Wir hätten ein Motiv, aber keinen Beweis.«

»Wer von uns beiden hatte noch gesagt: Wenn er sich weigert, ist er verdächtig?«

»Okay, okay«, lenkte Fenna ein. »Sollen wir ihn überwachen lassen?«

»Woher kriegen wir so schnell die notwendigen Leute her?« Plötzlich grinste Tammo. »Mir fällt gerade was ein.«

Er hatte die Fahrertür noch nicht ganz zugeschlagen, da rief er seinen Onkel an. »Gib mir mal die Handynummer von Hark.«

»Den Hark findest du in der Friesenliebe«, sagte Frido unbefangen.

»Ich will nicht wissen, wo ich ihn finde«, sagte Tammo genervt, »ich brauche seine Telefonnummer.« Er notierte, was Frido ihm aus seinem alten, zerfledderten Notizbuch vorlas, das immer auf der Kommode in der Diele lag. Ohne Gruß beendete er das Gespräch und wählte sofort die Nummer.

»Ja-haa?«, meldete Hark sich.

»Tammo hier. Ihr habt es so gewollt, jetzt müsst ihr uns helfen. Hör zu: Es könnte sein, dass der Herr aus der Nummer sechs mal zu einer Unzeit sein Zimmer verlässt. Wenn ihr nachts oder am frühen Morgen, lange vorm Frühstück, seine Zimmertür klappern hört, dann ruft ihr mich sofort an. Sofort, verstehst du? So-fort! Egal, um welche Uhrzeit das sein sollte. Und wehe, du verschläfst das! Ihr seid zu zweit, und in eurem Alter braucht man nicht mehr so viel Schlaf. Teilt euch die Nachtwache auf.«

Kapitel 17

Am nächsten Morgen trafen Fenna und Tammo zeitgleich auf der Wache ein. Von allen Kollegen waren sie heute die Ersten. Doch Heinz-Werner Janz war noch früher dran als sie. Mit finsterer Miene stand er vor dem Gebäude.

Fenna streckte ihm die Hand entgegen. »Guten Morgen, Herr Janz! Sie möchten zu uns?«

»Ich hab's mir überlegt. Das mit der Malstunde, meine ich. Also, wenn Sie wollen ...«

Tammo hätte ihn am liebsten mit den Worten abgebügelt, die Chance habe er vertan. Doch Fenna kam ihm zuvor. »Gute Idee!«

Sie führten Heinz-Werner in den Besprechungsraum.

»Tee?«, fragte Fenna.

Janz schwieg.

Fenna verschwand in der Teeküche.

Tammo musterte Janz konzentriert.

Der war genauso intensiv damit beschäftigt, seinen Blicken auszuweichen.

Fenna kehrte mit dem Tee zurück und füllte die Becher.

»Haben Sie was zu malen?«, fragte Heinz-Werner mürrisch zwischen kleinen Schlucken, die er geräuschvoll schlürfte.

Fenna legte Block und Filzstift vor ihn auf den Tisch.

»Wollen Sie zugucken?«, fragte Heinz-Werner verunsichert.

»Wenn Sie nichts dagegen haben, ja«, erwiderte Tammo unnachgiebig.

Heinz-Werner schob die Zunge zwischen die Lippen und legte los. Langsam und umständlich, wie jemand, der noch nie eine Zeichnung angefertigt hat, skizzierte er zuerst er einen langen, fast geraden Strich, der die Unterlippe darstellte. Anschließend zog er eine Linie, die am linken Mundwinkel ansetzte und sich in einem flachen, schwunglosen Bogen zum rechten Ende ausdehnte.

Fenna blickte unauffällig zu Tammo hinüber, während Heinz-Werner das Werk betrachtete.

»Ob Sie uns wohl noch ein Exemplar zeichnen mögen?«, bat sie dann. »Ich darf noch mal erinnern: Es soll ein Kussmund sein, nicht einfach nur Lippen.«

Janz verzog verärgert das Gesicht. »Ich war schon in der Schule schlecht im Zeichnen.«

»Aber Sie sind doch Ingenieur?«, warf Fenna ihm verwundert zu.

»Maschinen sind was anderes«, verteidigte Heinz-Werner sich. »Da weiß man, was man malt.« Dann begann er von Neuem.

Das nächste Bild unterschied sich leicht vom ersten Versuch. Die Oberlippe war etwas dicker und verlief in einem stärkeren Schwung. Die untere erinnerte an eine durchhängende Wäscheleine. Wenn das hier ein Kussmund sein sollte, dann war der Schöpfer dieser Zeichnung ohne Frage mit Picasso verwandt.

»Danke, Herr Janz. Sie können dann gehen«, sagte Fenna. Sie war sichtlich enttäuscht.

»Tschüs«, sagte Heinz-Werner zu Fenna, um anschließend grußlos an Tammo vorbeizugehen und die Wache schnellstmöglich zu verlassen.

Den Blick auf die Zeichnungen geheftet, verzog die Profilerin den Mund. »Als hätte er noch nie geküsst.«

Tammo trat neben sie und pochte mit zwei Fingern auf das Blatt. »Das hat nun wirklich nichts mit den vollen, geschwungenen Lippen zu tun, die der Mörder gemalt hat.«

»Janz hat sich ungeheuer konzentriert«, sagte Fenna. »Diese Zeichnungen hat er mit Bedacht konstruiert. Die kamen nicht aus der hohlen Hand, nicht aus dem Bauch heraus.«

»Ob er für den Auftritt bei uns über Nacht geübt hat?«

»Ich sehe, du denkst das Gleiche wie ich. Jetzt frag ich mich: Hat der Mann sich über Jahre hinweg an den Rand gedrängt gefühlt, und mit einem Mal hat sich sein ganzer Frust entladen, oder tun wir ihm unrecht?«

Tammo zuckte mit den Schultern und schwieg.

»Ist Janz der Mörder oder ist er es nicht?«

Tammo entdeckte einen Anflug von Verzweiflung in Fennas Augen.

***

Mechanisch spulte Piet Frerichs seinen immer gleichen Tagesplan ab. Und doch war seit dem Besuch der Kommissare vor drei Tagen etwas völlig anders als sonst. Da war diese Unsicherheit, die sich bis zur Panik steigerte. Zuerst hatte er sich ganz in sich zurückgezogen. Jetzt trieb diese Furcht ihn immer wieder dazu, verzweifelte Charmeoffensiven zu starten. Das war die einzige

Möglichkeit, sich von dem abzulenken, was ihm fast die Luft zum Atmen nahm.

Das vertraute Geräusch des Motors von Annegrets Range Rover näherte sich. Seine Frau kehrte aus Leer zurück, wo sie bei einer Freundin übernachtet hatte. Am Tag zuvor war sie dorthin gefahren, um sich – so hatte sie es ihrem Mann mit getragener Stimme verkündet – mit ihr zu beraten, wie es mit der Ehe weitergehen sollte.

Annegret traf ihn in der kleinen Pause an, die er sich gönnte, wenn das Frühstück beendet und das Gartencafé nur spärlich mit Gästen besetzt war, die nach einem Morgenspaziergang noch eine Tasse Tee genießen wollten.

»Bin wieder da«, sagte sie lapidar, während die Tür zwischen Flur und Küche langsam vom Türschließer zugezogen wurde.

»Gut, dass du's sagst«, antwortete Piet, der kaum von der Zeitung aufblicken mochte, die vor ihm auf dem kleinen Tisch lag. Er trank seinen Tee und tat gelangweilt.

»Schon was gehört?«, fragte Annegret und suchte verbissen nach einer bestimmten Tasse, obwohl die Schränke von Tassen und Bechern überquollen und sie nur wahllos hätte zugreifen müssen.

Piet bemerkte, wie sehr sie sich anstrengte, sich desinteressiert zu geben. Doch er ahnte, dass es in seiner Frau genauso brodelte wie in ihm. »Du meinst, von der Kripo?«, fragte er. Er blätterte geräuschvoll eine Seite um und räusperte sich.

»Von der DNA. Die müssen doch endlich mal die Ergebnisse vorliegen haben.«

»Interessieren die dich so sehr?« Piet schlug die Zeitung zu und stand auf. Er stellte sich dicht hinter Annegret, die sich endlich für einen Teebecher entschieden hatte und gerade die Sahne in das heiße Gebräu träufelte.

»Dich etwa nicht?«, fragte sie.

Ihr schnippischer Ton traf ihn mitten in die Magengrube. Er hob die Hände, um sie auf die Schultern seiner Frau zu legen.

In dem Moment knallte Annegret das Sahnekännchen auf die Arbeitsplatte und drehte sich abrupt zu ihm um. »So kann es nicht weitergehen, Piet. Ich muss Klarheit haben. Ich muss wissen, woran ich mit dir bin.«

Piet hatte das Gefühl, dass sein Blut in die Füße sackte und von dort im Boden versickerte. »Aber du glaubst doch nicht etwa ...«

Annegret kniff die Lippen zusammen und drängte sich, den Teebecher in der Hand, an Piet vorbei.

Er wollte sie noch am Arm festhalten, ließ dann aber davon ab.

Mit elegantem Hüftschwung schritt Annegret zu dem Tischchen, an dem er gerade noch gesessen hatte.

Die Füße so schwer wie Blei, folgte Piet ihr und setzte sich dazu. »Annegret, du musst mir glauben. Bitte.«

Sie reagierte nicht.

»Bitte!«, flehte er.

Ihre schmalen Finger mit den gepflegten Nägeln spielten mit einem Löffelchen, das auf dem Tisch lag. Ganz auf ihre Hände konzentriert, kräuselte sie die Lippen. »Was gedenkst du zu tun?«, fragte sie wieder in diesem schnippischen Ton. »Was machst du, wenn die DNA-Analyse dich als Täter entlarvt?«

»Das kann sie nicht!«, rief Piet und sprang auf. Schwer atmend lief er im Raum auf und ab.

Annegret schlug die Beine übereinander und wippte mit dem Fuß.

Aus einer plötzlichen Eingebung heraus fiel Piet vor seiner Frau auf die Knie. »Annegret, du musst mir ein Alibi geben. Bitte!«

Sie spitzte spöttisch die Lippen. »Eins?«

Er schrak zusammen. »Zwei«, flüsterte er demütig. »Zwei Alibis. Bitte.«

Annegret rührte sich nicht.

Piet erhob sich wieder. »Du hast mich doch gesehen«, redete er auf sie ein und fuchtelte mit den Armen in der Luft herum. »Ich war zum Tatzeitpunkt im Haus. Im Schlafzimmer. Im Bad. Du musst mich doch gesehen haben!«

»Zu beiden Tatzeitpunkten?«, fragte Annegret, die Augen immer noch auf das silberne Löffelchen in ihrer Hand gerichtet.

»Bitte. Lass mich nicht im Stich!«

Annegret zeigte zum Gartencafé hinaus. »Es sind Gäste gekommen, Piet. Lass sie nicht zu lange warten.«

Sie warf den Löffel auf den Tisch und verließ die Küche.

***

Untergehakt und mit den strahlenden Augen eines Paares, das entschlossen war, der Welt sein junges Glück zu demonstrieren, kehrten Hark und Edith von einer morgendlichen Wanderung zurück.

»Lass uns noch ein bisschen die frische Luft und die Sonne genießen«, schlug Edith vor, als sie den Garten der Friesenliebe erreichten.

Hark zeigte auf das Tischchen mit den vier dazu passenden Stühlen, das unter dem Obstbaum stand. »Aber doch nicht auf dem Eisen da!«, sagte er und rieb sich die Seite. »Du weißt, ich hab's in der Hüfte.«

Edith blieb stehen. »Wie wär's dann damit?«, fragte sie und wies mit dem Kopf auf das Landhaus Frerichs. »Suchen wir uns ein lauschiges Plätzchen und turteln ein bisschen wie frisch verliebt.« Sie zwinkerte ihrem Lebensgefährten zu.

»Wenn du meinst«, sagte er. »Aber nicht, dass wir Ärger mit den Hoferlands kriegen, wenn wir zur Konkurrenz gehen.«

»Ach was, Konkurrenz. Dann müssen die eben selbst ein Gartencafé einrichten, wenn sie nicht wollen, dass ihre Gäste fremdgehen.«

Hark lachte. »›Fremdgehen‹ ist gut!« Er machte eine Handbewegung, die den kleinen Garten der Friesenliebe umfasste. »Wie willst du denn hier ein Gartencafé ... Ich meine, ist doch viel zu wenig Platz auf diesem Grundstück.«

»Dann isses eben so. Nu komm«, sagte Edith und zog Hark mit sich.

Sie suchten sich einen Tisch, von dem aus sie die Tür des Hotels Friesenliebe im Auge behalten konnten.

Edith stöhnte. »Noch so eine Nacht und ich bin endgültig urlaubsreif. Dabei dachte ich, wir könnten hier ein bisschen ausspannen.«

»Wir sind Rentner, Edith. Ausspannen können wir zu Hause jeden Tag, wenn wir wollen. So eine verantwortungsvolle Aufgabe wie hier findest du in diesem Leben nicht noch einmal.«

»Ts! – Herr Ober?«

Der Ober mit den pechschwarzen Haaren lief mit verschlossener Miene an Hark und Edith vorbei. Er hielt das leere Tablett auf dem linken Unterarm und kritzelte im Laufen etwas auf einen Block, der auf dem Servierbrett lag.

Edith beugte sich zu Hark hinüber. »War das nicht der Chef selbst?«, fragte sie so leise, dass ihr Partner sie gerade noch verstehen konnte.

Hark nickte. »Piet Frerichs, ja, das war er.«

»Scheint uns nicht zu mögen.« Edith setzte sich gerade hin und trommelte mit den Fingerspitzen auf den Tisch. Erwartungsvoll stierte sie auf die Eingangstür des Hauses, um Frerichs abzufangen, sobald er wieder herauskäme. Doch er ließ sich Zeit, und als es Edith zu langweilig wurde, sah sie sich anderweitig um.

Drüben vor der Friesenliebe stand eine junge Frau mit hellblonden, frechen Locken. Sie traf sich mit einer anderen, ebenfalls platinblonden Frau, die zu den Gästen des Hotels gehörte; sie hatte sie heute Morgen beim Frühstück dort gesehen. Edith beobachtete, wie die beiden den Garten des Landhauses Frerichs betraten und sich unweit von ihr und Hark an einem Tisch niederließen. Sie steckten die Köpfe zusammen und hatten sich offensichtlich Aufregendes zu erzählen.

Auf einmal riss Hark den Arm hoch. »Herr Ober!«, rief er.

Wieder stürmte Piet Frerichs an ihnen vorbei.

Edith schlug mit den Fingern auf die Tischkante. »Eine Chance kriegt er noch, dann gehe ich.«

Hark tätschelte ihre Hand. »Ruhig Blut«, meinte er.

Frerichs blieb vor dem Tisch mit den beiden attraktiven Frauen stehen und nahm deren Bestellung entgegen.

»Jetzt sind wir aber dran«, sagte Edith unüberhörbar, als Piet wieder auf das Haus zusteuerte. »Herr Ober? Herr Ooober!«

Piet Frerichs hob abwehrend die Hand. »Komme gleich!«, rief er zurück und verschwand im Hauseingang.

Edith stand auf. »Mir reicht's. Komm, Hark, wir gehen rüber zu den Hoferlands. Dann gibt es eben keine frische Luft und keine Sonne, dafür aber einen anständigen Tee.«

»Besser isses wohl.« Ächzend stand Hark auf.

Ohne dem Gartencafé noch einen Blick zu schenken, stolzierten die beiden in ihr Hotel zurück.

»Doch lieber einen Tee bei uns?«, empfing Bastian Hoferland sie. »Setzen Sie sich doch ins Restaurant. Wir haben gerade das Frühstücksbüfett abgeräumt. Ich setze gleich frischen Tee auf.«

»Das ist doch ein Wort!«, freute Edith sich. »Im Landhaus Frerichs muss man dem Herrn Ober wohl einen roten Teppich ausrollen, damit er sich herablässt, seine Gäste zu bedienen.«

Bastian Hoferland schien das gern zu hören. »Mein Kollege da drüben hat seinen eigenen Kopf«, meinte er.

Hark schmunzelte. »Mir scheint, er hat nicht nur seinen eigenen Kopf, sondern auch sein eigenes Motto: ›Beauties first‹, vor allem wenn die Schönheiten hellblond sind.«

Hoferland warf sich in die Brust. »Meine Hilke und ich machen keinen Unterschied zwischen goldenem und silbernem Haar«, sagte er und übersah Ediths verdrossenes Lächeln. »Und Sie haben das sehr richtig erkannt: Zu den jungen Schönheiten fühlt der da«, er deutete mit dem Kopf in Richtung des Landhauses, »sich tatsächlich besonders hingezogen.«

»Dabei trägt er seinen Ehering spazieren«, maulte Edith. »Den hab ich in der Sonne glitzern sehen.«

»Das hat nichts zu sagen«, verriet Hoferland. Er beugte sich zu Hark und Edith hinab und senkte die Stimme. »Um die Ehe ist es nicht gut bestellt. Piet und seine Frau schlafen schon lange in getrennten Zimmern. Meine Frau ist mit Annegret Frerichs befreundet. Die kann vielleicht Storys erzählen!« Er machte eine Geste, die bedeuten sollte, dass Hilke ziemlich haarsträubende Geschichten über das Ehepaar Frerichs zu berichten wusste. »Der liebt alle Frauen. Nur seine eigene nicht.« Bastian Hoferland wischte die Tischplatte mit einem feuchten Tuch ab und grunzte.

»Und seine Frau macht das mit?«, fragte Edith neugierig.

»Jo«, sagte Hoferland knapp. »Fragt sich nur, wie lange noch. In letzter Zeit übernachtet sie immer öfter in Leer.«

Kapitel 18

Am späten Mittag traf der Bericht der Spurensicherung ein. Fenna war allein im Büro. Tammo war vor ein paar Minuten losgezogen, um für sie beide frisches Grünzeug von der Salatbar des Supermarktes gegenüber zu holen. Fieberhaft öffnete die Profilerin die Datei und konzentrierte sich auf die Analysen von Jan Peters und seinen Kollegen.

Was für ein Ergebnis!

Aus einem Augenwinkel sah sie Tammo herannahen. Temperamentvoll riss sie das Fenster auf. »Wir haben ihn! Der Beweis ist da!«, rief sie dem Kommissar zu.

Tammo rannte in die Wache und nahm vor seinem Bildschirm Platz, um mit eigenen Augen zu lesen, was die Spurensicherung herausgefunden hatte.

»Die Gürtel, mit denen die beiden Frauen erdrosselt wurden, sind aus demselben Material geschaffen wie der, den Piet Frerichs getragen hat«, fasste Fenna zusammen, während Tammo den ausführlichen Bericht las. »Die DNA, die in dem Taschentuch gefunden wurde, das unter dem Bett des zweiten Opfers lag, stimmt mit der überein, die an dem Trinkglas von Piet Frerichs haftete. Eindeutiger geht es nicht! Und noch eins: Der Lippenstift auf der Stirn von Swantje Jensen stammt aus derselben Produktlinie wie der, der bei Silvia Lüders verwendet wurde. Jetzt müssen wir nur noch klären, wie Frerichs sich die Stifte beschafft hat.«

»Klingt auf den ersten Blick plausibel.« Tammo rückte vom Bildschirm ab. Seine Miene verdüsterte sich. »Aber ich finde, das passt alles irgendwie nicht zusammen. Wir haben einen Verdächtigen, Piet Frerichs, gegen den knallharte Beweise vorliegen. Aber was ist sein Motiv? Bisher haben wir nichts als die Vermutung, dass er es nicht hinnehmen kann, wenn Frauen ihn zurückweisen. Mit Heinz-Werner Janz dagegen haben wir einen Verdächtigen mit einer polizeibekannten Vorgeschichte, nur fehlt uns bei ihm jeglicher Beweis.«

Fenna legte einen Finger an die Nasenspitze und ging in sich. »Was sagt denn deine weibliche Intuition, Herr Kollege?«, fragte sie schließlich und zwinkerte ihm zu.

Tammo lächelte und zuckte mit den Schultern. »Nach meiner Erfahrung deutet ein Motiv stärker auf den wahren Täter hin als ein Beweis, auch wenn der Beweis vor Gericht mehr Bestand hat.

Trotzdem werden wir Frerichs verhaften müssen. Jetzt gleich. Die Beweislage lässt uns keine Wahl. Das Motiv müssen wir im Verhör herausfinden.« Er überlegte einen Moment. »Und trotzdem halte ich an dem Verdacht gegen Heinz-Werner Janz fest.«

***

Mit dem Haftbefehl in der Tasche fuhren die Ermittler nach Pilsum.

Piet Frerichs servierte gerade Obsttorte mit Sahne. Tammo machte sich nicht die Mühe, den Dienstwagen sauber einzuparken.

Frerichs beobachtete, wie die Ermittler aus dem Auto sprangen. Er schien zu ahnen, weshalb der Kommissar es so eilig hatte, brach das Gespräch mit den Gästen ab und lief ins Haus.

Die Ermittler sprinteten hinterher, Tammo mit der Hand an der Waffe, für den Fall, dass er den Mann, der vermutlich flüchten wollte, mit einem Warnschuss würde stoppen müssen.

Annegret Frerichs stand mitten in der Küche, die Augen weit aufgerissen, die Schultern hochgezogen. In der Hand hielt sie ein Glas Limonade. Anscheinend wusste sie nicht, was sie damit machen sollte. Sie drehte den Kopf in Richtung eines Raumes, der an die Küche angrenzte. Die Tür war angelehnt.

Tammo zog die Waffe und huschte zu der Wand hinüber.

Fenna hakte Annegret unter und zog sie fort. »Gehen Sie raus!«, zischte sie ihr zu. »Verlassen Sie die Küche.«

Annegret ging auf den Flur. Fenna schloss die Küchentür. Tammo machte ihr Zeichen, ebenfalls hinauszugehen, doch sie wollte ihren Kollegen offenbar nicht alleine lassen. Auch sie zog ihre Waffe und suchte Deckung hinter dem überdimensionalen Kühlschrank.

Durch den Türspalt konnte Tammo sehen, dass Licht in dem Raum brannte, in dem Frerichs sich versteckt hielt. Er erkannte Regale, auf denen Dosen und Packungen mit Lebensmitteln standen. Der Vorratsraum also. Das künstliche Licht verriet Tammo, dass dieser Raum kein Fenster hatte.

»Herr Frerichs«, rief er, »machen Sie keine Dummheiten. Kommen Sie raus.«

Nichts rührte sich.

»Herr Frerichs, Sie sind vorläufig festgenommen wegen des dringenden Verdachts, Silvia Lüders und Swantje Jensen ermordet zu haben.«

Kein Laut drang durch den Türspalt.

»Herr Frerichs, ich fordere Sie auf: Kommen Sie da raus, mit erhobenen Händen. Ich zähle bis fünf. Wenn Sie sich dann nicht ergeben, stürmen wir den Raum.« Er wartete eine Sekunde. Dann fing er an, zu zählen. »Eins – zwei ...«

Die Tür zum Vorratsraum öffnete sich. Piet Frerichs blieb im Türrahmen stehen. In der Hand hielt er einen Schürhaken.

»Lassen Sie den fallen und heben Sie die Hände hoch«, befahl Tammo.

Hatte seine Frau das Klicken der Handschellen gehört? Vorsichtig öffnete sie die Tür, hinter der sie vor ein paar Augenblicken verschwunden war, und betrat die Küche wieder.

»Piet«, sagte sie tonlos.

»Hilf mir doch«, flehte er. »Sag doch endlich was!«

Annegret blieb stumm.

Tammo belehrte den Festgenommenen über seine Rechte. Dann führten sie ihn ab.

***

»Guck mal da!«, rief Hedda. Sie saß mit Kaya im Garten der Friesenliebe an dem Tischchen unter dem Obstbaum. »Die haben ihn verhaftet!«

»Wen?« Kaya drehte sich in die Richtung, in die Hedda blickte. »Den Frerichs?«, fragte sie gedehnt.

Plötzlich hörten sie einen kurzen Schrei aus der anderen Richtung. Hilke Hoferland, die den beiden Frauen Tee und Kuchen bringen wollte, war auf dem Weg zu ihnen stehen geblieben, Entsetzen und Verwunderung lagen in ihrem Blick.

»Vorsicht, Frau Hoferland!«, rief Hedda und stand auf, um ihr das Tablett aus der Hand zu nehmen. »Nicht, dass Ihnen das noch hinfällt. Das schöne Porzellan!«

Kaum hatte Hedda das Tablett übernommen, schlug die Inhaberin der Friesenliebe die Hände vors Gesicht. »Annegret!«, rief sie so laut, dass man es vermutlich in ganz Pilsum hörte.

Annegret stand auf den Stufen vor ihrer Haustür und beobachtete, wie ihr Mann abgeführt wurde.

Hilke Hoferland rannte zu ihr hinüber und fiel ihr um den Hals. Die beiden Frauen sprachen ein paar Worte miteinander. Dann verschwanden sie Arm in Arm im Haus.

Kaya hielt sich eine Hand an die Brust. »Hörst du, was für ein Felsbrocken mir gerade vom Herzen fällt?«

Doch Hedda war zu ergriffen, um ihre Worte mitzubekommen. »Ein Doppelmörder wird verhaftet, und ich bin dabei«, stieß sie ungläubig aus.

»Bei dem hatte ich gleich so ein mulmiges Gefühl«, sagte Kaya. »Jetzt können wir uns alle wieder sicher fühlen.«

Sie stieß die Kuchengabel in die Spitze ihres Tortenstücks und hielt sich den abgetrennten Bissen vor den Mund. »Wenn du magst, nehm ich dich nachher mit nach Greetsiel. Du guckst dir den Ort an, während ich versuche, aus der Kripo was herauszubekommen. Danach treffen wir uns am Hafen und unternehmen noch was zusammen.«

»Warum nicht?«, willigte Hedda ein und machte sich ebenfalls über ihre Torte her.

Kaya hatte es plötzlich eilig. Sie wollte so bald wie möglich über die Verhaftung und über die Hintergründe der Verbrechen berichten. »Bist du fertig?«, fragte sie, als Hedda den letzten Schluck Tee ausgetrunken hatte. »Dann lass uns gehen.«

Sie stand auf und rückte ihren Stuhl an das Tischchen. Dabei fiel ihr Blick auf ein Fenster im Flur des ersten Stocks. Heinz-Werner Janz glotzte sie und Hedda an. Kaya tat, als sähe sie ihn nicht.

Auf dem Weg nach Greetsiel redete Hedda ununterbrochen auf Kaya ein. Sie stand noch ganz unter dem Einfluss der Szene, die sie vorhin miterlebt hatten.

»Ich stelle den Wagen in der Nähe der Wache ab«, erklärte Kaya, als sie den Ort erreichten. »Du musst einfach nur da lang weitergehen.« Sie wies in Richtung des Hafens. »Dann gelangst du direkt in das historische Zentrum. Am Ende der Straße biegst du links ab und gehst gerade durch bis zum Hafen.«

»Notfalls frag ich mich durch.« Hedda schlug die Wagentür zu und ging davon.

»Bleib in Hafennähe. Ich ruf dich an, wenn ich hier fertig bin«, rief Kaya ihr noch zu.

In Heddas Gesellschaft während der Autofahrt hatte Kaya keine Muße gefunden, sich zu überlegen, wie sie das Gespräch mit den Ermittlern beginnen sollte. Sie beschloss, sich im Supermarkt mit Schokolade einzudecken und sich in der Touristikzentrale Informationsmaterial zu beschaffen für den Fall, dass Tante Leenke mal ein paar Tage in diesem zauberhaften Ort verbringen wollte. In der kurzen Zeit, die diese Besorgungen in Anspruch nahmen, legte sie sich die wichtigsten Fragen zurecht, die sie den Kripobeamten stellen wollte. Sie betrat die Wache und lief gleich Fenna Stern in die Arme.

»Schon wieder Sehnsucht nach uns?«, sagte die Beamtin und drohte ihr zum Scherz mit dem Finger. »Sie sind aber hartnäckig. Und wieder ohne telefonische Terminabsprache.«

Kaya kam direkt zur Sache. »Sie haben den Mörder gefasst. Gratulation!«

»Wenn die Festnahme der Grund Ihres Erscheinens ist, muss ich Sie genauso enttäuschen wie bei Ihrem ersten Besuch. Oder sollte ich besser sagen: Versuch?«

Eigentlich machte die Frau einen sympathischen Eindruck. Wenn sie nur nicht so stur wäre.

»Hören Sie«, versuchte Kaya es von Neuem, »ich bin extra aus Bensersiel hierhergekommen, um ...«

»Fenna, kommst du dann?«, rief eine ungeduldige männliche Stimme über den Flur. Der Kommissar stand vor einem Raum am Ende des Ganges, die Hände in die Hüften gestützt.

»Sofort!«, rief Fenna Stern zurück. Dann legte sie Kaya die Hände auf die Schultern. »Tun Sie uns und sich selbst den Gefallen und gedulden Sie sich bis zu unserer Pressekonferenz. Ich hab Ihre Handynummer, wir laden Sie dazu ein.«

Kaya fluchte in sich hinein. Beim Verlassen der Wache holte sie ihr Smartphone hervor und rief Hedda an.

»Ein Glück, dass du dich so schnell meldest«, keuchte Hedda. »Heinz-Werner ist uns nach Greetsiel gefolgt. Ich kann ihn kaum abschütteln. Er will einfach nicht begreifen, dass er nicht mein Typ ist.«

»Wo bist du jetzt?«

»Gerade am Hafen eingetroffen. Ich steh direkt vorne an, an der Ecke Sielstraße. Hier laufen genug Leute herum, da wird er mir nichts tun.«

»Bleib da stehen. Ich renne. Ich bin in zwei Minuten da«, sagte Kaya. Sie steckte ihr Handy weg und lief los, den Kalvarienweg und die Sielstraße entlang.

Hedda erwartete sie mit zornesrotem Gesicht.

»Dieses Schwein!«, rief sie. Ihr kamen die Tränen vor Wut.

Kaya legte ihr die Arme um den Hals und drückte sie an sich. »Was ist denn los? Was hat er gemacht?« Da erblickte sie Heinz-Werner. Seinem Blick nach war er nicht weniger wütend als Hedda.

»Könnt ihr mal erklären, was das soll?«, fauchte er die beiden Frauen an. »Das ist doch Verarschung, was ihr macht!«

»Hey, sag mal, was hast du denn für ein Problem?«, konterte Kaya.

»Was ich für ein Problem hab? Das verrat ich dir gerne! Erst spielt ihr die Liebestollen, die einen Partner suchen. Kommt in die Friesenliebe und macht uns heiß. Und am Ende stellt sich raus, ihr wollt gar keinen Mann. Sieht doch jeder, was mit euch los ist. Knutscht euch hier mitten auf der Straße ab! Was ist das für ein blödes Spiel, das ihr spielt! Dann müsst ihr euch nicht wundern, wenn einer kommt und euch abmurkst.«

»Jetzt reicht es aber!«, brüllte Kaya ihn an. »Mach, dass du wegkommst, sonst ruf ich die Polizei.«

Unbeeindruckt von der Menge, die sich um die drei geschart hatte, spuckte Heinz-Werner vor Kaya aus. Dann drehte er sich um und machte sich wutschnaubend aus dem Staub.

***

Zu nichts als der bloßen Angabe seiner Personalien hatte Piet Frerichs sich bewegen lassen. Dann hatte er seinen Anwalt verlangt. Die Stunden bis zum Eintreffen des Rechtsbeistands auf dem Kommissariat verbrachte Piet in der Arrestzelle.

Am späten Nachmittag betrat Doktor Jens Bauer die Wache an der Hauener Hooge, eine Designeraktentasche in der Hand und ein siegessicheres Lächeln auf den Lippen. »Meine Herrschaften«, sagte er, als Benno Pötzschke ihn in das Büro der Ermittler führte. »Mein Mandant verlässt die Wache noch heute als freier Mann.«

Der Anwalt blieb vor den beiden Schreibtischen stehen. Die Einladung, Platz zu nehmen, überhörte er. Aus Höflichkeit setzten auch die Kommissare sich nicht wieder hin.

Mit einer eleganten Bewegung, die wie einstudiert wirkte, schwang Doktor Bauer seine Aktentasche auf Fennas Schreibtisch und holte ein Papier hervor. »Eine eidesstattliche Erklärung der Gattin meines Mandanten«, sagte er feierlich und überreichte demonstrativ der Kommissarin das Blatt, während er Tammo spöttisch angrinste.

»Hiermit versichere ich, Annegret Frerichs, geborene Appelmann, an Eides statt ...«, begann Fenna, laut vorzulesen. Ihre Blicke eilten den Worten voraus, ungläubig runzelte sie die Stirn. Dann fuhr sie fort: »... dass mein Mann Piet Frerichs an den Tagen, an denen Silvia Lüders und Swantje Jensen ermordet wurden, wie üblich bis sechs Uhr früh geschlafen hat. Nach dem Aufwachen hat er sich ins Badezimmer begeben. Anschließend hat er in der Restaurantküche das Frühstück vorbereitet. Ich bezeuge hiermit, dass sich mein Mann in den Stunden vor, während und nach den fraglichen Tatzeiten ununterbrochen in den Räumlichkeiten unseres Hauses aufgehalten hat.«

Fenna gab die Erklärung an Tammo weiter, der ihr ungeduldig fordernd seine Hand entgegengestreckt hielt. Mit regungsloser Miene nahm er die Erklärung zur Kenntnis.

»Sie wissen, dass wir erdrückende Beweise gegen Ihren Mandanten haben«, sagte er zu Doktor Bauer.

»Wir zweifeln die Korrektheit der DNA-Analyse an«, erwiderte Bauer mit entwappnender Selbstsicherheit. »Die Beweise, über die Sie zu verfügen glauben, sind nichts als Indizien, die vor Gericht keinen Bestand haben werden. Diese Erklärung«, er wies auf das Papier, das Tammo in der Hand hielt, »belegt, dass mein Mandant nicht der Mörder der beiden Frauen sein kann. Ich fordere Sie auf, Piet Frerichs umgehend freizulassen.«

Tammo wedelte mit dem Papier in der Luft herum. »Diese Erklärung ist doch fadenscheinig wie das Hemd eines Bettlers aus dem Mittelalter.«

»Beweisen Sie's«, sagte Bauer kalt lächelnd. »Oder fragen Sie den Haftrichter, was er davon hält.«

Tammo bebte innerlich.

»Wenn ich dann bitten dürfte?«

»Wir entlassen Herrn Frerichs unter Auflagen«, sagte Fenna. »Er lässt seinen Personalausweis bei uns, und er meldet sich jeden Morgen um Punkt neun Uhr auf der Wache.«

Tammo wählte die Durchwahl von Wachtmeister Pötzschke. »Benno, holst du bitte Piet Frerichs aus der Zelle?«

In der Haltung eines Brigadegenerals empfing Doktor Bauer seinen Mandanten.

Ohne Gruß, ohne Blick marschierte Piet Frerichs an der Seite seines Anwalts an den Beamten vorbei zum Ausgang der Wache.

»Wir sehen uns wieder«, raunte Tammo.

Kapitel 19

Kaya und Hedda beschlossen, auch den Abend gemeinsam in Greetsiel zu verbringen. Nach der Begegnung mit Heinz-Werner zog sie so bald nichts nach Pilsum zurück. Hedda rief im Hotel Friesenliebe an und gab Bescheid, dass man sie zum Abendessen nicht erwarten solle.

Um zwanzig Uhr betraten sie das Fiskerhuus. Sie hatten Glück: In dem voll besetzten Restaurant in Hafennähe wurde gerade ein Tisch frei. Während Jonne Kruskopp sie an den Platz führte, entdeckte Kaya in der hintersten Ecke des Gastraumes die Ermittler.

»Sieht so aus, als wären die beiden mehr als nur Kollegen«, überlegte sie laut und schlug die Menükarte auf, die Jonne ihr gereicht hatte.

»Wer?«

»Na, die Kommissare, Tammo Anders und Fenna Stern. Da hinten sitzen sie ganz vertraut beieinander.«

Hedda warf einen kurzen Blick über die Schulter. »Glücklich sehen die allerdings nicht aus. Aber sag mal, wie war denn eigentlich dein Gespräch mit denen? Das hab ich bei all dem Ärger über Heinz-Werner ganz vergessen. Hast du was Interessantes in Erfahrung gebracht?«

»Ach«, sagte Kaya und verzog den Mund.

Erst spät in der Nacht kehrten die beiden Freundinnen nach Pilsum zurück. Sie verabredeten sich für den nächsten Tag um elf zum Tee und schlichen sich in ihre Hotels, in deren Fenstern kein Licht mehr brannte. Nur in einem Kämmerchen im obersten Stock des Landhauses Frerichs loderte noch eine Funzel.

Todmüde fiel Kaya ins Bett. Sie las noch ein paar Seiten. Dann fielen ihr die Augen zu.

Mitten in der Nacht wurde sie wach. Es klopfte an ihrer Tür. »Hallo?«, rief eine leise, kaum vernehmbare Stimme. Es war die Stimme eines Mannes.

Kaya wurde heiß. Sie griff nach ihrem Handy, das auf dem Nachttisch lag. Mit weichen Knien stand sie auf. »Wer ist da?«

Jemand trommelte mit den Fingernägeln gegen das Türblatt.

Kaya sträubten sich die Nackenhaare. »Wer auch immer Sie sind, verschwinden Sie!«, brüllte sie. »Ich ruf die Polizei!«

»Piet?«, rief eine schwache Frauenstimme aus dem oberen Stockwerk. »Piet!«

Kaya hörte einen dumpfen Schlag gegen ihre Tür, dann Schritte, die sich entfernten.

Moment mal: Piet? – Piet Frerichs konnte das nicht sein. Der saß im Knast.

Aufgewühlt schob Kaya einen Stuhl vor die Tür und stellte ihn mit der Rückenlehne unter die Klinke. Ihr war klar, wie albern dieses Unterfangen war. Wer wirklich zu ihr wollte, würde die Tür mit leichter Gewalt schnell öffnen können. Sollte es aber wirklich jemand versuchen, während sie schlief, würde sie unweigerlich durch die Geräusche geweckt werden.

Sie legte sich wieder ins Bett, zog die Decke über den Kopf und rollte sich ein. Doch an Schlafen war nicht mehr zu denken. Ihre Ohren waren ständig auf Empfang geschaltet. Stieg jemand die Treppe hinab? Hallten Schritte über den Flur? Klopfte es gegen die Tür? Rief jemand ihren Namen?

Irgendwann fiel sie dann doch erschöpft in einen leichten Schlaf.

Plötzlich drang Helligkeit durch ihre Lider. Mit einem Schlag saß Kaya kerzengerade im Bett. Dann atmete sie auf. Es war die Morgensonne, die ihre Strahlen durch die dünnen Vorhänge schickte und den Raum erhellte.

Sechs Uhr früh. Noch zwei Stunden bis zum Frühstück. Unmöglich, sich die ganze Zeit in diesem Zimmer aufzuhalten. Sie war viel zu aufgewühlt, um noch einmal einzuschlafen oder die Zeit mit Lesen zu verbringen.

Kaya ging ins Bad, drehte den Wasserhahn in der Duschkabine weit auf und ließ das warme Wasser über ihren Körper laufen. Es wurde immer heißer, ihre Haut schien zu verbrennen, doch sie brauchte diese Wärme, um das Frösteln aus den Poren zu vertreiben. Minutenlang stand sie mit geschlossenen Augen unter den feinen Wasserstrahlen, die auf sie hinabfielen wie ein warmer Regenguss. Als sie durchwärmt war wie ein Holzscheit im Kamin gab sie sich einen Ruck und drehte den Hahn zur anderen Seite. Unter dem kalten Nass stockte ihr Atem einen Moment lang, dann war sie endlich munter.

Sie rubbelte ihren Körper trocken. Wie sollte sie die nächsten anderthalb Stunden verbringen? Es war noch zu früh, um ihre Tante in Bensersiel anzurufen und mit ihr zu klönen. Vor acht Uhr würde Leenke nicht frühstücken, und erst wenn sie damit fertig war, kam Kayas Anruf gelegen.

Zum Glück hatte sie Leggings und Joggingschuhe dabei, und das Wetter war ideal zum Laufen. Kaya zog sich die Sportsachen an und schloss die Tür auf, ganz leise, um keinen der anderen Gäste zu wecken.

Draußen vor der Haustür blieb sie stehen und machte ein paar Übungen, um die Muskeln zu dehnen und aufzuwärmen. Es war still im Dorf, kein Mensch zu sehen. Ob Hedda drüben in der Friesenliebe noch schlief?

Gestern Nachmittag in Greetsiel, auf der Bank am Deich, hatte sie Heddas Nummer in ihrem Handy gespeichert. Wenn sie sich nachher verlaufen sollte, würde sie ihre Urlaubsbekanntschaft einfach anrufen und sich nach Pilsum zurück dirigieren lassen. Doch wie sollte sie sich in dieser Landschaft verirren? Von überall aus war Pilsum zu sehen.

Hatte sie ihr Handy überhaupt eingesteckt? Die Hände tasteten die Taschen ihrer Sweatshirtjacke ab. Ja, da fühlte sie es.

Sie trabte los. Erst ganz langsam, um in den Rhythmus zu kommen, dann immer flotter. Auf der Landkarte hatte sie sich die Runde angesehen, die sie jetzt laufen würde: Richtung Hauen, dann nach Westen zum Deich, südlich am Wasser entlang, am Pilsumer Leuchtturm vorbei, schließlich wieder zurück nach Pilsum. Wie weit mochte das sein: zehn, zwölf Kilometer? Kondition hatte sie genug, um das zu schaffen. Hoffentlich auch nach dieser Nacht.

***

Edith rüttelte an Harks Schulter. »Du, ich hab was gehört.«

»Hm?« Im Halbschlaf schüttelte Hark Ediths Hand von der Schulter.

»Wach auf, da bewegt sich was! Los!«

Plötzlich war Hark hellwach. »Was? Wo? Ist er raus?«

»Ich hab die Tür gehört. Ich bin sicher, das war nebenan, Zimmer sechs. Auf jeden Fall ist gerade jemand die Treppe runter.« Edith schlich auf Zehenspitzen zum Fenster und schob den Vorhang zurück. Hektisch winkte sie Hark herbei. »Guck, da läuft er.«

»Sicher?«

»Ja, komm doch her und überzeug dich selbst, wenn du mir nicht glaubst!«

Hark setzte sich auf, ließ seine Beine über die Bettkante rutschen und nahm sein Handy. »Ich ruf Tammo an.« Er suchte die Nummer aus dem Speicher und hielt das Gerät ans Ohr. »Mann, wo bleibt der denn? Nun mach schon, Junge. Du meine Gü... Tammo? Hark hier! Der Mann, den wir observieren sollen, die Edith und ich, der ist gerade raus. – Wo er hin ist? Ja, woher soll ich denn das ... Edith, Tammo will wissen, wohin er läuft.«

Edith zuckte mit den Schultern. »Das weiß ich nicht. Jedenfalls nicht nach Osten. Er ist so rum raus«, sie zeigte mit dem Arm in nördliche Richtung. »Wohin dann, das kann ich von hier aus nicht sehen.«

»Hast du gehört, Tammo? Nördlich ums Haus rum. Wenn er nicht nach Osten ist, bleibt ja nur Richtung Greetsiel, nach Manslagt oder zum Deich. – Ja. – Ja. Okay.« Hark legte das Handy weg. »Er ruft jetzt seine Kollegin an und fährt mit ihr zur Sicherheit Streife in der Gegend.«

»Na, wenn's denn was hilft«, sagte Edith und kuschelte sich wieder ins Bett.

***

Der Krampf in der linken Wade kündigte sich kurz vor Hauen an. Kaya bog in den Weg ein, der zum Deich führte, und versuchte, gegen den Schmerz anzugehen. Es half nichts. Sie humpelte ein paar Meter bis zu einem großen Stein, der am Wegesrand lag und den sie für ihre Dehnungsübungen nutzen konnte. Sie stützte die Hacke darauf ab und streckte die Muskeln durch.

Ihr Blick schweifte über den Weg, den sie gekommen war. Da hinten, ein gutes Stück von ihr entfernt, entdeckte sie einen weiteren Läufer. Er verlangsamte das Tempo, trabte schließlich auf der Stelle.

Die Wade entspannte sich. Um nicht gleich dasselbe Malheur mit der rechten Wade zu erleben, dehnte Kaya auch das andere Bein, dann noch einmal das linke. Der Läufer da drüben machte nun ebenfalls Dehnungsübungen. Hatte sie ihn auf die Idee gebracht?

Kaya setzte ihre Joggingrunde fort. Auch ihre Gedanken trabten davon.

Wenn der Mörder nun gefasst war, konnte es nicht mehr lange dauern, bis die Pressekonferenz anberaumt wurde. Ein, zwei Tage noch, länger wollte sie hier nicht bleiben. Sie formulierte die ersten Sätze ihres Berichts über Piet Frerichs, den Frauenmörder von Pilsum.

Wieder ein Ziehen in der Wade. In der Nacht hatte sie zu verspannt gelegen, und sie hatte ihr Magnesium in Bensersiel vergessen. Nachher würde sie nach Greetsiel fahren und sich in der Apotheke eine Packung Brausetabletten besorgen. Sie unterbrach den Lauf, um noch einmal zu dehnen.

Da sah sie ihn wieder. Der Läufer folgte ihr.

Warum war er vermummt, bei diesen Temperaturen?

Kaya überkam ein ungutes Gefühl. Sie beschloss, ihren Lauf ohne Rücksicht auf den verspannten Muskel fortzusetzen. Ungefähr die Hälfte der Strecke hatte sie hinter sich. Eine Abkürzung gab es nicht, es sei denn, sie lief quer über die Wiesen. Kurz hinter dem Leuchtturm sah sie einen Weg, der mitten auf einer Weide begann und zu dem Hof da hinten führte. Doch wie sumpfig war die Wiese? Konnte sie darin versinken?

Kaya wandte sich im Lauf um. Der andere schloss auf. Er verfolgte sie!

Mit einem Satz sprang sie auf die Wiese und lief auf den Weg zu. An manchen Stellen sank sie knöcheltief ein, doch die Angst trieb sie weiter.

Hatte Heinz-Werner gesehen, wie sie das Haus verließ?

Was war mit Piet Frerichs?

Ein kurzer Blick über die Schulter. Die Gestalt blieb ihr auf den Fersen.

Ihr Handy! Die Polizei! Im Lauf fischte Kaya ihr Smartphone aus der Tasche. Sie drückte den Notruf. Gleich darauf meldete sich die Einsatzzentrale.

»Ich werde verfolgt. Pilsumer Leuchtturm.« Wieder sank sie ein. Im Sturz verlor sie das Handy. »Der Weg zum Hof«, rief sie noch, während sie sich wieder aufrappelte. Verzweifelt lief sie weiter. Es blieb keine Zeit, das Handy aufzunehmen.

Sie lief auf das Wohngebäude des Hofes zu.

»Hilfe! Hiiilfe! Hilfe!«

Wie von Sinnen drückte sie auf die Klingel.

Niemand öffnete. Sie konnte nicht länger warten.

Da drüben, die Scheune. Sie rannte durch das offene Tor. Ringsherum an den Wänden waren Heuballen gestapelt.

In diesem Moment erkannte sie, dass sie in eine Falle gelaufen war.

Wie ein schwarzes Phantom lief ihr Verfolger, das halbe Gesicht von einem Schal verdeckt, auf den Hof.

Da, die Leiter. Sie führte auf eine Galerie, die sich in rund drei Metern Höhe über die Längsseite der Scheune erstreckte. Auch dort oben waren Heuballen gelagert.

Wenn sie schnell hinaufstieg, konnte sie die Leiter hochziehen, bevor das Phantom sie erreichte.

In Panik zählte sie die Stufen. Es schienen hundert zu sein.

Oben angekommen, umfasste sie mit beiden Händen die oberste Sprosse und zog daran. Die Leiter bewegte sich keinen Millimeter. Sie war fest am Heuboden installiert.

»Was für ein kindisches Versteck!«, dachte sie in ihrer Verzweiflung, als sie sich hinter den Heuballen verbarg.

***

Der Anruf der Einsatzzentrale erreichte die Ermittler auf der Straße von Greetsiel nach Pilsum. Tammo trat das Gaspedal durch. Fenna und er wurden in die Sitze gedrückt.

»Weißt du, welcher Hof das sein kann?«, fragte Fenna.

»Es kommt eigentlich nur einer infrage. Hoffen wir, dass der, den ich meine, auch der ist, von dem die Anruferin gesprochen hat.«

Tammo bog in den Weg ein, der zu dem Gehöft führte. In der Deckung des Wohngebäudes machte er eine Vollbremsung.

Sie hatten keine Information darüber, ob der Verfolger der Frau bewaffnet war. Wenn es wirklich der Mörder war, hatte er kaum mehr als einen Gürtel dabei. Doch sicher sein konnten sie nicht.

Der Hof lag da wie ausgestorben.

»Wird der noch bewirtschaftet?«

»Soweit ich weiß, ja. Aber es scheint gerade niemand anwesend zu sein.«

Beide Ermittler zogen ihre Waffen.

Tammo klopfte gegen eine Scheibe des Wohngebäudes. »Ich geh nach vorne, zur Eingangstür«, raunte er Fenna zu.

Sie gab ihm Deckung.

Er klingelte an der Tür.

Niemand öffnete.

Plötzlich drangen Geräusche aus der Scheune. Ein Schrei und ein dumpfer Laut wie vom Aufprall eines Körpers.

Sie sprinteten zum Schuppen, schlichen sich an den Wänden entlang bis zur Tür. Dann drehte Tammo sich in die Scheune hinein.

»Hände hoch«, rief er.

Auf dem Boden lag eine Frau mit ungebändigten blonden Locken. Kaya Witt! Sie krümmte sich vor Schmerzen.

»Fenna, ein Krankenwagen, schnell!«, rief er seiner Kollegin über die Schulter zu.

Niemand sonst war zu sehen.

»Polizei! Heben Sie die Hände hoch und treten Sie vor!«, rief er laut.

Langsam näherte er sich der Journalistin. Dabei wanderte sein Blick in alle Richtungen. Wenn noch jemand hier war, und daran hatte er keinen Zweifel, dann war er da oben.

Er hörte Fennas Stimme, die mit der Zentrale sprach, dann ihre Schritte hinter seinem Rücken. Vorsichtig trat sie weiter in die Scheune hinein.

Kaya öffnete die Augen. Ihre verängstigten Blicke zeigten zum Heuboden hinauf.

»Da oben?«, fragte Tammo flüsternd.

Sie nickte schwach.

»Der Krankenwagen kommt gleich«, sagte Fenna. »Rühren Sie sich nach Möglichkeit nicht.«

Kaya schloss die Lider zum Zeichen dafür, dass sie verstanden hatte.

Tammo stellte sich an die Leiter. »Hier spricht die Polizei«, rief er. »Heben Sie die Hände hoch und treten Sie vor.«

Etwas raschelte.

Tammo wartete. Er zählte bis zehn. Dann wusste er: Wer sich da oben versteckte, hatte nicht vor, sich zu ergeben.

Er vergewisserte sich, dass Fenna ihm Deckung gab. Dann stieg er, die Waffe fest in der rechten Faust, die Leiter hinauf.

Sein Gehör war von Natur aus exzellent. Und es war geschult. In Situationen höchster Gefahr hörte es die Flöhe husten.

Die saßen jetzt ohne Zweifel hinter dem dritten Stapel Heuballen von links.

Tammo stellte sich vor den Stapel und rüttelte daran. Er sprang zur Seite, als der Turm in sich zusammenfiel. Jede Faser seines Körpers war angespannt, als er seine Waffe auf den Mörder richtete.

Die eiskalten Augen von Annegret Frerichs stierten ihn an.

Kapitel 20

Tammo warf den Gürtel, den sie in der Tasche der Sweatshirtjacke von Annegret Frerichs gefunden hatten, auf den Tisch. Ein Textilgürtel mit einer dornenlosen Schnalle in der Form eines Schafskopfes.

Die Gesichtszüge angespannt vor Wut, legte er die Asservatentüte mit dem Lippenstift dazu, den die Verhaftete ebenfalls bei sich getragen hatte. Ein Exemplar aus der Produktlinie, die sie von Hedda Lilienschmied kannten und aus der auch die Stifte stammten, mit denen der Kussmund auf die Stirn von Silvia Lüders und Swantje Jensen gemalt worden war.

Schließlich legte er den spitzen Stein daneben, den Annegret bei ihrer Festnahme in der Hand gehalten hatte, offensichtlich in der Absicht, Kaya Witt damit bewusstlos zu schlagen.

Annegrets völlig teilnahmslose Miene ließ nichts von dem erahnen, was in ihr vorging.

»Warum?«, fragte Fenna.

Vorhin in der Teeküche, kurz bevor das Verhör begann, hatte sie Tammo zugeraunt, sie hoffe darauf, als Frau einen besseren Zugang zu der mutmaßlichen Doppelmörderin zu erhalten als er.

Doch Annegret Frerichs schwieg.

Langsam wie eine Schlange, die sich ihrer Beute nähert, um dann blitzschnell zuzubeißen, beugte Tammo sich vor. Seine Lippen stießen fast gegen das Mikrofon des Aufzeichnungsgerätes. Er sprach bedächtig wie ein Pastor. »Wenn Sie möchten, dass Sie irgendwann einmal wieder frei sein werden und nicht wegen der besonderen Schwere Ihrer Schuld bis ans Ende Ihres Lebens in Gewahrsam bleiben, dann sollten Sie langsam den Mund aufmachen.« Ihm war bewusst, dass seine Worte wie eine Drohung klangen und die Frau eher noch verschüchterten, als dass sie sie zu einem umfassenden Geständnis animierten. Doch letztlich war ihm egal, wie lange diese Frau im Gefängnis landete, Hauptsache, sie kam hinter Gitter.

Tammo und Fenna hatten geahnt, dass dieses Gespräch nicht einfach werden würde. Sie hatten sich auf eine lange Vernehmung eingestellt. Wenn es darum ging, den Opfern eines Mörders wenigstens posthum die Gerechtigkeit widerfahren zu lassen, die das Gesetz ihnen zugestand, vergaßen sie die Zeit.

Das spürten auch die Vernommenen im Laufe des Verhörs, und irgendwann wurden sie ungeduldig. Dann wollten sie raus aus diesem Raum mit den kahlen Wänden und der Atmosphäre von Wasser und Brot. Weg von der gnadenlosen Konfrontation mit dem Verbrechen, das sie begangen hatten.

Die Ermittler nahmen eine betont lässige Körperhaltung ein. Ein abgesprochenes Spiel, mit dem sie zum Ausdruck brachten, dass sie bereit waren, auf diesen Stühlen Wurzeln zu schlagen.

Die Verhaftete begann, unruhig zu werden. Tammo erkannte das an ihren angespannten Schultern und dem nervösen Spiel der Hände.

Annegret fixierte einen Punkt, der irgendwo in weiter Ferne lag. »Warum?«, wiederholte sie die Frage, die die Kommissarin vor einigen Minuten an sie gerichtet hatte. Sie sprach, als ginge es um eine fremde Person, nicht um sie selbst. »Warum macht eine Frau so was? Was glauben Sie?«

Die Ermittler schwiegen.

Annegret klapperte mit den Lidern. Sie lachte kurz auf. »Wissen Sie eigentlich, wer ich bin?« Sie sah Fenna an, sie sah Tammo an. Die Augen zu Schlitzen verengt, schob sie das Kinn vor, drückte einen Finger auf ihre Brust, und ihre Stimme wurde scharf. »Ich bin die von uns beiden, die das Geld mit in die Ehe gebracht hat. Ich allein. Mein Mann ist ein armer Schlucker. Ich stamme aus einer wohlhabenden Unternehmerfamilie. Mit dem Geld, das ich von meinen Eltern geerbt habe, haben wir Immobilien gekauft, darunter das Landhaus. Es war meine Idee, es zu einer Pension auszubauen.« Stolz hob sie den Kopf. »Ohne mich würde Piet vermutlich heute in der Friesenliebe kellnern.«

Sie trank das halbe Glas Wasser leer, das sie bisher nicht einmal angerührt hatte. Konzentriert leckte sie sich über die Lippen und fuhr fort. »Mein Mann hat es sich zum Hobby gemacht, die weiblichen Gäste der Friesenliebe zu erobern. Seit Jahren schon. Das ganze Dorf wusste darüber Bescheid.«

Sie machte eine Pause und vergewisserte sich der Aufmerksamkeit der Ermittler.

»Ich, die alles hat, was ein Mann begehrt, muss mit ansehen, wie mein Gatte sich an diese Schlampen ranmacht. Wie diese Frauen mich ins Abseits stellen. Wie sie mich blamieren, demütigen und vor der ganzen Gesellschaft lächerlich machen. Wissen Sie, wie sich das anfühlt?« Sie schlug mit der Faust auf den Tisch. »Diese

Weiber haben es nicht anders verdient! Glauben Sie denn allen Ernstes, ich gucke zu, wie ich meinen Mann verliere?«

»Verstehe ich richtig«, fragte Fenna, »Sie haben sich an den Frauen dafür gerächt, dass sie zur Gefahr für Ihre Ehe wurden?«

Überheblich lächelnd schüttelte Annegret den Kopf. »Das allein war es nicht«, sagte sie mit einer Kälte und Sachlichkeit, die Tammo ebenso verstörte wie wohl auch seine Kollegin. »Früher oder später wäre es darauf hinausgelaufen, dass mein Mann sich von mir hätte scheiden lassen. In dem Fall hätte ich ihm viel Geld zahlen müssen. Und am Ende hätte ich dabei zugesehen, wie er das Vermögen, das meine Eltern mir hinterlassen haben, mit diesen Flittchen verprasst.«

Fenna zog die Stirn in Falten. »Wie haben Sie sich das denn vorgestellt? Wollten Sie jetzt jede Frau umbringen, für die Ihr Mann sich interessierte?«

»Nein.« Annegret lachte heiser. »Ich wollte meinem Mann einen Denkzettel verpassen, damit er endlich aufhört mit diesen albernen, peinlichen Flirts. Ich dachte mir, wenn eine Frau, an die Piet sich rangemacht hat, gewaltsam ums Leben kommt, dann wird er sich seinen Teil denken. Dann begreift er endlich, dass ich seine Eskapaden nicht mehr hinnehme. Wenn schließlich auch noch der Verdacht auf ihn fällt, so hatte ich gehofft, bekommt er richtig Angst und lässt für alle Zeiten die Finger von den Frauen.«

»Was wäre denn gewesen, wenn Ihr Mann verurteilt worden wäre?«, bohrte Tammo nach.

Annegret wischte konzentriert mit einer Fingerspitze über den Tisch. »Ich war mir sicher, dass die Beweise gegen Piet vielleicht für eine Anklage, aber letztlich nicht für eine Verurteilung ausreichen würden. Er sollte nur einen gehörigen Schrecken bekommen.« Sie sah die Kommissare selbstbewusst an. »Ich hatte alles sehr gut durchdacht.«

Fenna stöhnte auf.

»Diese Gürtel, haben Sie die gleich im Dutzend gekauft?«, fragte Tammo. »Woher haben Sie die überhaupt?«

»Die hab ich bei einer Kunsthandwerkerin auf Borkum gefunden. Ich hab lange danach gesucht. Einen hab ich meinem Mann geschenkt. Von den anderen wusste er nichts. Die hatte ich in meinem Schlafzimmer versteckt, fünf Stück insgesamt.«

»Es stimmt also, was uns von unseren Informanten zugetragen wurde. Sie schlafen getrennt«, sagte Fenna.

Annegret nickte. »Ich schlafe im Gästezimmer. Schon lange.«

Tammo versuchte, sich zu konzentrieren. Er hatte schon einiges erlebt, aber was er hier hörte, ging über seine geistige und seelische Schmerzgrenze hinaus. »Wie, bitte, müssen wir das verstehen? Sie haben ganz gezielt nach einem Gürtel gesucht, der sich für Ihre Mordpläne eignet, und dann haben Sie gleich mehrere davon gekauft, weil Sie sich nicht sicher waren, ob der Mord an einer einzigen Frau genug Warnung für Ihren Mann sein würde?«

Annegret machte eine entschuldigende Geste. »Ich konnte doch nicht voraussehen, wie lange es dauern würde, bis Piet sich endlich zusammenreißen würde.«

Tammo sprang auf und trat mit einem Fuß gegen die Wand unter dem Fenster. Dass Fenna so ruhig sitzen bleiben konnte!

»Warum haben Sie Ihre Opfer überhaupt erdrosselt, warum nicht gleich erschlagen?« Es kostete die Kommissarin sichtlich Kraft, diese Frage zu stellen.

»Wenn ich sah, wie Piet mit ihnen flirtete ...« Annegret hielt sich die Hand vor die Brust, als hätte sie Atemnot, »... dann bekam ich keine Luft mehr. Ich wollte, dass diese Frauen merken, wie sich das anfühlt.«

Fenna brauchte einen Moment, um sich zu sammeln. Dann hob sie die Tüte mit dem Lippenstift hoch. »Kommen wir mal hierauf zu sprechen. Was wollten Sie mit dem Kussmund zum Ausdruck bringen?«

Annegret lachte spitz. »Das war eine Nachricht an meinen Mann. Meine Befürchtung war, wenn die Frauen einfach nur tot gewesen wären, hätte er das nicht mit sich in Verbindung gebracht. Mit diesem Kuss auf der Stirn würde er aber erkennen, dass sie wegen der Flirts mit ihm gestorben sind. Weil er sie mit Küssen überhäuft hat.« Angewidert wandte sie sich ab. »Wie der die Weiber abgeknutscht hat!«

Tammo stand noch immer am Fenster und sah hinaus. Er mochte Annegret nicht mehr ins Gesicht sehen.

»Aber die Öffentlichkeit und damit auch Ihr Mann«, hörte er Fenna sagen, »haben doch bisher gar nicht erfahren, dass Sie den Opfern dieses Symbol aufgemalt haben.«

»Leider nicht«, sagte Annegret schnippisch. »Da haben Sie mir einen Strich durch die Rechnung gemacht. Ich war aber sicher ...«

Tammo wirbelte herum. »... dass sich das spätestens mit dem dritten Mord ändern wurde?«, brüllte er Annegret an. »Dass wir

Ihnen dann endlich den Gefallen tun und ein Foto von dem Kussmund über die Presse verbreiten lassen würden? Haben Sie sich das so vorgestellt, ja?«

Annegret zuckte zusammen und schwieg.

Tammo setzte sich wieder an den Tisch und zeigte auf die Tüte mit dem Lippenstift. »Sie haben dreimal dasselbe Fabrikat beschafft. Woher haben Sie die Stifte?«

»Von einem Kosmetik-Shop im Internet.«

Annegret wollte noch etwas sagen, doch Fenna fuhr ihr dazwischen.

»Warum haben Sie die Gesichter Ihrer Opfer bedeckt?«

»Weil sie mich so schrecklich angestiert haben«, entfuhr es Annegret. »Diese Blicke waren nicht zu ertragen.«

»Da gebe ich Ihnen allerdings recht«, stieß Fenna aus. »Wie kam es nun zu den einzelnen Morden? Fangen wir mit dem an Silvia Lüders an. Wie sind Sie vorgegangen?«

Annegret schien regelrecht aufzuleben. Sie holte tief Atem, als wollte sie eine spannende Geschichte erzählen. »Ich habe beobachtet, dass Silvia Lüders jeden Morgen vor dem Frühstück eine Joggingtour macht. Da hab ich beschlossen, sie abzufangen. Zu einer Zeit, zu der ich normalerweise schlafe, habe ich mich unbeobachtet aus dem Haus geschlichen. Ich hab mein Fahrrad aus dem Schuppen geholt und bin in die Richtung geradelt, in die Frau Lüders immer joggte. Beim Leuchtturm hab ich angehalten und ein Problem mit der Fahrradkette vorgetäuscht. Als Frau Lüders auf mich zulief, habe ich sie um Hilfe gebeten. Sie hat sich hingehockt, um sich den vermeintlichen Schaden anzusehen.«

»Dann haben Sie zugeschlagen«, nahm Fenna vorweg.

»Ich habe ihr mit der Fahrradpumpe auf den Hinterkopf geschlagen, zweimal. Sie kippte bewusstlos gegen meine Beine. Ich hab sie zum Leuchtturm geschleift, hab ihr den Gürtel um den Hals gelegt und zugezogen.«

»Mit aller Gewalt zugezogen und die Schnalle so fixiert, dass es Silvia Lüders selbst bei Bewusstsein unmöglich gewesen wäre, den Gürtel zu lockern. Und dann haben Sie zugesehen, wie sie erstickte.«

Annegret blickte die Ermittler wie um Verständnis bittend an. »Die Frau war bewusstlos. Erst als es mit ihr schon fast zu Ende war, hat sie mitbekommen, was geschah. Sie hat nicht lange gelitten. – Anders als ich die ganzen Jahre über.«

»Gerade haben Sie aber noch gesagt, Sie wollten, dass die Frauen spüren ...« Nun wurde es auch Fenna zu viel. Abrupt wandte sie sich ab. »Ich brauch mal ’ne kurze Pause.« Sie stürzte aus dem Raum.

Ein paar Minuten später kehrte sie zurück, und Tammo sah ihr an, dass sie geweint hatte. Den Blick zu Boden gewandt, setzte sie sich wieder an den Tisch.

»Weiter, bitte. Wie war das mit Swantje Jensen? Wie haben Sie sich Zutritt zu dem Zimmer in der Friesenliebe verschafft?«

»Das war ganz einfach«, floss es aus Annegret heraus. »Ich bin eng mit Hilke Hoferland befreundet.«

»Die hat Ihnen den Zweitschlüssel gegeben?«, fragte Tammo ungläubig.

Annegret verneinte. »Ich wusste, wo er lag, und sie hat weggesehen, als ich ihn genommen habe.«

»Ganz bewusst weggesehen, oder hat sie es nicht mitbekommen?«

»Ich sag mal so: Sie wollte es nicht mitbekommen. Sie wusste schon lange, wie es in mir rumorte. Sie hat mit mir gelitten.«

Tammo nahm Blickkontakt zu Fenna auf. Sie würden auch mit Hilke Hoferland noch ein Gespräch führen müssen. Möglicherweise handelte es sich um Beihilfe zum Mord, auch wenn das schwierig zu beweisen sein würde.

Fenna nickte ihm unmerklich zu.

»Sie haben Frau Jensen mit einer Flasche bewusstlos geschlagen«, sagte die Kommissarin.

»Richtig. Ich wusste, dass auf jedem Zimmer Getränkeflaschen stehen. Es lief dann nach dem gleichen Muster wie bei der anderen Frau.«

»Muster!«, rief Tammo höhnisch aus.

Fenna fragte unbeirrt weiter. »Das Taschentuch Ihres Mannes, das die Spurensicherung unter dem Bett gefunden hat ...«

Annegrets Augen und ihre ganze Haltung drückten Stolz aus. »Das habe ich aus der Wäsche geholt und unter das Bett geworfen.«

»Letzter Punkt: der Mordversuch an Kaya Witt«, sagte Fenna mechanisch. »Die Frau, die Ihre Attacke glücklicherweise überlebt hat, wohnt nicht in der Friesenliebe, sondern in Ihrem Haus.«

Annegret lachte verächtlich. »Mein Mann hat einfach nichts begriffen. Gerade erst hatte ich ihn mit einer eidesstattlichen Erklärung, von der er wusste, dass sie ein Meineid war, vor einer

Anklage, möglicherweise sogar vor dem Gefängnis bewahrt. Und wie dankt er es mir? Er hat nichts Besseres zu tun, als sich dieser Kaya Witt an den Hals zu schmeißen. Er hat wohl gedacht, ich krieg das nicht mit, wenn er mitten in der Nacht bei ihr anklopft.« Sie lehnte sich selbstherrlich auf ihrem Stuhl zurück. »Im eigenen Haus eine Urlauberin anzubaggern, während die Ehefrau eine Etage höher im Bett liegt, das ist ein Schlag ins Gesicht, den man sich nicht gefallen lassen kann. Ich hab die ganze Nacht kaum geschlafen. Dann sah ich am frühen Morgen, wie die Witt sich zum Joggen anzog. Ich konnte ja direkt in ihr Zimmer sehen.« Annegret lachte bitter. »Als ich ihr folgte, hätte mich fast dieser miesepetrige Typ aus der Friesenliebe entdeckt. Der hatte wohl auch eine schlaflose Nacht.«

»Heinz-Werner Janz?«, fragte Tammo.

»Wie auch immer er heißt, ich weiß es nicht. Ich konnte mich gerade noch hinter der Hecke verstecken. Dann ist er Richtung Manslagt gegangen, und ich konnte der Witt unbeobachtet folgen.«

»Da hat sich das Glück ja richtig auf Ihre Seite geschlagen«, warf Tammo ihr zynisch zu.

Annegret blinzelte irritiert.

»Sie geben also zu«, führte Fenna das Gespräch fort, »Ihrem Mann gestern Nachmittag zwei falsche Alibis gegeben zu haben. Ich unterstelle, dass Sie den Meineid nicht aus Liebe zu ihm geleistet haben, sondern aus ureigenem Interesse.«

Bevor Annegret etwas erwidern konnte, fragte Tammo: »Sagen Sie mal, wenn Ihr Mann entgegen Ihrer Vermutung, dass die Beweise für eine Verurteilung nicht reichen würden, doch im Gefängnis gelandet wäre, wie hätten Sie dann reagiert? Hätten Sie ihn schmoren lassen?«

»Wenn mein Mann in den Knast gekommen wäre, hätte ich wenigstens sicher sein können, dass er in der Zeit, die er sitzt, keine anderen Frauen anmacht«, sagte Annegret ungerührt. »Wenn er nach Jahren entlassen worden wäre, wäre er zu alt für solche Spielchen gewesen.«

»Mir reicht's für heute«, schloss Tammo das Verhör.

Er rief zwei Kollegen herbei, die Annegret in ihre Zelle brachten.

Selten hatte er sich so elend gefühlt. Er öffnete das Fenster des Vernehmungsraumes. Hinter sich hörte er Schritte.

Benno trat ein, in der Hand ein Blatt von einem seiner quadratischen Notizblöcke. »Gerade kam ein Anruf von der Ubbo-

Emmius-Klinik«, sagte er. »Kaya Witt ist einigermaßen wohlauf, zumindest, was ihren Körper betrifft. Bei dem Sprung vom Heuboden auf der Flucht vor der Mörderin hat sie sich Verstauchungen und Prellungen zugezogen, sagt der Arzt.« Er schwenkte den Zettel in der Luft. »Die Telefonnummer der Station hab ich aufgeschrieben.«

»Danke«, sagte Fenna. Ihr standen Tränen der Erleichterung in den Augen.

Tammo bückte sich schnell und wischte sich umständlich nicht vorhandenen Staub von den Schuhen.

***

»Was für ein Geständnis!«, sagte der Kommissar. Er schaltete seinen Rechner aus und verschloss seine Unterlagen im Schreibtisch. »Lass mich heute nicht alleine nach Hause gehen. Bitte.«

»Das könnte ich nicht verantworten«, sagte Fenna, »so mitgenommen, wie du aussiehst. Und ich glaube, ich selbst brauche heute auch mehr als ein Glas Rotwein.«

»Du kannst von mir haben, was du willst und soviel du willst.«

Fenna zog die Augenbrauen hoch. »Ist das ein Versprechen?«

Tammo schmunzelte. »Klar.« Er legte den Arm um Fennas Schultern und führte sie hinaus. Benno Pötzschke und die anderen Kollegen, die noch nicht in den Feierabend gegangen waren, blickten ihnen mit großen Augen hinterher. – Na und?

Onkel Frido freute sich, dass er sich mit seiner Wärmflasche ins Bett legen konnte, ohne Buddy allein in seinem Körbchen zurücklassen zu müssen.

Auch Buddy war sichtlich zufrieden, dass Tammo nicht solo nach Hause kam. Doch heute blieb er unschlüssig vor der Couch stehen, statt sich, wie sonst, seinen Platz an ihrer Seite zu erobern und seine Streicheleinheiten einzufordern.

Die beiden Ermittler prosteten sich zu, das Gespräch kam in Gang. Doch Buddy sprang immer noch nicht auf das Sofa. Unruhig lief er auf und ab. Seine Augen wanderten zwischen Fenna auf der einen und der Sofalehne auf der anderen Seite hin und her.

Tammo schmunzelte.

Fenna beugte sich vor und wuselte Buddy übers Fell.

Er leckte ihr über die Hand, dann blaffte er sie an.

»Was hat er?«, fragte sie ratlos.

Tammo deutete auf die silbergraue Kuscheldecke, die über der breiten Armlehne am anderen Ende des Sofas lag. »Die ist neu. Frido hat sie vorgestern aus Leer mitgebracht, für kühle Sommerabende auf der Terrasse. Aber unser verwöhnter Hund hat sie sofort beschlagnahmt. Er hat gleich durchschaut, dass sie den Liegekomfort auf dem Sofa ungemein erhöht.«

»Er weiß eben, was gut ist«, frotzelte Fenna. »Von wem er das wohl hat?«

»Na los«, forderte Tammo sie auf. »Breite das gute Stück mal auf dem Sitz neben dir aus.«

Fenna befolgte seinen Rat.

Kaum lag die Decke auf dem Sofa, sprang Buddy hinauf, machte sich lang und stützte den Kopf auf Fennas Knie.

Sie legte eine Hand auf seinen Rücken und kraulte ihn.

Schmunzelnd beobachtete Tammo die beiden. »Jetzt gehört er dir.«

Ostfrieslandkrimi Empfehlungen des Klarant Verlages

„Tod am Deich" von Ulrike Busch
Taschenbuch ISBN: 978-3-95573-584-5
eBook ISBN: 978-3-95573-585-2

Hauptkommissar Tammo Anders traut seinen Augen kaum. Durch Zufall entdeckt er eine Leiche, direkt am Deich in Greetsiel! Bei dem Toten handelt es sich um Folkert Petersen, einen der angesehensten Teehändler der Region. Einen Tag später taucht ausgerechnet Enno Duwe im Ort wieder auf. Er hatte sich als junger Mann in Greetsiel viele Feinde gemacht und war vor 25 Jahren verschwunden. Und seit jenem Tag ist auch Tina Petersen, die Tochter des Ermordeten, wie vom Erdboden verschluckt ... Kann das alles ein Zufall sein, oder ist Enno in den Mord an Folkert Petersen verstrickt? Tammo Anders und seine Kollegin Fenna Stern ermitteln in alle Richtungen. Doch dem Kommissar fällt es schwer, objektiv zu bleiben, denn mit dem Hauptverdächtigen hat er noch eine bittere Rechnung offen...

„Friesenflirt" von Sina Jorritsma
Taschenbuch ISBN: 978-3-95573-542-5
eBook ISBN: 978-3-95573-541-8

Ein rätselhafter Todesfall erschüttert die ostfriesische Insel Borkum. Im Hotel Teutonia wird eine junge Frau erhängt aufgefunden. Zunächst spricht einiges für einen Selbstmord, doch bei der Obduktion werden Spermaspuren von zwei Männern an der Toten entdeckt. Ist ihr ein scheinbar harmloser Flirt zum Verhängnis geworden?

Die Inselkommissare Mona Sander und Enno Moll ermitteln und finden heraus, dass die attraktive Blondine als Treutesterin gearbeitet hat. In Verdacht: Markus Winter, der dubiose Chef der Treuetest-Agentur. Er war zur Tatzeit auch auf Borkum und verstrickt sich immer mehr in Widersprüche... Andere Hinweise deuten auf ein mysteriöses Doppelleben der Toten. Kommissarin Mona Sander lässt nicht locker und kommt dem Täter dabei gefährlich nah ...

Klarant Verlag

Lernen Sie die Ostfrieslandkrimi-Titel des Klarant Verlages kennen und besuchen Sie uns im Internet unter:

www.ostfrieslandkrimi.de

und

www.klarant.de

Sie können dort Näheres über unsere Autoren erfahren, viele weitere interessante Bücher und eBooks finden und Leseproben herunterladen. Mit dem kostenlosen Newsletter auf

www.ostfrieslandkrimi-lesen.de

erhalten Sie aktuelle Informationen rund um das Verlagsprogramm, wie beispielsweise spannende Neuerscheinungen und Gewinnspiele.